能動敘事文本
寫作的現象學分析

—— 空間布局、能動模態與詮釋維度 ——

李明哲◉著

五南圖書出版公司 印行

自 序

　　這是一部試著將數位文本放入「哲學」的「思考牢籠」進行拷問的文字記錄。

　　在「教室」場域中，教導「數位文本」的寫作，轉眼已近十年。十幾年前，數位文本堪稱當紅炸子雞，如今已成日常生活中不起眼的溝通媒介。當它從絢爛歸於平靜，筆者的思索卻也被這樣的「平常化」，刺激著去思考某種以前不曾觸及、有關數位文本的其他面向。

　　以往，我所關注的是如何引導學生在數位文本的寫作上精益求精，寫得更好。然而隨著時間與經驗的累積，此一目標似乎不再像剛開始時如天際摘月般的難以企及，教學日益上手的感覺，儼然成為某種日常作息的常態，可以信手捻來，但也逐漸產生某些更無法自主的追問，彷彿魅影般倏乎出沒心間，乃至纏繞心頭。這樣的寫作字眼並非跟隨著時代誇張用字的流行而起舞，而是某種「有所不容於己」的聲音縈繞。

　　「有所不容於己」，這可不是速食愛情小說中的遣辭用字，而是「新儒家」的心法。新儒家？在這裡驟然出現，會不會讓讀者有時空錯亂之感呢？

　　早在大學時代，我就在王淮老師的醍醐灌頂下深受震動，王老師曾受學於新儒家代表人物牟宗三的座下，我便也跟著深受「新儒家」脈絡的薰陶。「有所不容於己」談的是良心顯露的現象。良心是一種聲音，那不是你不想要便可揮之即去的聲音，而是一種具有超越性、有類於海德格爾所描述之良心的聲音：是「在呼聲的開展傾向中有著推動，有著陡然驚動這一類環節。呼聲由遠及遠，唯欲回歸者聞之」。

　　正是這樣，沒錯！當數位文本平凡了起來，「數位文本是可以溝通的嗎？」這樣的提問，對我倒顯得日益緊迫。「如果，在理論上無法證明數位文本是可以溝通的，那麼談其寫作技法豈非戲論？」我不禁自我質疑起來。

　　其實，何必數位文本，任何形式、任何有意和他人進行溝通的文本，都必然得面臨上述同樣的質問。但，我們日復一日、周而復始的平凡生活，已

經讓人麻痺到不會去思及這種問題。的確，數位文本中的某種表現特質，即匯流性與互動性，震動著我去質問所謂的溝通是否可能的問題，那麼接下來就是一連串「有所不容於已」的提問縈繞不去。為何要溝通呢？溝通什麼？意義嗎？意義如何溝通？如何說明意義在與他人的溝通中，得以確保意義的同一性呢？

在這些問題的牽引下，書櫃中那些「曾」被我「瀏覽過」而打入冷宮的書，遂又重見天日，再次被認真「捧讀」起來。嗯，胡塞爾、海德格爾、加達默爾……，但，「為什麼」是這幾位「哲人」出場來助我運思呢？本書的行文過程，即不斷地在回應此一「為什麼」。

豈不聞佛家語：「功不唐捐」？這樣的哲學式追問，最後還是要回答有關數位文本寫作技能的諸種問題。「空間布局」與「能動模態」是本書有關寫作技能所提出的「具體內容」。寫作技能之所以值得被提問與思考，正是因為本書強調這些技能可以幫助寫作者傳達想法，更重要的是，這些想法會是有意義的，所以也是可以溝通的；寫作技能是為了意義之溝通而存在。

成書之後，原本是沒有這篇序言的。但本書的編輯，也是我在臺大歷史研究所的同窗一直聲聲催促。於是，我坐了下來，援筆為序。同時，也藉此感謝此書寫作過程中所有幫助過我的人。

> 若有深心者，清淨而質直；多聞能總持，隨義解語；
> 如是之人等，於此無有疑。
>
> ——《妙法蓮華經 • 分別功德品》

不知道為什麼，在此我就是想抄錄這法語。或許，在閱讀與寫作的過程中才了解，書並不是想讀就能消化得了，要能讀懂某書，其實是有某些心態條件之限制的，亦即「深心」，如同經文所言：「清淨而質直，多聞能總持。」人之溝通，何其難也！但在這個時代，溝通已成為無由叩問的形而上預設。

李明哲

2017.1.27

目　次

一

緒論

（一）本書的思路取徑與內容特色

本書寫作的思考，乃是圍繞著一個矛盾的操作型現象而來。這操作型現象是指：以數位文本的方式來呈現「敘事」的「數位書寫」過程。所謂「數位書寫」是指創作數位文本。就文本理論而言，矛盾則指數位文本非線性的文本呈現樣態，往往和敘事文本的時間性意義給出模式，在文本的形式與內容相適應之概念上相矛盾。本書主要論述，數位文本在呈現的樣態上之所以異於所謂的「傳統文本」，在於其特別重視以下二種文本呈現形式的意義給出方式：多重型構與互動模態。這二種文本樣態如何組構出數位文本敘事性意義給出之可能？而解決了寫作操作矛盾的數位敘事文本，在其被理解的過程中，其意義給出之面向，是否有所差異於傳統的敘事文本？這差異的內容是什麼？從數位文本的寫作端到解釋端，本書重視文本現象此一過程的完整性，對此，本書將透過現象學的視角及理論維度進行考察和論述。

先直指本書論述所思考的問題架構：敘事是一種「時間性」的意義給出方式，然而數位文本特色中的多重型構（即一般所謂的匯流文本，下同）與互動模態卻是接近空間性的文本呈現樣態。而要透過空間性的文本呈現樣態來「書寫出」線性的時間性敘事型文本，則是一種文本理論上的矛盾。一旦我們對數位文本的書寫創作，是想要運用數位文本最具特色又最異於傳統文本的呈現形式——多重型構與互動模態，那麼就文本理論而言，這似乎就是一種形式與內容的矛盾。在數位文本書寫的理論上，這樣的矛盾是否有化解的可能？換言之，本書所思考的「操作型現象」在於提問：數位文本的書寫中，如何在使用多重型構與互動模態的同時，又能使得數位文本具有敘事性的意義給出？透過更直接的「實作型」語言來說，就是：如何使用多媒材空間布局與互動程式組件，來組構書寫數位敘事文本？而本書的論述將證明，在某種數位文本組構書寫的原則下，多重型構與互動模態這二種文本呈現樣態的

書寫操作和運用，仍然可以使文本具有敘事性意義的給出。

　　如果上述文本理論的矛盾有化解的可能，也就是通過特定的書寫原則，來組構書寫多重型構與互動模態，以產生具有敘事意義給出的數位文本。那麼，本文更想進一步追問：包含多重型構與互動模態在內的數位敘事文本，其所帶出的敘事意義給出，是否不同於傳統線性文本的敘事意義給出？

　　觸及到這一點，也就涉入「詮釋」的層面。「敘事意義『給出』」的「給出」兩字，是筆者所欲特別強調的。「給出」是二種面向的綜合，一是文本給出意義的過程，另一是文本給出意義過程中會帶出的認識對象（內容）。換言之，筆者意欲強調的是：意義給出的過程結構與其最後形成的意義內容，二者之間的相互影響關係。這是指：讀者在包含著多重型構及互動模態的數位敘事文本之呈現結構的閱讀場域裡（即文本意義給出的過程中），對敘事意義理解過程的理解結構環節為何？再者，此種解理是否會有別於傳統線性敘事文本的敘事意義理解？亦即，理解的性質會是哪一種樣態的理解？

　　在本書的思維取徑下，最終將指向對話式的辯證理解。本書依現象學的思維取徑進行思索與論述。如果說，符合於適當的文本書寫組構原則之下，多重型構及互動模態這二種文本呈現樣態亦能展現敘事性的意義給出，那麼本書所欲論證的是：在多重型構及互動模態的閱讀場域的「視域結構」下，其給出敘事意義的理解過程本身，就包含著「反思性」理解樣態被建構而出的可能性。以多重型構及互動模態來組構的敘事型數位文本，亦即本文所稱的能動敘事文本（下文同），其特色在於文本與閱讀者的互動過程；文本的呈現樣態會改變，用傳統的說法是：文本的版型會變動。本文將從文本理論來論證，讀者在對能動文本的閱讀理解過程，因能動文本在其意義給出的文本結構性特色，將使得能動敘事文本具有傳統線性敘事文本所未具備的反思性意義給出運動；同時，本書將論證這樣的反思性文本的運動特色，是來自於能動敘事文本的文本「形式本身」，而非來自於其「內容」。也就是說，

本書將文本的「形式」而非文本的「內容」，視爲更重要的關注面向來思考：形式，對於能動敘事文本的理解過程（或者說是詮釋過程），所扮演的角色爲何？如果理解過程中，形式扮演著更重要的角色，那麼其重要性自然也反映在本書對寫作面向的思索上。

　　一般而言，傳統的敘事文本也能做到讓讀者產生反思性的理解，但這是文本的「內容」所致，亦即作者必須花心思在內容的建構上。同時，此種反思性是建立在近代笛卡兒式主體性而來的主客對立認識論的架構，亦即是閱聽衆反思性地試圖理解作者的寫作意圖而有以致之。在此種架構下，有著主體性的閱聽衆及作者，才是理解的奠基性基礎，文本只是中立性的中介。然而本文將指出，就多重型構及互動模態這樣的文本呈現樣態，在其視域結構下的敘事意義之給出，除了「內容」之外，文本「結構之本身」亦扮演了一個重要的角色，而此種形式影響理解過程意義給出之可能性，是傳統文本所無法企及的。就文本理論而言，數位互動文本在其敘事性意義給出的構成中，其內容的重要性並未消失，它是不可偏廢的一部分，而「文本組構形式」這一面向，則在其敘事意義給出的「視域結構」中，更獲得了需要被重視的「奠基性」地位。重視文本形式這樣的思路取向，對文本理解的思索重點，將從閱聽衆及作者之主體，轉移到文本本身的「文本主體」。換言之，本書將走入以「文本主體」爲思考取向的哲學詮釋學的思維脈絡。哲學詮釋學的理解，文本並不是某種中立性媒介，相反的，理解過程正如同遊戲過程一樣，文本的「文本主體」才是意義可能給出的源始性基礎，而不是「人的主體」。「文本或藝術作品具有各種不同的表現或解釋，並非僅僅是局限於主觀性中的意義的主觀變化，而是屬於作品的本體論的可能性」（Linge ／夏鎭平、宋建平譯，2004：編者導言頁17）。在前文中，「意義給出」、「視域結構」、「奠基性」、「文本主體」等名詞，並非筆者本身創意性的使用，相反的，這是在現象學思維路數下具有特定論述意含的名詞。本書將以現象學的學術取徑爲思維脈絡，依嚴格的理論推演，來

逐步解答本文所提出的問題。然而，在此必須先回應一個一開始就勢必會被提出來的追問：為什麼要以現象學的學術取徑來思索問題呢？

（二）能動敘事文本與現象學的思路

本書所思索的數位互動文本，將稱之為「能動敘事文本」。在此先就能動敘事文本的呈現特色進行某種文本的現象描述。能動敘事文本的文本特色在於：「文本組構形式」。之所以要再加上「組構」二字，是要表達「文本組構形式」的「形式」概念，乃不同於傳統線性敘事之文本「形式」的概念。先看下面兩組互動文本組件的例子，來說明「文本組構形式」的形式概念。

在圖1-1中，一旦把滑鼠移到左邊的圖中，右邊就會依預視框（紅色框線處）範圍呈現出被放大的區域圖像。可以說，這是一種放大樣態的互動模態形式。

▲ 圖 1-1

▲ 圖 1-2

再看圖 1-2，圖中的藍線是可以用滑鼠來向左及向右拉動。在往左、右拉動的過程中，兩張圖就可進行比較，可以說這是一種比較樣態的互動模態形式。例如，以圖 1-2 為例，可以檢視做了特效的圖（左邊）和原圖（右邊）之間的差異。圖 1-1 與 1-2 兩圖「呈現形態」的差異，即是「文本組構形式」之間的差異。

　　傳統線性敘事文本中的「形式」，是指對內容事件依時間性而來的布局結構。而能動敘事文本中的「**組構**形式」，則呈現出互動文本模態中兩種重要的形式布局：一是互動的方式，如上例的滑鼠之滑入動作是不同於滑鼠之拖拉動作；二是互動呈現時的空間變化樣態，如上例的「放大」就不同於「左右拉動」的空間變化。就此可說，閱讀數位文本的視域結構中，「互動性」及「空間性」共同參與了敘事意義給出的過程，而這是傳統線性敘事文本結構力有未逮之處。換言之，就數位互動書寫的角度而言，以下兩點必須被有意識地帶入寫作的思考過程：(1) 思考著如何互動，例如滑鼠是要以滑入的方式，還是以點按或是拖拉的方式來產生文本互動；(2) 互動過程中的空間變化樣態，例如當滑鼠進人內容元素 A 時，要相應互動出現的內容元素 B，其出現的空間位置關係是什麼樣態，例如將出現在內容元素 A 的左邊（圖 1-1），還是右邊、上方或下方？不同的出現位置，除了一般直觀美感因素外，是否還會涉及對敘事意義給出之影響？

　　就此，本書對「能動文本與數位敘事」這兩者關係的追問，其問題意識的思考方向乃是聚焦於這樣一條思考路線：「空間形構」、「互動模態」與敘事意義給出之間的關係；透過更簡潔的學術筆法來講，即是：空間性、互動性與敘事性這三者之間在意義給出面向上的「交互關係」。換言之，三者得以進入被思考的狀況進而產生「**交互關係**」，這種發生現象之可能的探討，就本書而言，乃依於「現象學」的思考方式而來。

　　為何現象學會是本書所依循的學術取徑呢？這是因為上文所言之空間性、互動性與敘事性的交互關係之所以能被建立，有一個不可或缺的重要因

素，只有在現象學的理論思維中才能被凸顯，此一因素即是奠基於「閱聽眾的互動參與性」而來的「文本主體性」；唯有在閱聽眾的參與、互動之下，空間性、互動性與敘事性的交互關係才有被激發的可能。同時，沿著「因參與性而顯現的文本主體性」之文本理解的思路，才能擺脫「對文本的理解就是對作者的理解」這樣的傳統套路。這是因為，受眾的互動參與如果說是數位文本意義給出的必要環節之一，那麼傳統社會科學式的、實證的、實驗式的主、客對立式的研究樣態，與數位互動文本主體參與式的意義給出樣態，顯然彼此扞格，有所脫節。本書強調要能將讀者的互動參與性納為研究思路的必要視角，這種研究立場基本上已不同於傳統主客對立的研究方法。而現象學思維路數中最重要的一項特色即是克服主、客二分對立的思考模式。儘管現象學各大家的理論架構仍多所差異，但諸如胡塞爾（Edmund Husserl）的「意向性」，海德格爾（Martin Heidegger）的「此在」、「領會」與「解釋」，加達默爾（Hans-Georg Gadamer）的「視域融合」、「對話性理解」等，均可謂在試圖超越傳統主、客對立的企圖下而開展出來的思考格局和學術脈絡（胡自信，2002）。例如，「意向性」是現象學重要的奠基性基礎概念。意向性強調：意向活動與意向內容二者之間不可被分割的交互關係，借用現象學學者羅伯・索科羅斯基（Robert Sokolowski）的說法，即「心智（意向活動／主觀性）與事物（意向內容／客觀性）互相是對方的環節；它們都不是可以從所屬整體中分離出來的片斷」（Sokolowski／李維倫，2004：48，括號內為筆者所加）。

本書借重於現象學，除了想表達能動敘事文本意義給出過程中文本主體的環節性、結構性特色外，更重要的一個思索視角是：凸顯出「前認知性（pre-cognition）」[1] 的重要。「前認知性」這一思維路數，來自胡塞爾《經驗與判

1　Pre-cognition，一般常見有二種翻譯方式，一種譯為「預知性」，例如鄧曉芒、張廷國所譯《經驗與判斷》中的譯法（胡塞爾／鄧曉芒、張廷國譯，1999）。另一種譯名為「前認知性」，例如張祥龍在《現象學導論七講》中的譯法（張龍祥，2010）。本書採用「前認知性」這一譯名。在引用相關文獻時，若譯名不同，於譯名後另加括號，引入本書所用譯名。

斷》中的論述：「經驗的視域結構；任何單個經驗對象的類型上的預知性（前認知性）」（胡塞爾／鄧曉芒、張廷國譯，1999：47，括號內為筆者所加）。胡塞爾說道：「任何在本來意義上總是有所經驗的經驗，即當某物自身被觀看（Gesicht）時的經驗，都不言而喻地、必然地具有正是對於此物的某種知識和共識（Mitwissen），也就是對於此物的這樣一種在經驗尚未觀看到它時，即為它所固有特性的某種知識和共識。這種前識（Vorwissen）在內容上是未規定的或未完全規定的，但決不是完全空洞的，如果不同時承認這一點，那麼一般經驗就不會具有一物和有關此物的經驗了」（胡塞爾／鄧曉芒、張廷國譯，1999：47-48）。同時，胡塞爾亦往下再論及視域：「所以，任何有關一個單個物的經驗都有其內在視域；而在這裡，『視域』就意味著在每個經驗本身中、本質上屬於每個經驗並與之不可分割的誘導（Induktion）。這個詞很有用，因為它預先指示著（這本身就是一種誘導）作為一種推論方式的通常意義上的歸納，並且預先指示著這種歸納在按其實際的理解進行解釋時最終要歸結到原初的和原始的預期上來」（胡塞爾／鄧曉芒、張廷國譯，1999：48-49）。

張龍祥對此有進一步的說明：我們的任何認知活動，「你總已經事先就處在一個『視域』之中，通過這個視域，你總預先知道了某些東西」（張龍祥，2010：176）。「為什麼人的經驗方式會是這樣的，是因為人的所有認知活動都是在這麼一個 horizon、這麼一個經驗的視域場中進行的」（張龍祥，2010：177-178）。然而這裡要再著重說明的，此種前認知性對意向性的影響，是以「隱含」的方式來形成「邊緣」作用（倪梁康，1999：215-217）。因之，如果意向性是現象學的核心，那麼「意向性的全部學說和可能，都是建立在這麼一個原本的視域結構之上的，視域結構是作為意向性成為可能的現象學的前題」（張龍祥，2010：179）。就此，倪梁康亦言：「所有經驗都具有這樣一個視域結構，因而與此相關，所有意識作為關於某物的意識也始終是視域意識」（倪梁康，1999：215），同時倪梁康亦提到，視域概念在胡塞爾哲學所

起的作用，與「『籌劃』概念在海德格爾哲學所起的作用是相似的」（倪梁康，1999：217-218）。海德格爾於《存在與時間》中說到：「領會於它本身就具有我們稱之為籌劃 (Entwurf) 的那種生存論結構」（海德格爾／王慶節、陳嘉映，1990：202）；再者，「領會總是帶有情緒的領會」（海德格爾／王慶節、陳嘉映，1990：199）。換言之，「此在」被拋入「籌劃」這樣的生存論環節的結構中，「領會」發生了，但與此同時，領會總是帶有情緒之領會，這亦說明了領會的進行無非亦是帶有「前認知性」的特色。

如果翻閱《存在與時間》，我們的確可以看到海德格爾強調：「把某某東西作為某某東西加以解釋，這在本質上是通過先行具有、先行見到與先行掌握來起作用的」（馬丁 • 海德格／王慶節、陳嘉映譯，1990：209）。換言之，在對領會做出某種「作為」式的內容解釋時，先行具有、先行見到與先行掌握，這三者是「解釋」所必須依循的理路架構。同樣的，此種對「前知識」領域的強調，也可見諸於加達默爾哲學詮釋中所強調的「傳統」、「先見」、「效果歷史」、「視域融合」等重要概念（加達默爾／洪漢鼎譯，2004）。因之，「現象學」之於「互動性敘事意義給出」的這種思考態勢，在本書中的作用，乃在於強調現象學所能給予的二種學術思路之特色：一、文本意義給出過程中，非主客對立式「文本主體」概念在理論絡上的重要性；二、意義給出意向活動中「前認識性（也是海德格爾的「在世界中」、迦達默爾的「效果歷史」）」的必然涉入。然而，就本書書寫內容的開展過程而言，從表述文本的意向性展開論述，逐漸的，「前認識性」這一面向獲得了更多的關注。論述過程中之所以對「前知識」（胡塞爾）、「在……之中」（海德格爾）、「效果歷史傳統」（加達默爾）面向的強調與重視，乃在於：此種思路中，數位文本發展的歷史及歷史過程的技術積累，這些科技的效果歷史面向，就「必然地」要被納入理論論述的視域範圍。就此，本書強調：數位文本呈現科技發展過程的歷史面向被納入理論論述的過程，並不是作者個人的學術興趣，

也不是用以豐富寫作內容之要求下可有可無的章節，而是依現象學論述取徑之特色而來的「必要性」論述環節。

　　就此而言，基於學術思維脈絡而必須對歷史發展面向進行思索的這樣一種方式，亦同樣決定了本書為何採用現象學思路進行探索的原因之一。如果說「面對事情本身」是現象學研究態度中最基本的立場，那麼本書中應加以重視而申論的「前認知性」，正如同胡塞爾後期重視生活世界所強調的，「不再把客觀科學看作是一種純科學理論上的問題，而是越來越看作是與具體歷史生活相關的問題」（魯多夫 • 貝爾奈特、依索 • 肯恩、艾杜德 • 馬爾巴赫／李幼蒸譯，2010：201）。本書也是在數位互動文本的歷史發展現象的脈絡下，來檢視目前在「生活世界」中可見的「數位能動敘事文本」的樣態以及數位文本閱讀操作實踐，並就此種現象進行分析論述。換言之，這種基於現象學生活世界之思維脈絡的「研究方法」，「諸如歷史性、生成性、傳統和常態」被賦予重要意義的研究思路（丹 • 札哈維／李忠偉譯，2007：135），顯然與數位文本效果研究常被使用的「實驗室／科學性研究法」大相逕庭。因此，基於現象學來思考數位能動敘事文本這一課題，「數位文本寫作／閱讀經驗現象」就被開啓了不同於「實證主義實驗法」的研究視角，寫作／閱讀的**經驗感受**在理論脈絡中獲得了更具奠基性的源始性地位。這對本書的立論而言，是非常具有關鍵性的理論取徑特色。例如要論述「什麼是數位文本的文本特色」，這樣的主題在本書中就不再循用傳統實證、量化、實驗的方法來分析，而是從「上手性」這樣的數位文本寫作、使用的感受經驗之現象為觀察起點，從而依現象學的路數，推導出數位文本的特色。

　　最後，本書強調，對文本的寫作與理解，這二端必須要能在同一理論路數下進行思索與探究。正是要面對「如何理解」，才能論及「如何寫作」。寫作技能與理解結構，二者是不可割裂的一體兩面。例如，從寫作的上手性經驗，到理解過程的他者性結構，寫作與理解就有了理論上的連貫性與

完整性。讀者將可在本書中看到，正是為了凸顯「理解能動敘事文本的特色」（如「對話式辯證性理解」），本書所談之能動敘事文本的寫作技能綱要（如空間形構及互動模態），在寫作的操作中被行使才有意義。本書往後發展的論述要點在於：

(1) 依胡塞爾意向性的思路（即含義意向與含義充實），來分析出能動敘事文本的文本結構——即一般媒材環節區及互動媒材環節區。

(2) 依海德格爾的上手性概念，從能動文本寫作過程的上手經驗現象來揀別出數位文本的文本組構特色——匯流性及互動性。

(3) 依加達默爾哲學詮釋學之概念，強調文本理解過程的前見性、他者性及對話性。

在本文中，胡塞爾意向性理論中「含義意向與含義充實」的分析架構，使得能動敘事文本的文本現象成為一種可被「分析」的現象。換言之，藉由胡塞爾的理論，我們可以這樣說：理解文本並不是某種直觀的運作，而是一種將直觀包含在內的運思結構。將理解能動文本的運思結構論述出來，並成為往下思考寫作技能的理論基礎，是這一部分的用心所在。海德格爾的生存論存在論思維取徑，在於幫助我們從寫作經驗的視角，亦即上手性觀念，探討數位文本的文本特質為何。這裡被強調的是，如此的思路是從寫作經驗為出發點來論述數位文本的特質，而不是預設某種數位文本的特質，再以此種預設特質來「評量」寫作技能的優與劣。就此，寫作技能的好與壞、對與否，最終回歸到作者寫作的經驗感受，即以寫作的上手性來予以衡量。本書藉由加達默爾的對話性詮釋學的理論，以一種更具理論性的姿態來說明一般語焉不詳的數位文本之對話性質。對話，並不是一種文本的形態而已，而是一種文本的意義給出樣態。正是數位文本充滿了對話性意義給出的可能性，所以數位文本寫作技能之提出，乃是為了讓數位文本更能穩定性的給出對話性之意義。

　　然而，正如一般學術研究者所知，這些現象學名家雖都被歸為現象學的學者，然彼此間確切的思維理路，在論述上亦有相互頡抗或質疑之處。本書無意從哲學思維體系對這些名家的不同思路進行細緻的揀別與爬梳，然而在不同的理論之間取捨，其所可能產生的衝突，例如胡塞爾的「直觀」與海德格爾的「領會」，本書亦將在相關論述之處進行必要之說明。

（三）本書寫作的經驗積累

　　本書書寫方向及內容，是筆者在多媒體互動新聞這一實務教學領域，歷經近十年所累積的思索軌跡。筆者在這一研究面向上，有六件相關研究主題獲科技部補助 [2]，四篇研究論文發表於學術期刊 [3]，並出版一本專著《多媒體互動新聞寫作：理論與實務》[4]。本文的書寫，較之於前出版之《多媒體互動新聞寫作：理論與實務》，有二項重要的思考轉向：敘事轉向及現象學轉向。

2　研究主題如下：一、國科會 98 年度專題研究計畫案，〈「新聞性」與網路新聞寫作之探討：從「倒三角型」的延續與創新出發〉，計畫編號 NSC 98-2410-H-128-030-。二、國科 100 年度專題研究計畫案，〈轉接數位單眼相機的「手動老鏡」論述模式：網路中「對話性」話語模式初探〉，計畫編號 NSC 100-2410-H-128-021-。三國科 101 年度專題研究計畫案，〈網路新聞與多媒體互動文本：理論與實務的探討〉，計畫編號 NSC101-2410-H-128-021-。四、國科 102 年度專題研究計畫案，〈數位互動新聞寫作：互動模組化寫作對新聞敘事的影響〉，計畫編號 NSC 102-2410-H-128 -012 -。五、科技部 103 年度專題研究計畫案，〈內文式互動呈現的新聞敘事書寫：從教學出發的研究探討〉，計畫編號 MOST 103-2410-H-128-016-。六、科技部 105 年度專書寫作計畫案（2 年期），〈空間布局、互動模態與批判性意義：互動敘事寫作文本理論〉，計畫編號 MOST 105-2410-H-128 -015 -MY2。

3　發表之期刊論文如下：一、李明哲 (2010)。〈「新聞感」與網路新聞寫作之探討：從「倒三角型」的延續與創新出發〉，《傳播與社會學刊》(TSSCI)，14：161-186。二、李明哲 (2013)。〈從「超媒體新聞」文本理論談多媒體技能教學理論定位及實踐〉，《傳播與社會學刊》(TSSCI)，第 25 期：頁 173-206。三、李明哲 (2016)。〈網路新聞與互動式敘事書寫：從教學立場出發〉，《傳播與社會學刊》(TSSCI)，第 36 期：頁 105-131。四、李明哲 (2016)。〈「能動文本」的「互動機制與批判意義」：與布萊希特「間離法」的理論對話〉。《傳播研究與實踐》(TSSCI)，出版中。

4　李明哲 (2013)，《多媒體互動新聞寫作：理論與實務》，台北：五南。

數位互動文本與敘事意義給出之間的關係，是本書最重要的核心問題及思考方向。這是此前著作中所沒有的問題意識及探索內容。

再者，就研究方法論，本書是以現象學取徑為「研究態度」，亦即在數位文本歷史發展的脈絡下，以現存的數位互動文本所呈現的樣態作為觀察基礎，從而對數位互動文本的文本呈現特色，做出現象學的描述，並以此種既存於生活世界中同時被現象學態度描述出的數位互動文本特徵，作為與敘事文本概念構聯思考的「文本經驗」基礎。在此或可強調，對「直接經驗」（或者說「感性確定性」）的重視，是現象學理路的最重要特色之一，甚至可說是「面向實事本身」的根本特色。正如海德格爾在〈黑格爾的經驗概念〉一文中，援引黑格爾而來的強調：「那最初或者直接是我們的對象的知識，不外乎那本身是直接的知識，亦即對於直接之物或者存有者的知識。我們對待它也同樣必須採取直接的或者接納的態度，因此對於這種知識，必須只像它所呈現給我們那樣，不加改變，並且不讓在這種認識中夾雜有概念的把握」（海德格爾／孫周興譯，1994：193）。

筆者之前出版之《多媒體互動新聞寫作：理論與實務》，是以現代文本理論為論述基礎，進行研究、思辨與構思，但卻缺少「敘事」這一面向，在數位文本呈現特色的這一點上，也是大量採用實驗法所得出的研究成果作為基礎。這種方法與態度，在筆者之後的探索過程中，面臨了具大的挑戰。此一挑戰的形成，恰恰亦正是導源於筆者從「實務教學的」、「工作中的」情境而來的思考方向。在一般的數位文本實務教學中，所欲完成的數位互動作品，大部分都是為了要與一般社會大眾照面的「敘事式」文本。換言之，所欲完成的作品是要既存於日常生活中，並被一般社會組成者所使用的數位作品。再者，就實務教學的立場與過程而言，終究不能只是懸空地在理論上談論數位文本的特色，例如舉 Manovich 的理論，說明數位文本具有如下特色：「數值化的再現」（numerical representation）、「模組化」（modularity）、「自

動化」（automation）、「變異性／液體化」（variability／liquidity）、「轉碼化」（transcoding）（Manovich, 2001），這是將數位文本抽象地對象化之後所得來的分析，數位文本乃從具體的世界生活的連結中被撕扯開來。這樣的抽象理論與具體的實務寫作習作之間，終究缺乏一個讓理論與實務結連，且能於日常生活中被串連思考「具媒介性之既存文本的呈現樣態」。

事實上，如果沒有一個具體的、可見的、可經驗的既存文本樣態作為出發點，實務教學課程根本無由進行。許多傳統寫作相關的實務課程，其所要教授的文本樣態，基本上早已定型；教學努力方向及內容，在於如何讓學生寫出那樣的文本，以及如何寫得更好。然而，數位能動敘事文本可能的呈現樣態，是發展中的現在進行式，是一個尚未定形的文本，這恰恰為實務教學帶來一個嚴酷的挑戰。也就是說，可以當作實務教學之基礎並讓教學可以進行下去的「某種既存的數位能動文本樣態」，應是怎樣的一種面貌呢？這又恰恰是一個實務教學工作者所被迫必須回答的「理論性問題」。之所以是「理論性」問題，乃在於：如果數位互動敘事文本是尚未定形的文本，那麼一位實務教學者終究得事前預先挑定某種數位文本呈現樣態，當作實務教學的前提與開端，不論其最後教學目標是要遵循或是挑戰預先選定的文本樣態。如果教學過程所需的文本樣態是預先挑選出來的，那麼「為何挑了這一種文本呈現樣態，而不是那一種？挑這一種憑什麼就更好？」如此，在課堂中必然要遭遇的質疑挑戰，就將轉為「理論性」層次的回答。換言之，總得有一種理論足以支撐，並用以說明、解釋「某個預選數位互動文本樣態為開端」的正當性、合法性。而以現象學的視角作為理論的開展，恰足以解決這樣的悖論、闡明這樣的問題。例如《存在與時間》中有關「歷史性」與「籌劃」之間的理論關係，就會是一種合理的理論來源。亦即在此一理論脈絡下，我們可以合法性地以既存的數位文本為預定基礎之文本，再藉由寫作及閱讀的上手性經驗感受，指向未來數位能動敘事文本樣態的可能性面貌。

最後一個本書想回應的問題，也是一個由實務態度上被逼問出來的問題。很簡單，卻也很致命：為什麼要書寫數位能動敘事文本？

如果說，能動敘事文本的敘事意義是在文本本身呈現的樣態下被給出，那麼，能動敘事文本「敘事意義樣態」是否可能不同於傳統敘事文本呢？如果沒有不同，那麼寫作數位互動文本似乎就在文本理論上失去了它的正當性，而落得僅僅是創作者在個人寫作之偏好上的一種選擇罷了。事實上，對數位能動敘事文本在其「敘事意義樣態之價值」面向上進行追問，這追問本身就是現象學研究態度下必然的發展，正如胡塞爾在《現象學的觀念》所言：「理性的一般現象學，還必須為評價與價值的相互關係解決類似的問題」（胡塞爾／倪梁康譯，2007：15）。本書循著加達默爾的理路而提出：數位文本具有從「文本形式」而來的「反思性對話式」樣態的敘事意義給出。傳統敘事文本，若要論述其文本意義之給出，往往必須從內容面向著手，同時易於傾向「獨白式」樣態的敘事意義給出，而本書將闡明：在能動敘事文本的文本呈現樣態下，藉由互動樣態組構面向上之形式的思考，能動文本的敘事意義給出乃易於傾向「反思性對話式」樣態的意義給出。獨白式樣態與反思性對話式樣態，其在意義價值層面上的差別，若要在文本理論上闡釋清楚，非借重於現象學的思維脈絡不可。

最後，在上述思維取徑下，本書將嘗試提出一個數位能動敘事文本的寫作具體綱要。能動文本寫作綱要的開展，乃緊扣著本書整體的論述架構。換言之，是從文本特色的視角來討論技術選擇、教學內容以及教學方法。換言之，如果匯流性及互動性是數位能動敘事文本呈現特色的樣態，那麼在技術選擇、教學內容及教學方法等三個面向，該如何進行思考，才能使學生了解並掌握對匯流性及互動性的書寫能力呢？例如，匯流性如果必須重視「空間布局」，那麼在所選擇的 HTML 及 CSS 技術架構下，DIV（區塊）及 TABLE（表格）就是必要的教學內容。再者，此教學內容要「如何教」，才能與「空間布局」

的寫作能力要求，更能緊密地配合？此亦即教 DIV 及 TABLE，並非為技術本身而教此種技術，而是為了文本空間的布局能力才教這些技術，其教學的思維視角是文本導向而非技術導向，從而由此開展了本書對教學的探討方向及內容。筆者在自建置的教學網站中，教學方法的嘗試已累積多年的經驗值，請參考以下教學網站 http://lmcmultimedia.blogspot.tw/。

近三年來，筆者依循本書研究之路數產生的研究成果，先後有二篇刊登在學術期刊上，一篇是〈網路新聞與互動式敘事書寫：從教學立場出發〉，刊登於《傳播與社會學刊》(TSSCI)（李明哲，2016a）；另一篇，〈「能動文本」的「互動機制與批判意義」：與布萊希特「間離法」的理論對話〉，已獲《傳播研究與實踐》(TSSCI) 同意刊登（李明哲，2016b）。在上述研究基礎上，本書將思維重心放在更理論性的「基礎理論思考」。第一項重點在於以嚴謹的學術論辯來呈現：何以本書要採用現象學態度的研究進路，亦即在歷史發展脈絡下對既存文本的考察，而不是採用某實驗室方式的實驗法，或是問卷調查形式的量化方法。這一現象學的研究進路，同時即包含了對數位文本發展之歷史脈絡的考察，例如使用捲軸行為（此亦是互動行為）的長頁型內文文本布局，在早期的網頁布局上是必須被避免的，然而隨著螢幕閱讀的社會性深化，長頁捲軸型乃逐漸更適合於網頁的文本布局樣態，而更經常性地被網頁設計者所採用 (Schade, 2015)。同時，本書也特別留意數位文本的發展過程，和傳統文本產製習慣之間的交互影響脈絡。例如早期 HTML 語法的內容，是以傳統平面資訊呈現的習慣和方法來當作仿效的思考樣本，亦即傳統出版業的「標記 (marking up)」行為 (Wikipedia, 2014)。這從瀏覽器安排資訊內容的「語法」——HTML (the Hypertext Markup Language) ——在術語方面的遣詞用字，以及 HTML 語法最後所呈現的樣態，皆可窺見一般。一開始瀏覽器的資訊內容呈現樣態，其實是複製傳統平面媒體對資訊安排的規則與習慣，故「HTML 檔案往往被稱之為『網頁』」(Raggett, 2005)。

　　本書的第二項重點，將基於現象學的研究態度，從更爲理論源始性的視角，亦即數位互動文本寫作之上手性，進行數位能動敘事文本特色之分析：匯流性及互動性。從這二個面向所揭示出來的「前認知性」知識類別，本書相應提出能動敘事文本書寫面向的具體寫作綱要：空間形構及互動模態。在這一研究方向上，理解的過程環節，理解所給出之意義模式，以及文本形式與反思性意義給出之間的考察，這三者，在現象學思索、探討的視野中，同時得以敞亮了。

二

從互動文本到「能動文本」

從早期的文獻開始，互動性意識就是數位多媒體 (digital multimedia)／數位媒體 (digital media)，區隔於傳統多媒材媒體 (multiple media，例如電視、電影或是單一媒材媒體如小說) 最重要的差異所在 (Bhatnagar, 2002b:4; Miller,2008:54)。互動，在多媒體系統／文本的討論中，一直「處於核心地位」(Barfield, 2004:8)，Bennett 甚至說：當閱聽眾能與媒介互動，「新媒體」的時代才走入歷史 (Bennett, 2005: 9)。在「關於敘事之未來的大多數文獻中，互動性是一條黃金標準」（H•波特•阿博特，2007：617）。對網路新聞而言，Brighton &Foy 強調二十一世紀的新聞，互動性將會成為重要的新聞價值指標 (Brighton & Foy, 2007:43)；Bradshaw&Rohumaa 亦言，互動會是網路新聞的核心特色 (Bradshaw & Rohumaa, 2011: 136)。

互動，如果是多媒體文本的必要組構部分，那麼互動可以賦與多媒體文本之特色，從早期文獻開始，被強調之處乃在於：文本所給予讀者的控制選擇權／程度。例如早期討論「多媒體 (multimedia)」的學術專書中，Blattner & Dannenberg 強調對多媒體的標準定義並不是結合「多媒材」在螢幕上，而是使用多種輸入機制來與螢幕互動 (interact)(Blattner & Dannenberg, 1992: xxiii)。Wildbur & Burke 亦言，電腦與互動文本呈現形式以及使用方式的發展過程，是沿 off/on 開關、鍵盤、滑鼠以及螢幕觸控機制這些輸入系統的逐步開發而開展 (Wildbur & Burke, 1998: 102-105)。因之這一面向，一開始落實於網頁的互動呈現，往往聚焦於導覽系統設計的合宜性，強調互動「在網頁設計中應謹記在心的是有效的導覽系統」(Mohler & Duff, 2000: 7)。

本書中，我們以「能動文本」來指稱目前逐漸發展的數位互動文本的呈現樣態，而最能呈現能動文本特色的文本現象，則是「內文式」「能動文本」。內文式「能動」文本指的是一種數位文本呈現的樣態，在一般所謂的「內文區」中，「互動機制」被安置其中，成為內文區文本完整呈現之不可分割的組構元素。換

言之，一定要透過對文本中所設置之互動機制的操作，作者寫作時所運用的媒材元素才能完整的被讀者看到。例如下圖中前、後圖的變化：

資料來源：《天下雜誌》(2013)，〈我買了國家公園？！〉。上網日期：2014 年 7 月 27 日，取自 http://topic.cw.com.tw/2013nationalpark/pc.aspx.

　　以上例而言，一個能動數位文本完整文意的呈現，其「媒材元素」必須透過某種「互動」過程才得以對讀者展露。換言之，從「完整文本呈現」的角度來看，「互動過程／機制」是「文本」的一個必要組成部分，是構成文本的「媒材」之一。此種形態的文本，當然是一種「互動」形態的文本，因為互動文本是指：必須讓終端使用者——即閱聽眾——能夠控制該媒材在什麼時候被使用（Vaughan, 2008:1）。但對本文而言，能動文本所著眼的角度則在於：「互動之後」文本本身發生了什麼事？聚焦而言：亦即一個互動數位文本，一旦使用者／閱聽眾在操作互動機制之後，「文本本身」是否產生了結構上的變化？如果透過互動機制，數位文本得以進行某種自身的運動，那麼藉用艾柯（Umberto Eco）在《開放的作品》一書中對「運動中作品」的概念（艾柯，1962／劉儒庭譯，2005：17），這種互動型的數位文本，本文乃稱之為「能動文本」。換言之，能動文本是互動文本的一種類型，能動文本在其透過受眾參與文本的互動理解過程中，會改變其文本自身的物理結構。

　　在能動文本一詞之前再加上「內文式」，則是指本文所著眼的數位能動文本，是文本自身完整地被置放於一般的網頁「內文區」中。亦即，某一數位文本的互動機制，是被文本作者設置於文本自身之內，而不是網站或網頁的「導覽系統」所「強加」於文本上的。這常見於一篇數位文本的「超連結」互動機制是由網站建置程式所自動加諸於文本，可舉範例是某一內文文本下面所設置的「分頁」導覽系統或「相關資料」的超連結系統。要之，此一超連結的互動機制並不是作者在構思文本時所設置，同時這一互動機制該被置放於文本的何處、以何種形式呈現而互動，也非由作者所決定，而是被網站建置程式所事先設定。在這種狀況下，這種互動文本就不是本文所指稱的「內文式」「能動文本」。

　　以下，本書將以「能動文本」來指稱這種互動文本，此種文本中的互動

機制是由作者所構思、設置，互動機制是文本欲展現其文意的必要組構元素，同時在文本藉由受眾透過互動機制而形成的運動過程中，會改變其文本自身的外在物理性結構，亦即就本文關注的面向，數位文本的版面呈現樣態，會因互動而產生版形上的變化。這一「能動文本」概念上的規定，是參照艾柯「運動中的作品」這一文本概念而來：「接受者的參與揉進自己構思中的作品，埃柯稱之爲能動的作品」（篠原資明／徐明岳、俞宜國譯，2001：46）。換言之，依能動作品之概念而來的能動文本，在其被互動閱讀的過程中，「會對作者完成的作品物理性地添加一些什麼東西或者將其編成新的結構」（篠原資明／徐明岳、俞宜國譯，2001：47）。[1] 同時，這種互動作品的「能動性質」，是完整的作用於其文本自身之內，是「受本文的制約」（艾柯／王宇根譯，1997：27）。

以「能動文本」與「互動文本」進行區隔，具有下述目的：就一般數位文本的呈現而言，屬於網站／網頁中具有「導覽功能性」的工具性互動機制，將被區隔出來，不列入本文的探討範圍。這是因爲早期有關「多媒體互動」文本的說明中，「互動」常被解釋爲提供給讀者互動的「工具／方法」，例如選單（menu）、按鈕（botton/controls）、超連結（links）等方式（Savage & Vogel, 2009: 3）。因此，早期一般的技術性文章或著作中，互動常被強調成「在網頁設計中應謹記在心的是有效的導覽系統」（Mohler & Duff, 2000: 7）。功能性的互動導覽系統，當然也是一種互動「文本」，同時其運動過程中亦會產生作品結構上的改變，自然也是上述埃柯所言之能動作品。但，這並不是本文所指的「能動文本」。「能動文本」強調作品自身是一完整的場域，用艾柯的概念，可稱之爲「啓示場」。能動文本是：植根於這樣一種啓示場，

1　在艾柯／劉儒庭譯《開放的作品》一書中所譯爲「運動中的作品」的譯文，於篠原資明／徐明岳、俞宜國譯《埃柯：符號的時空》一書中譯爲「能動的作品」。綜觀全文，能動的作品應是較妥切的譯名，本文使用「能動作品」這一譯法。

作者通過提示一定的語言元素和提示對語言元素進行組合的方式（艾柯／劉儒庭譯，2005：16）。

　　能動文本，如前所言，其本身完整的組構是由文字、聲音、影像、影音等各式「媒材」及「互動過程」共同組合而成。因此，「互動的動態過程」乃成爲一種「媒材」，而且是「必要媒材」，換言之，這是寫作能動文本時所無法迴避的媒材。這樣一種文本樣態，對傳統的敘事文本寫作而言，產生了一種歷史性的全新挑戰——即某種「互動式的動態過程」成爲敘事文意構思表現上的「必要媒材」，本文以下的論述將此種媒材稱之爲「互動媒材」。

　　對能動文本的寫作考量，也必須建立在對螢幕媒介「顯露性」的思考上。螢幕顯露性的基本原則是：於一種固定的面積區域（可視面積）來呈現／展現文本的全部媒材。那麼，一旦一篇數位文本所有媒材的呈現面積總合大於螢幕可視面積時，應如何處理一篇數位文本的顯露過程呢？一般書本是以頁的概念及翻頁行爲來解決此一問題，基本上可稱之爲「被動顯露性」作品。而傳統的螢幕媒介，如電影、電視的「顯露行爲」，則是讓影音媒材主動流動於固定可視的面積中，在此產生資訊的流動，好讓所有資訊「顯露」出來，我們稱之爲「主動顯露性」作品。那麼，呈現數位文本的螢幕，其「顯露性」又是什麼呢？

　　一般而言，在內文式能動文本中，作品藉由互動媒材的設置，被動顯露性媒材（例如文字）與主動顯露性媒材（例如 video）可經由受衆的參與和介入，而「在當下」「綜合」成爲意義給出的媒材。最後，讀者對整體文本的理解，是在參與過程中，對各種顯露性媒材的綜合性閱讀，進一步形成理解的狀況。本文的「能動文本」，是從艾柯「運動中作品」的概念轉化而來，用以界定內文式多媒體互動作品，而能動數位文本的顯露性即是「能動顯露性」。「能動」，既不是被動，也不是主動，而是在讀者主動介入下的「各式顯露特性」媒材的綜合展露。換言之，就一篇文本的寫作而言，創作者對

文本寫作思考的「預構」，[2] 已從「作品」完整意義之陳述，轉移到「媒材」之間互動互文的意義發展之可能性；此亦即，在作者的「寫作心態」中，意義顯露的契機，更多是蘊藏在媒材互動的「過程中」，而不是在完整的文本「之後」。對過程的強調，使得能動文本與傳統文本相較而言，具有某種未完成性的意味。

文本的「未完成性」，艾柯以「最近的樂器作品」舉例而言：「爾海因茨・施托克豪森的《鋼琴曲第十一》，……演奏者任由自己基於不同段落的「組合」去自由演奏，放任自己自主的去『組裝』各個樂段」（艾柯／劉儒庭譯，2005：1）。據此，艾柯對能動的作品談道：「因此，這些作品不是已經完成的作品，不是要求在一定方向之內使之再生、在一定方向之內加以理解的作品，而是一種『開放的』作品，是演奏者在它進行美學欣賞的同時去完成的作品」（艾柯／劉儒庭譯，2005：3）。

正在於其趨向「開放性」的過程中不斷挑戰實現方式的極限：「一種不只是基於美學結果這一特性上的開放，而是亦基於構成美學結果的諸種因素之上的開放」（艾柯／劉儒庭譯，2005：54）。從「構成美學結果的因素」這一角度而言，作品結構的「能動性」與受眾的「參與性」，也就成為作者在追求文本意義展現的創作因素，把結構能動性與作者參與性也考量進去的作品，艾柯稱之為「運動中作品」，亦即是本文所欲論述的「能動文本」。

開放性作品從欣賞者的角度而言，則是「有待完成的作品」。就此，艾柯描述道：「總之，作者向欣賞者提供的是**一種有待完成的作品**：他並不確切地知道他的作品將會以那種方式完成。但他知道，作品完成後將依然是**他的**作品，而不是另一部別的作品，在演繹對話結束之後，一種形式將具體化，這

---

2 「預構」，本文在此是指依海登・懷特 (Hayden White) 於《元史學：十九世紀歐洲的歷史想像》一書中所指陳的敘事寫作概念：「史學家們在編年史包含的事件洪流之內抑或之後，覺察到一種行進中的關係結構」(White ／陳新譯，2004：13)。

一形式是**他的**形式，儘管這一形式是由別人以一種作者本人並不完全能預見的方式所組織完成。這是因為，作者事實上已經提出了理性地組織這種形式的可能性，提出了組織這種形式的方向和推進發展作品的有機要求」（艾柯／劉儒庭譯，2005：24）。

換言之，若依上引文所言，能動文本是一種理性地組織這種形式而產出的作品，它不是「一種混亂」，相反的「它是一種秩序」，一種「『不確定的』秩序」（艾柯／劉儒庭譯，2005：81）。「所有這些『開放的』、**運動中**的作品都顯示了這一基本特徵，正由於這一特徵，它們才永遠是『作品』，而不是一些偶然因素的堆砌，不是這些因素混亂地、可變成隨便什麼形式的東西的堆砌」（艾柯／劉儒庭譯，2005：25）。

艾柯對於什麼是開放性的作品，什麼是偶然堆砌性的作品，做出了舉例說明：「詞典為我們提供了大量的詞匯，這些詞匯使我們可以自由地寫作詩歌和物理學論文，可以自由地寫匿名信和食品菜單。詞典所提供的材料對任何組合都是非常『開放的』，但這些組合不是『作品』。作品的**開放性**和能動性在於它能讓人給予補充，能讓人給予有效果的具體補充，它能夠以自己的結構的生命力來指引這些演繹活動，這種結構的生命力包含在作品當中，儘管作品並非已經完結，儘管作品的結局也是不同的、多樣的，但這種生命力是有效的」（艾柯／劉儒庭譯，2005：25-26）。在這裡，艾柯強調作品「自己的結構的生命力」，亦即作品是獨立於作者的，就此，我們看到了艾柯所提出的「作品的意圖」這富於挑戰性的概念。

作品的意圖這樣的概念，在本書的最後分析中，會依現象學的思維取徑以加達默爾的「作品主體」之概念再度嚴謹地進行探討。在此，本書僅援引艾柯對「能動作品」的豐富描述，使本書所聚焦的「能動文本」有更全面的可理解性。以下的論述，將逐步地依現象學的理路開展，這是因為我們可以透過現象學的思路取徑，依作品主體之概念，從文本「構成面向」進一步推

演、探討文本的「理解面向」。對本文而言，能動文本的構成面向與能動文本的理解面向是不可分割的。就寫作者與閱聽眾之行為主體的視角而言，能動文本的寫作面向與能動文本的理解面向仍舊是不可分割的。正是企圖將文本的寫作與理解這兩個面向置於同樣的理論脈絡下來進行探討，遂使之成為有機的相依相涉現象。本文即據現象學的研究取徑，先從寫作面向現象的觀察描述展開討論。

三

從工作觀點到
寫作觀點的視角轉換

學習數位文本寫作到底需不需要學 HTML ？這大約是十年前還蠻熱門的一種提問。然而在目前的數位文本學習情境中，這似乎已經不成「問題」，答案是：非學不可！然而我們仍必須追問這「非學不可」的理由何在，換成學術性的問法就是：學習數位「文本」寫作，到底需不需要去碰數位「技術」？也就是說，文本與技術之間的關係，到底要如何論述與思考？這種論述和思考是否能有一種明晰的「理論式」的表述？

所謂數位技術，就本文的論述範圍乃是指 HTML 及其架構之下的後續技術發展，如 CSS 等。而 HTML 在數位文本中所扮演的角色何在？如果以內容與形式這樣一對概念來描述數位文本的組構，那麼 HTML 就是組建數位文本呈現形式的方法和手段。例如，<b> 這一行是粗體字 </b>，這樣的表示方式，在瀏覽器上就會呈現出「**這一行是粗體字**」如此這般粗體字的樣態。<b>、</b> 這一對標記，一般常用 HTML 這一說法來指認。就此例而言，可說 HTML 決定了內容媒材呈現形式的方法和手段。

如果說，文本的呈現本身就是一種內容與形式的綜合展演，那麼數位文本呈現的本身，就必須是內容與形式的共同組構。換言之，內容媒材與 HTML 就應該是形構數位文本必要的組成部分。由於內容與形式是文本不可分割的一體兩面，於是學習 HTML 就順理成章成為學習數位文本一個不可或缺的環節。然而，「學習數位文本寫作到底要不要學 HTML ？」這種提問究竟從何而來？這一問題，是我們在思考數位文本產製面向之際，隨著進一步追問「原本傳統平面媒體前製與後製之間的專業分工，是否仍須在數位文本的產製過程中沿續下去？」這一提問而來的。

傳統的平面媒體產製流程，一般分工為前製與後製，相應於文本的呈現，即是內容與形式上的專業分工。數位媒體興起後，以內容網站為例的數位文本產製流程，其工作流程可以用「上稿系統」作為界線來區分。傳統內容工作者，例如記者，只需將寫好的內容、照片等媒材，透過上稿系統上傳即可。

經由內部程式設計的安排，即可將上傳之內容依其程式規畫的形式構想而將最後的結果呈現在網站上。這種數位內容網站之上稿模式的產製流程，基本上是以傳統平面媒體的工作流程作爲規畫藍本。其中如果有差異，那就在於傳統平面美術編輯在文本呈現上所必須擔負的功能與作用，如今已由程式設計／數位美編工作者所取代。

在複製傳統模式之數位內容的工作環境中，內容工作者只需將其內容置入上稿系統所提供的上稿介面即可，如果需要做一些簡單而初步的內容編輯工作，例如中標的字要調大之類的工作，也可藉由上稿系統所提供的編輯器快速而直覺式地完成。就此種工作流程的「工作觀點」來看，數位文本內容創製者與學習 HTML 之間，並未有學習上迫切而直接的需求。事實上，面對數位文本寫作上一些可能的必要改變，某些早期的數位文本寫作原則、守則等所列出的條目，基本上都只是傳統寫作方法、概念、模式的某種變形。例如以下常被提出的網路寫作 tips：

技巧 #1 標題及次標題有重點。文字內容要有具體意義，要能讓讀者快速掌握重點，以決定是否要往下閱讀。

技巧 #2 段落不要過長。太長的段落不適合螢幕閱讀，可以將長段落打散成小段落。文字內容要直指重點，不要浪費讀者時間。

技巧 #3 要充分使用連結功能。文字的撰寫必須適合螢幕閱讀，那麼文章構思中的更多資訊就必須善用連結功能，以引導讀者前往。

技巧 #4 使用文字必須精簡。不要有多餘的廢話；動詞要精準，不用過多的形容詞。當然，如果是文學創作，就另當別論。

技巧 #5 善用條列式的寫法。可讓讀者一目了然，快速掌握重點。

技巧 #6 隨時整理出小標。小標讓讀者不致於害怕網頁上的大量文字。要讓讀者有耐心看下去，一定得隨時下小標。

技巧 #7 多媒體寫作思考。不要什麼都想透過文字來表達，有些細節其

他媒材可以有更好的表現，當用則用。

技巧 #8 增強個人風格式的寫法。個人風格的文體在網路是可以被接受
　　的，但也不要太過分，尤其是新聞寫作。

　　基本上，這些數位文本的寫作技巧，都只是因應螢幕的閱讀情境而對傳
統寫作模式進行某種手法上的改變與調整。這些改變，在不應用到數位寫作
技能／HTML 的情況下，也都可以做到。正是隨此類工作流程所帶來的限制，
以至於現行多數內容網站的數位文本，其與傳統平面文本的呈現樣態，基本
上並無某種文本結構上的差異。因此，數位文本寫作上對寫作技能的要求，
與 HTML 的學習之間就不存在著某種必要性的關係。這就是為何早期一般學
習數位技能、HTML 往往偏向網頁製作／設計這類課程，所著重的是文本呈
現的形式，而不是內容。換言之，就傳統平面產製的概念來說，這是屬於後
製的專業工作範圍。

　　在數位文本的發展過程中，上述數位文本呈現的樣態和傳統文本並未形
成顯著的差異，這一點是被明顯意識到的，因此有「鏟入式」文本這樣的描
述來形容和傳統文本長得差不多的數位文本。Hicks 在其 2008 年的著作中，
將數位文本區分為三種樣式：鏟入式 (shovelware)、再編輯鏟入式 (modified
shovelware)、網路原生式 (net-native composition) (Hicks, 2008)。所謂「鏟入
式」，即是將平面文本的內容直接呈現在網頁上。再編輯鏟入式，則是在保留
內容的情況下，對內容進行某種更合適於螢幕閱讀的編輯修改，如減少段落字
數、增加文章段落，抑或在原本的內容外增加圖片或超連結等。網路原生式的
文本，則是當時一種理論上的發聲，也就是指一種應該要能運用數位技術呈現
能力而來的，同時又迥異於傳統文本呈現樣態的「原生式」數位文本。但原生
式數位文本究竟應屬何種樣貌，其實並不十分明確，故經常可見諸多類似如下
的評述：「則待確立」(彭芸，2008：172)、不要將舊的形式放入新世界中 (Jones,
2010)、數位文本要能有「創造性轉化」而不只是一般的「混合式媒體文化」

(Burns, 2005：57)、「走出框外來思考」(Craig, 2005: 26-27)。

上引諸般評述，說明了數位科技在文本呈現上所帶來的新可能性，對數位敘事文本可能產生的影響，不管在內容或形式上，都還沒有任何理論上的奠基可供進一步探索。然而，就數位敘事文本發展的歷史過程來說，如何透過數位科技的呈現特色來創新敘事意義給出的可能性，就實務實作的探索而言，一直是一條充滿生機的摸索軌道。這條數位敘事文本的摸索軌道之所以能夠邁出腳步，所憑恃者正是一般數位呈現科技的二大特色：匯流性與互動性。匯流性是指數位科技將目前所使用的各種形式的媒材，諸如文字、靜態圖像、動態圖像、聲音、影音等，同時呈現於同一數位媒介的空間；互動性則指「受眾」與「媒材的呈現」兩者之間的互動、交互性的關係。

在匯流性這一面向的實踐進路上，內容網站網頁中的敘事文本，其組構的媒材類別有增多的趨勢。除了文字這一最常見的媒材外，靜態圖像、動態圖像（例如 Gif 檔動態圖像）、影音等各式媒材，乃逐漸成為網頁中數位敘事文本的組構成分。然而這一變化趨勢，若從文本呈現形式的視角來論，可說「匯流數位敘事文本」和其之前的「鑲入式」、「再編輯鑲入式」之文本呈現規格，基本上並無二致。首先，為因應不同形態數位媒材呈現之需求，匯流上稿系統亦更新為能夠接受更多類型相異的數位媒材。然而在寫作「匯流數位敘事文本」的過程上，都是將其內容透過上稿系統，直接以線性方式呈現在網頁上，這與早期的數位文本並無太大差異。換言之，數位敘事文本在藉由匯流這一特色追求其文本的「原生性」方面，並不具有明顯可見的辨識性。就此而言，因應匯流數位文本而來的上稿系統書寫的過程，並未與數位技術的學習產生某種「非卿不可」的必要性。

數位敘事文本在互動性這一方面的實踐上，其發展雖晚於匯流性運用，但在文本呈現上，卻與鑲入式文本有著明顯不同的可辨識性。本文以「能動文本」來指稱此種將數位呈現科技的「互動特質」直接帶入文本呈現的數位

敘事文本。換言之,「互動」成爲數位敘事文本組構的必要媒材元素之一。此種文本,可謂是數位敘事文本發展至今最具「綜合性」的文本呈現模態,它將之前數位敘事文本的各種實踐的經驗值,盡皆帶入其本身之文本呈現的可能性中,同時又將「互動」這一數位科技特質呈顯於其本身中。

　　一旦「互動」成爲組構文本呈現樣態及文本意義給出的「媒材元素」之一,則於組構寫作的過程中,「互動」與其他媒材元素便處於相同的角色地位,同時成爲寫作者所運思的媒材。以我們所熟悉的文字表意形式而言,如果說「句子」是形成意義給出的基本意指單位,那麼如何遣詞用句就屬於寫作的創作領域,此一部分是無法被程式化的。對寫作者來說,使用字、詞是必備的寫作技能,因而對字、詞此種媒材的掌握與運用乃爲必要的學習過程。就「寫作觀點」來說,能動文本的「互動」,一旦成爲一種文本媒材的使用概念而非文本的形式(版型)的概念,那麼書寫者在寫作過程中就必須將 HTML 語法/數位科技,納入其寫作技能所必須運使之對象物的一環──這是因爲「互動」是由純數位技術(例如 HTML、CSS、JAVASCRIPT 等)構成的媒材。換言之,在能動文本中,「互動」如果是必要被使用的媒材,那麼「使用數位技能」也就成爲數位敘事文本寫作不可或缺的技能,一如遣詞用字之於句子的創構。即使是使用網頁/網站寫作軟體、上稿系統,如 dreamweaver、kopmopzer、wordpress、joomla 等,情況亦然。因爲這些性質的軟體只是用來減輕組構數位技術時的負擔,實際上並無法代替寫作者構思如何使用互動媒材來表達文本意義之給出,正如同使用一般文書軟體(如 Microsoft Word)可以便利書寫,卻無法代替作者思考與創作一般。

　　就工作流程來說,不少上稿系統也面對這一互動表現文本呈現模態之需求而有所修增。例如以最常被看到的 image gallery 爲例,不少上稿系統也推出能直接在網頁頁面上生成 image gallery 的上稿功能,讓上稿者可以快速的在其數位敘事文本內增添 image gallery。然而,(1) 這些互動呈現模組的樣態

往往只有少數幾種，但更重要的是 (2)，這些上稿系統的互動模組，其互動關係所能達及的範圍經常只限於其自身，亦即這類互動模組是一種自我封閉式的互動呈現模態。前述第 (2) 點是上稿系統所生成之互動呈現模組最大的缺點所在。這是因為，能動文本的核心文本特質，如前所述是互動性的，這互動性對於某一數位文本中的每一個媒材物件元素，都必須能夠是有效的。換言之，互動關係是開放於全文的，並非封閉於某一文本區域內，而上稿系統卻往往只能創建出互動關係局限於特定文本區域的互動機制模組，例如 image gallery。

　　只有在互動關係處於全文開放性的狀況下，能動文本才能在理論上被視之為具有「網路原生式」之文本特色；同時，這也是能動文本之外，所有的文本所無法企及的文本意義呈現之表述方式。當一位創作者想要以能動文本的呈現樣態來表述文本意義的給出時，也就是說，創作者欲以全文開放性的方式來思考、創建某一媒材物件與某一媒材媒物之間的互動呈現關係，那麼至少就目前的數位寫作工作環境而言，熟悉與掌握數位語法的技能，乃成為必備的寫作能力。

　　然而學習數位寫作技能用以創建能動文本，其媒材物件的互動呈現模態（即本文所指稱的「互動表述」），目的就在於透過此種互動表述以進行意義傳訴，亦即進行交往功能，而不是無需他者來理解的某種自言自語式的互動表述。換言之，本文對互動表述的思考立場，是站在胡塞爾《邏輯研究》所言的「在交往功能中的表述」。胡塞爾說道：

　　　只有當言談者懷著要「對某物做出自己的表示」這個目的而發生的一組聲音（或寫下一些文字符號等等）的時候，換言之，只有當他在某些心理行為中，為賦予這組聲音以一個他想告知於聽者的意義時，被發出的這組聲音才成為被說出的語句而成為告知的話語。但是，只有當聽者也理解說者的意向時，這種告知才成為

可能。並且聽者之所以能理解說者，是因為他把說者看作是一個
人，這個人不只是在發出聲音，而是在和他說話，因而這個人同
時在進行著某種賦予意義的行為，這些行為要為他進行某種傳
播，或者說，這些行為的意義要為他進行告知。相互交流的人具
有息息相關的物理體驗和心理體驗，這兩種體驗之間的相互關係
是通過話語的物理方面得到中介的，首先是這種相互關係才使精
神的交流成為可能，使約束性的話語成為話語。（胡塞爾／倪梁
康譯，1999a：33）

　　就引文中「進行某種傳播」此點而言，我們可以說，能動文本寫作者／
創作者，在進行某種互動模態的寫作思考時，是處於傳訴性意圖狀態下的作
為，其最後的文本成果——能動文本，也即是包合交往功能之互動表述的數
位敘事文本。換言之，寫作者在其創作行為中想告知讀者的意義，將被賦予
在互動呈現的模態中。那麼，能動本文一個重要的關注面向便就此浮現了：
書寫有意義傳訴性質之能動文本與數位寫作技能的學習之間，是否有著某種
可思考的原則？換另一種問法：是否有某種數位寫作綱要可供依據，以致被
組構寫作而出之能動文本得以被保障為具有傳訴性、具有交往功能性的？

　　數位技能的學習，只是去學會使用各式各樣的語法嗎？能學會使用語法
就等同於能夠創作數位文本嗎？打個比方來說，學會一個個中文方塊字，就
代表你足以駕馭中文方塊字來從事寫作嗎？顯然不是。若再從「具有意義傳
訴性質之能動文本」這一視角來說，「使用數位技能」與「透過能動文本來
進行意義傳訴」這兩者之間是否存在著某種原則性的文本創作關係？此一創
作上的理論原則，可以使得創作者所完成的能動文本具備有效的溝通性、交
往性，亦即受眾可藉由對能動文本的閱讀，來掌握創作者賦予在文本中的意
義。這是本書對能動文本思考的基本出發點，正因如此，本文乃強調<u>寫作與
理解是不可割裂的一體兩面</u>。

　　能動文本若要能成為一種文本形態的中介，且此一中介能夠使得創作者與受眾之間的意義交流成為可能，那麼首先就必須能滿足上述胡塞爾引文中所揭示的一些原則：「相互交流的人具有息息相關的物理體驗和心理體驗，在這兩種體驗之間的相互關係是通過話語的物理方面得到中介的，首先是這種相互關係才使精神的交流成為可能，使約束性的話語成為話語。」胡塞爾強調，（1）交流者之間首先要具有某種「息息相關」的物理、心理體驗，亦即交流者必得先具有某種共同基礎的，或可以相互分享和了解的體驗背景，比方說如果想透過中文傳訴溝通，則中文字及中文語法乃為交流者所必備的、息息相關的物理和心理之體驗基礎。（2）交流者所具有的這種共同體驗若要能發生作用，交流文本就必得是「約束性的話語」，此即文本的構成必須是具有某種原則性的，亦即被約束的，而不是創作者單方可隨意組構的。

　　就此而言，能動文本或者說互動表述，若要能成為一種具交往性質的文本（也就是要能透過互動表述來傳訴意義），以使得創作者和讀者間的溝通成為可能，那麼就得面臨以下的追問：（1）互動表述如果要能使交流者之間的意義交流成為可能，那麼交流者之間對能動文本的息息相關之共同體驗應是什麼？——這是交流的可能基礎。（2）能動文本的寫作過程中，其「約束性」的原則方向應是什麼？換言之，能動文本在組構思考時，要掌握什麼樣的原則，而在運用這些原則之際得以使互動呈現表象，轉而成為一種具交往性的文本，亦即成為互動表述。

　　本文所關注的文本是敘事文本，具體言之，即是能動敘事文本。在此原則下思索上述問題（1），亦即追問：敘事能動文本若要能具有交往性、溝通性，則交流者之間息息相關的文本共同體驗應是什麼？那麼，依本文所強調的現象學「生活世界」的思維取徑來思索，傳統敘事文本之所以在生活世界能夠具有交往性和溝通性，就應是能動敘事文本之所以能成就的奠基性基礎。換言之，「敘事」這種分享意義的文本形式，已在生活世界中成為分享意義之

共同體驗，這一文本共同體驗之基礎，必須要能夠保留在能動敘事文本的意義構成當中。能動文本若依循敘事意義給出之原則來構造自身的意義給出並組構其文本的呈現樣態，那麼，在生活世界中談「能動敘事文本」才是有意義的。就此，傳統敘事文本的敘事意義給出的構造性原則，同時也就應是能動敘事文本的意義給出之構造性原則。

　　追問上述問題（2）：在數位寫作的物質基礎上，能動敘事文本在組構文本呈現樣態時的「約束性」原則，有哪些將會是數位文本所面對的「新寫作原則」？換言之，這些「新寫作原則」是傳統敘事文本的寫作處境下毋須去面對的。而本文所進一步要思考的則是，在面對能動文本的敘事意義給出的寫作原則下，就教學的立場，是否有某種理論思維架構可供構思教學上的設計？換言之，如果依上文的論述，對數位文本語法技能的學習與理解乃是寫作能動敘事文本必要的背景知識架構，那麼在對數位語法技能的教學引介上，是否有某種教學內容的安排足以供學生在學習能動文本寫作之際最能表述敘事性的意含，此亦即對受眾而言，其所面對的能動文本是否能夠有「明晰的」「給予的」敘事性含意／意義。

　　「明晰的」「給予的」之所要打上引號，乃因為這兩個概念在本文中具有特定意義的指涉，乃指胡塞爾在《邏輯研究》中基於現象學觀點所提及的「明晰性」及「給予性」，下文也將會有專文再詳論。但在此先總括言之，本文強調能動表述要能具有敘事性，這敘事含意必須是具有「明晰性」及「給予性」的，就胡塞爾現象學在《邏輯研究》一書所言，即是指敘事含意是「客觀性的」，這客觀性是指對於某一能動的表述，即使交流者／受眾三教九流、雜多而不同，但皆可從「閱讀中」感受到相同的「敘事性」意義給出。文本表述含意的「客觀性」，這個概念對本文往下論述之所以重要，乃在於，借用胡塞爾的話說，即：「我們隨時都可以在對陳述的重複將這個陳述的含義作為同一的東西喚入到我們意識之中」（胡塞爾／倪梁康譯，1999a：43）。

換言之，以某種互動模態而呈現的能動表述之表象，不同交流者在不同的時間、地點，甚至以不同的互動過程來對互動文本表象進行「閱讀」，能動表述中的敘事性，都應「作為同一的東西」被喚入到交流者的意識中。

前文已提及，就能動文本所內含的「互動」這一單純之呈現樣態來說，互動關係的可及性，亦即互動關係的可能性，是及於全文本中所有的媒材物件元素的。同時，就能動文本內容顯露的過程而言，讀者是構成能動文本物理性顯露資訊過程模態的必要關係環節。但值得注意的是，能動文本中的每一次閱讀，不管是同一讀者或不同讀者，每次閱讀過程都可能產生出不同的物理性顯露資訊過程模態。換句話說，某一互動文本在其每一次被閱讀當中，都可能顯露出不同的文本形態。能動文本，其文本形態的不確定性，正包含在其自身的特色中，若以現象學「直觀」的概念來說，「文本形態的不確定性」恰恰是能動文本迥異於傳統文本之所在。

現象學的「直觀」概念，在本文中是極重要的論述概念工具，在此不妨引羅伯 • 索科羅斯基的說明來進一步闡釋：

> 直觀這個概念在哲學上是具爭議性的；它經常被認為是私己的，無法說明的，無理性的，一種可以推翻論辯且無法溝通的直覺。但是，直觀不一定要被瞭解成如此神祕。現象學可以為直觀提供一個非常清晰且令人信服的解釋：直觀就是面對一個在場顯現的事物，而不是意向著一個不顯現的事物。觀賞一場球賽，看到一個立方體，發現我正在找杯子，都是直觀，因為意向的事物正在場。這種在場顯現與空虛地意向著不在場的事物有所不同。吊詭的是，正因為現象學認真地考慮事物的不在場顯現狀態，從而也使得它能夠釐清直觀的意涵；空虛意向和不在場顯現這兩種狀態之兩相對照下，直觀可以更清楚地被瞭解到其在場顯現的意涵。

（羅伯·索科羅斯基／李維羅，2004：61）

　　因此，我們現下所面臨的問題乃在於：能動文本在直觀之下，亦即在每一次在場顯現之文本顯露過程，如何能保持其敘事性意義給出的穩定性？這裡的困難在於：文本形式顯露的不確定性如果就是能動文本「就其在場顯現」之文本形式的特色，那麼在文本形式顯露的不確定性過程中，其敘事含意給出如何能夠都「作爲同一的東西」而被喚入到交流者的意識中？換言之，儘管文本形式的不確定性使得讀者閱讀的最後成果所掌握的內容對象不盡相同，但其敘事性含意在每一次的閱讀裡都必須相同的明晰性地被給出。

　　前面的論述，乃本文對能動文本是否爲「敘事型」能動文本所立的劃分標準。那麼，就寫作面而論，能動文本的寫作過程是否有哪些原則是必須被注意的？這些原則的行使，至少就理論而言，可以確保能動文本在敘事性意義給出上的必然性，這也是能動敘事文本寫作的首要注意原則。換言之，先確保能動文本敘事性意義給出的必然性，而後乃能使「能動文本」成爲「能動敘事文本」。至於內容是否精彩、感受是否撼人，那是第二義的問題，在此先不著意。

　　如果說，上述一般通論中，數位技術是學習數位文本寫作難以迴避的學習部分，那麼就可追問：在教學過程中是否有某種教學原則，其教學設計是可以被論述的，同時亦有利於學生在能動文本寫作過程中得以確保敘事性意義於閱讀過程中被明晰性地給出？這是下一章所要探索的。

四

能動敘事文本的
意向性結構與敘事性

「在」胡塞爾那裡，『意向性』作為現象學的『不可或缺的起點概念和基本概念』標誌著所有意識的本己特性」（倪梁康，1999：249）。「意向性既不是指人的主觀認知能力，也不是指人經驗的認知活動，而是人的意識活動的先天結構整體」（張汝倫，2008：116）；因之，「意向行為決定了事物向我們呈現的方式，從而決定了事物的意義」（張汝倫，2008：118）。羅伯‧索科羅斯基說道：「現象學的核心意旨即是我們的每一個意識動作，每一個經驗活動，都是具有指向性的（intentional）：意識總是『對於某事某物的意識』（consciousness of），經驗總是『對某事某物的經驗』（experience of）」，「因此意向性的意涵即是說，每一個意識動作都是朝向著某一事物，意識總是關於某事某物的意識」（羅伯‧索科羅斯基／李維羅，2004：24, 25）。丹‧札哈維針對此則如此表述：「在對經驗結構的分析中，胡塞爾特別關注這樣的經驗，它們以『意識到……』這樣的結構為特徵，也就是說，他們都有對象──指向性。這個屬性也被稱為意向性」（丹‧扎哈維／李忠偉譯，2007：8）。換言之，關於意向性一個總括的說法，可以如同倪梁康先生所言：「胡塞爾認為意向性是意識的普遍本質。意識是意向的，這就是說，意識始終是關於某物的意識」（倪梁康，2007：228）。

意向性的意涵在於意識的呈現總是朝向著事物，總是必然關於某事某物的意識，「即：所有意識都是『關於某物的意識』，並且作為這樣一種意識而可以得到直接的指明和描述」（倪梁康，1999：249）。這樣的意識動作模態特色，彰顯了「某物」，同時更重要的是，如果意向「意味著自我對一個對象的朝向」（倪梁康，1999：248），那麼不同某物對象在自我意識呈現上的差異性，必然含帶著意向行為的差異性，而且這種關於某物的意識，如上所引，「可以得到直接的指明和描述」。「胡塞爾也常常將這個意義上的『意向』簡稱為『行為特徵』；例如感知行為具有特定的意向，想像行為也具有自己的特別意向，如此等等」（倪梁康，1999：248）。換言之，「就現象學

來說，意向性是極度分化的，關聯到不同種類的事物，就有不同種類的意向」（羅伯 • 索科羅斯基／李維羅，2004：29）。羅伯 • 索科羅斯基說道：

> 舉例來說，當我們看到一般的物體時，我們有著知覺的意向；而當看到一張照片或圖畫時，我們是以圖象意向為之。把某物當成圖畫與把某物當成物體是不同的，我們必須轉換不同的意向性。圖畫與圖象的意向性相關；一般物體的知覺與知覺意向性相關。把某物當成字詞時的意向性又有不同，回憶起某事、對某物做判斷、把事物分類等，都各有其意向性結構。這種不同的意向性需要被描述及區分開來。（羅伯˙索科羅斯基／李維羅，2004：29）

就此，我們必須先來追問二個提問：

(1) 能動敘事文的意向性結構，若依胡塞爾《邏輯研究 • 第二卷》的研究分類來說，應屬何種意向性？

(2) 那麼能動敘事文本所屬的意向性，其意向性結構特色為何？

依胡塞爾對不同意向性結構之分析，本文將指出：能動敘事文本應是屬於「表述」的意向性結構。胡塞爾在《邏輯研究》中區分「指示性的」符號和「有含義的」符號。有含義的符號其特徵在於，它們「意指」一個含義，它們是「表述」（倪梁康，1999：78）。胡塞爾用「詞語」為表述範例進行意向分析時強調：「表述似乎將興趣從自身引開並將它引向意義，將它指向意義」（胡塞爾／倪梁康譯，1999a：35，底線為作者所加）。胡塞爾又以「話語」為例說明「表述」之本質性的行為時說道：「只要表述還是表述，就是說，只要表述還是激活意義的語音，這些行為對於表述來說是本質性的。我們將這些行為稱之為含義的行為，或者也稱之為含意意向」（胡塞爾／倪梁康譯，1999a：37，底線為筆者所加）；而「『含意意向』構成了表述的現象學特徵」（胡塞爾／倪梁康譯，1999a：40）。舉例而言，如果我們看一棵樹和看著「胡

塞爾現象學」這幾個字詞，那麼看著一棵樹依感知意向性，最後「樹」會明晰的向我們顯示。但，看著「胡塞爾現象學」這幾個字詞，會向我們明晰顯示出的並不是這幾個字的姿態、形狀，而是穿透那幾個字之後引向而去的「意義」。這正是上引胡塞爾所強調的：表述似乎將興趣從自身引開並將它引向意義，將它指向意義。這正如同魯多夫・貝爾奈特、依索・肯恩、艾杜德・馬爾巴赫 (Rudolf Bernet, Iso Kern, Eduard Marbach) 所言：「語言記號僅是一種第二位的、與意義聯繫在一起的外衣，反之，『觀念意義』(ideale Bedeutung) 才是語言表達的本質核心」（魯多夫・貝爾奈特、依索・肯恩、艾杜德・馬爾巴赫／李幼蒸譯，2010：155）。

就能動敘事文本而言，不管組構成某一能動文本的媒材是什麼，有可能是文字、影音、圖像、互動等等，最後面對某一能動敘事文本時——如果某一數位文本是成功的能動敘事文本，而不是一堆無序的媒材拼湊——那麼在閱讀過程中，我們自己終究會將興趣從媒材的物理表象引開，並引向意義。這種面對能動敘事文本時所引發的「從媒材表象引開並引向意義」的閱讀的意向性，正是表述的意向性結構。換言之，某種能動敘事文本若要能被讀者期待於其中讀出意義，那麼其意向性就必須是表述的意向性結構。正是基於這樣的理由，胡塞爾關於表述意向性結構的理論及分析，乃成爲本文對能動文本意義進行分析的理論基礎，也就是說，我們將討論與分析能動文本的意向性。

表述的意向性結構中，包含著含義意向。胡塞爾論說道：「起先是披著語法外衣而被給予的」那些客體，「被置入於具體的心理體驗中，這些體驗在行使含義意向或含義充實的作用時（在行使後一種作用時是作爲形象化的、明晰化的直觀）隸屬於一定的語言表述，並與語言表述一起構成一種現象學的統一體」（胡塞爾／倪梁康譯，1999a：3）。張祥龍則從更寬闊的哲學史視野，論及胡塞爾的表述意向性，他指出表述表象傳統上一般認爲只是兩層：

物理的信號、聲音、文字等等引起我們的心理活動，用它來指一個外在的對象。胡塞爾剝離出表述所特別具有而其他符號、信號所沒有的一個意指層、含義層。整個現代西方哲學，無論是分析哲學還是歐陸哲學，在某種意義上就產生於對「意義」層次的發現。恰恰是語言問題喚出了這個層次。這個層次的特點是：它是兩樓的，既是主觀的，又不是純主觀的；它有某種客觀性，但它又不是那種外在意義上的客觀（張祥龍，2010：118-119）。換言之，相異於傳統表述「符號表象──對象」這種二層劃分，胡塞爾的表述區分出了「符號表象──意義／含義──對象」這樣的三層劃分。然而在此，正如丹扎哈維所強調的，「儘管我們總是通過一個意義才意向某個對象，但……意義和對象決不能相同」（丹•扎哈維／李忠偉譯，2007：20）。胡塞爾就此點論道：「每個表述都不僅僅表述某物 (etwas)，且它也在言說某物 (Etwas)；它不僅具有其含義，而且也與某些對象發生關係。這種關係在一定的情況下是多層次關係。但對象永遠不會與含義完全一致」（胡塞爾／倪梁康譯，1999a：44）。

　　胡塞爾曾舉過一些例子（胡塞爾／倪梁康譯，1999a：45）。如「耶拿的勝利者」──「滑鐵盧失敗者」，這一不同表述表象的對子中，「被表述的含義顯然是不同的」（勝利、失敗），儘管這對子「所意指的是同一個對象」──拿破崙。這是屬於含義不同，但對象相同的例子。另外一例，如果我們第一次說「布塞法露斯是一匹馬」，另一次則說「這匹拉車馬是一匹馬」。那麼在從一個表述轉向另一個表述的過程中，「『一匹馬』這個表述的含義還沒有改變，但對象關係卻發生了變化。表述借助於同一個含義這一次表象出布塞法露斯，另一次表象出拉車馬」（胡塞爾／倪梁康譯，1999a：45）。這是屬於含義相同，但對象不同的例子。因之胡塞爾說道：「如果我們通過對許多事例的比較而得以確信，多個表述可以具有同一個含義，但卻具有不同的對象，並且，多個表述具有不同的含義，但卻具有同一個對象，

那麼，區分含義（內容）和對象的必要性就顯而易見了」（胡塞爾／倪梁康譯，1999a：45）。「由此可見，表述、含義和對象不可混為一談」（倪梁康，2009：39）。

那麼，含義與對象之間的關係為何？含義與對象在本質上的差異是什麼？如果胡塞爾的表述理論是本文文本意義展現的理論基礎，那麼能動敘事文本這種數位技術呈現所帶出的表述形式，對其意向性結構（意向行為）的分析，同樣地也要能區分出能動敘事文本的「意義」及其「對象」。這一區分是必須被釐清的，尤其是兩者間的關係和本質上的差異。對能動敘事文本的創作者而言，藉助這樣一種文本呈現形式，終究是要傳訴意義的；但就胡塞爾《邏輯研究》中所提出的「徹底地克服心理主義」之意向性理論而言，「一個事實是：所有思維和認識都與對象或事態有關，它們都似乎切中了對象或事態」（胡塞爾／倪梁康譯，1999a：6）。換言之，如果寫作者創作能動敘事文本是為了讓此文本具有交往功能，是為了傳訴意義（含義），那麼寫作過程中就必須同時留意對象的被給予，因為含義與對象是必須被區分、不可混為一談的。那麼能動敘事文本在意義與對象理論上的區別，就是必須要被釐清的問題，尤其是兩者間的關係和本質上的差異。

在此，且容筆者再強調本書的觀點。在探討能動敘事文本這一領域時，如果「創作者」與「閱聽眾」是探討文本所無法繞開之相互關連的面向，那麼以胡塞爾的意向性理論而非以普遍被採用的實驗法或量化調查法，這種方法論上的選擇，其重要性在於堅持：創作者與閱聽眾之間對於文本各自的「具體的體驗」具有某種「體驗統一」，「表述的存在是一個在符號和符號所標誌之物之間的體驗統一中的描述性因素」（胡塞爾／倪梁康譯，1999a：39）。這種在文本具體體驗中的「體驗統一」，使得創作者與閱聽眾之間的溝通成為可能，亦即創作者的傳訴意圖始為有效；再者，同時確保了不同閱聽眾在不同時、空下對某一文本的具體體驗是具有相互溝通性的。如果文本的

「溝通性」是必要的，甚至是被看重之所在，那麼，量化方法及實驗法在理論上並無法保障文本「溝通性」的存在。其所能得到的研究成果，無非是從被量化、被實驗之對象所得到的心理體驗，然而這些研究成果若要推及「其他人」，亦即保證被實驗者與其他人之間的可連結性，那就必須靠某種「形而上預設」來保障。本文採用胡塞爾現象學的理論及方法，即是有意識地在論述中避開某種「形而上預設」的理論假設。然而在方法論上，若是要堅持胡塞爾意向性理論所帶來的文本之具有體驗統一的溝通性——「將可理解的表述作為具體的體驗來考察」，那麼就如胡塞爾所強調的，必須以「表述本身、它的意義和隸屬於它的對象性」這樣的分析架構，「來考察那些以某種方式在這些體驗『中』被給予的東西」（胡塞爾／倪梁康譯，1999a：41）。

對於「符號表象——意義——對象」這樣的分析架構，丹・扎哈維說道：「我們總是通過一個意義才意向某個對象」（丹・扎哈維／李忠偉譯，2007：19）、「正是意味或者意義給意識提供了對象指向性」（丹・扎哈維／李忠偉譯，2007：19）。但，意義的形構和對象的形成二者之間，丹・扎哈維提出了更深入的解讀：「人不僅僅簡單地意識到一個對象，人總是以某種特殊的方式意識到一個對象，也就是說，意向性地指向某物，就是將某物作為（intend…as）某物意向。人將某物作為某物意向（知覺、判斷、想象），也就是說，人總是在特定的概念和描述下，或者從某個特定的角度來意向」（丹・扎哈維／李忠偉譯，2007：19）。據此，上文可被表述為「符號表象——（特殊方式、特定角度下的）意義——（某物作為某物的）對象」這樣的分析架構。對本文所關注的數位能動敘事文本而言，若要有著「可以有意義給出及對象形成」的文本意向性結構，依前文的理論推演就應是「符號表象——（特殊方式、特定角度下的）意義——（某物作為某物）對象」此種分析架構／方式。

顯然就本書來說，對「符號表象——（特殊方式、特定角度下的）意義

──（某物作為某物的）對象」此一分析架構及其運作過程進行某種詳細說明，是極為重要的關鍵。例如，前文中「（特殊方式、特定角度下的）意義」的特殊方式、特殊角度是什麼樣的方式和角度呢？「（某物作為某物）對象」的對象，何以對象的形成需要「某物作為某物」為中介呢？胡塞爾的文本一向號稱艱澀難懂，原因之一就在於許多胡塞爾所界定的「術語」（或者說「手腳架」）難懂，且多數讀者並非都經過哲學的專業訓練，因此筆者乃草繪「圖4-1：表述意向性行為結構概念圖」，盼能藉由此圖的引導，幫助讀者對本文所引胡塞爾文本理路能有更好的理解。本文往後的諸般論述，也都奠基於胡塞爾的文本，故若能對其術語有一概念性的掌握，將有所裨益。另，繪製此概念圖所使用的中文譯名，均依倪梁康所譯之《邏輯學研究》（胡塞爾／倪梁康譯，1999a）。

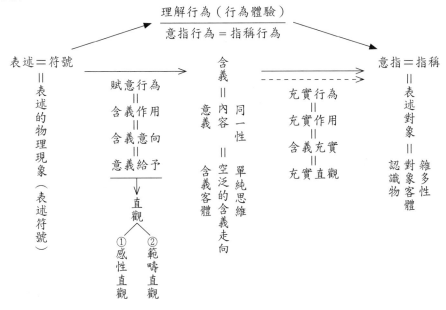

圖4-1：表述意向性行為結構概念圖

胡塞爾在《邏輯研究》第九節中對表述的分析，下了如下的標題：「對物理表述現象、意義給予的行為和意義充實行為的現象學劃分」（胡塞爾／

倪梁康譯，1999a：41）。很明顯的，「行為」——亦即表述意向性結構的運作方式，乃是此一篇章的分析重點。胡塞爾云：

> 如果我們立足於純粹描述的基地之上，那麼激活意義的表述這個具體現象便可以一分為二，一方面是物理現象，表述在物理現象中根據其物理方面構造起自身；另一方面是行為，它給予表述以含義並且有可能給予表述以直觀的充盈，並且，與被表述對象性的關係在行為中構造起自身。正是由於行為，表述才不單純是一個語音。表述在意指某物，並且正是因為它意指某物，它才與對象性之物發生關係。……由於起初空泛的含義意向被充實，對象性關係也就得到實現，指稱便成為名稱和被指稱者之間現時被意識到的關係。（胡塞爾／倪梁康譯，1999a：37）

在此引文中，意向活動的結構是由三個客體及二種構造行為組構而成[1]，本文稱之為「二行為、三客體結構」。這三個客體分別是指表述物理現象、表述含義以及表述對象，後文稱之為表述客體、含義客體及對象客體。二種構造行為分別為：表述客體與含義客體之間的意義給予行為（亦被簡稱賦義行為或含義意向），以及含義客體與對象客體之間而有的「充盈、充實」性質之意義充實行為（亦被簡稱充實行為或含義充實）。如果放大視野，要說明表述客體與對象客體之間的關係，則是用「指稱」或「意指」（還有一些變化的名詞，如「被指稱者」等等），表述及對象兩客體之間的構造行為則是「指稱行為」或「意指行為」，如上圖所示。此正如上引文所談的：「表述在意指某物，並且正是因為它意指某物，它才與對象性之物發生關係」，「指稱便

1　將表述、含義以及對象均於文字後冠以「客體」而成為表述客體、含義客體以及對象客體，這樣的行文表達，是參考倪梁康在《現象學的始基——胡塞爾《邏輯研究》釋要》一書中對此部分的說明方式，例如「在符號意識中出現的這第三個客體簡單說來便是對象」，本文從之（倪梁康，2009：38）。

成為名稱和被指稱者之間現時被意識到的關係」（底線為筆者所加）。同樣的概念，也可看到胡塞爾如是表示：「一個表述只有通過它的意指才能獲得與對象之物的關係，……意指的行為就是意指各個對象的特定方式」（胡塞爾／倪梁康譯，1999a：46-47，底線為筆者所加）。同時，「理解」也是胡塞爾用來說明從表述客體到對象客體這一體驗過程的用詞：「理解，是這個特殊的、與表述有關的、對表述進行釋義（deuchleuchtend）、賦予表述以含義並且因此而賦予表述以對象關係的行為體驗」（胡塞爾／倪梁康譯，1999a：65）。

　　再來，含義客體與對象客體兩者之間有何不同？賦義行為（含意意向）與充實行為（含意充實），也是會引起同樣的追問。胡塞爾強調：「正是由於行為，表述才不單純是一個語音」（胡塞爾／倪梁康譯，1999a：37），因之對表述體驗過程中行為的劃分乃成為首要的下手處。胡塞爾分析道：

　　　　只要表述還是表述，就是說，只要表述還是激活意義的語音，這些行為對於表述來說就是本質性的。我們將這些行為稱之為賦予含意的行為，或者也稱之為含義意向。另一方面是那些儘管對於表述來說非本質的，但卻與表述有著邏輯基礎關係的行為，這些行為或多或少合適地充實著（證實著、強化著、說明著）表述的含義意向，並且因此而將表述對象關係現時化。我們將這些在認識統一或充實統一中，與賦予含義的行為相互融合的行為，稱之為含義充實的行為。我們可以將它簡稱為含義充實，但這個簡稱只有在排除那種容易產生混淆的可能性之後才能使用。這種混淆是指將含義充實這個簡稱與整個體驗混為一談，在整個體驗中，一個含義意指在相關的行為中找到充實。在表述與其對象性的已實現的關係中，被激活意義的表述與含意充實的行為達到一致。語音首先與含義意向達到一致，含義意向又（與意向和其充實達到一致的方式相同）與有關的含義充實達到一致。現在，只要不

是指「單純」表述，人們通常就把整個表述都理解為那種意義被激活的表述。因而人們實際上不能（像我們常見的那樣）說，表述所表述的是它的含義。較為恰當的是另一種關於表述的說法，即：<u>充實的行為顯現為一種通過完整的表述而得到表述的行為；</u>例如陳述就意味著對一個感知或想像的表述。（胡塞爾／倪梁康譯，1999a：37-38，底線為筆者所加）

從上引胡塞爾的文獻中，我們可以確定如下幾個重點。

(1) 整個表述行為必然要包含「含義意向」（賦義行為）以及「含義充實」（充實行為），兩者缺一不可。

(2) 含義意向是「本質性的」，也就是奠基性的，亦即符號（表述物理現象）要能轉變為表述，決定於含義意向是否顯露，亦即賦義行為是否激活，「賦予意義的行為甚至構成了傳訴的本質核心」（胡塞爾／倪梁康譯，1999a：38)。含義充實（充實行為），則是「非本質的」。但，若沒有含義充實，表述便無法完整。此即，含義充實雖是非本質的，但卻是「有著邏輯基礎關係的行為」，這邏輯基礎關係的「關係」在於：在含義充實下才能有「表述對象關係現時化」，「現時化」這即是說一個表述是以「對象」之姿來被「理解」了。

(3) 含義充實並不是一種單獨發動的行為，其行為特徵是與含意意向「相互融合的行為」，亦即兩者是相絞在一起而不可單獨分開的。胡塞爾強調：含義意向及含義充實「這兩個方面並不僅僅是在意識中構成一個集合，似乎它們只是同時被給予而已。毋寧說它們構成了一個具有特殊性質的內在互融的統一」（胡塞爾／倪梁康譯，1999a：38)。

(4) 依上述分析，我們可以看到（請參閱概念圖表），含義意向是發生於「表述客體──含義客體」之間的「賦意行為」的區塊，以及連帶作用於「含義客體──對象客體」這一部分（即「充實行為」的

區塊），而含義充實只顯露於「含義客體——對象客體」這一部分。在此必須再強調，在「含義客體——對象客體」這一部分而顯露的含義充實，其行為特徵是與含義意向相互融合而來的行為。因此，就此概念圖表來說，充實行為是由含義意向與含義充實相互融合而來的行為。胡塞爾在其論述中，為了區分位於「表述客體——含義客體」中的含義意向以及位於「含義客體——對象客體」中與含義充實相融合的含義意向，遂將前者之含義意向稱呼為「（直觀）空乏的含義意向」，而將後者稱呼為「（被）充實的含義意向」。例如，「如果我們將直觀空乏的含義意向和被充實的含義意向之間的根本差異作為我們的基礎，那麼根據那些感性行為的劃分，即對表述作為語音顯現於其中的那些感性行為的劃分，我們便可以將兩種行為或行為序列區分開來」（胡塞爾／倪梁康譯，1999a：37）。這一術語上的區分，在往下的論述中，會逐漸顯現其重要性。

在表述的指稱行為中有著如上所言的行為結構，此結構即：含義意向及含義充實這兩者相互融合而形成完整表述。此結構，胡塞爾稱之為「含義意向行為的現象學統一」，其運作及特色，胡塞爾進一步論道：

> 我們在體驗語詞表象的時候，我們並不完全生活在對語詞的表象中，而是僅僅生活在語詞意義、語詞意指的進行中。並且，正因為如此，正因為我們完全投身於含義意向的進行並且有可能也投身於含義充實的進行，我們的興趣才完全朝向在含義意向中被意指的並且借助於含義被指稱的對象（確切地說，這兩者指的是一回事）。語詞的功能（或者毋寧說，直觀的語詞表象的功能）恰恰就在於，引發我們賦予意義的行為，指出那些在此行為「中」被意指的並且也許是通過充實的行為而被給予的東西，強迫我們的興趣僅僅朝向這個方向。（胡塞爾／倪梁康譯，1999a：38-39，底線為筆者所加）

　　上引文指出，表述指稱對象的被給予過程，在意指行為結構性架構下而具有「強迫性」：「強迫我們的興趣僅僅朝向這個方向」。正因為表述的意指行為（指稱行為、理解行為）是具有意向性結構性質上的強迫力道來運作，也正因為這是結構性質上的強迫力，故使得理解過程中的某種「體驗（內容）統一」得以存在，表述的「交往性」才得以確保，「我們隨時都可以在對陳述的重複將這個陳述的含義作為同一的東西喚入我們的意識之中」（胡塞爾／倪梁康譯，1999a：42）。胡塞爾強調：「將含義整體理解為一種作為意向的同一之物，對表述本身來說是本質性的含義」（胡塞爾／倪梁康譯，1999a：49，底線為筆者所加）。正因如此，「無論我或其他人在同樣的意義上，對這同一個陳述做出多少次表達，無論人們對它做過多少次判斷，而判斷的行為也隨情況的不同而各有差異，但判斷行為所判斷的東西，陳述所陳述的東西始終是同一個」（胡塞爾／倪梁康譯，1999a：44）。

　　那麼，接下來的問題是，胡塞爾的「意向同一之物」與表述意向性結構之間的關係又為何？再者，這「意向同一之物」是一個何種特性之「物」？關於上述的提問，胡塞爾有一個現象學觀察的描述：

> 當我們在詢問某個表述（例如：「二次冪的餘數」）的含義時，我們所說的表述顯然不是指這個在此時此地被發出的聲音構成物，不是這個短暫的、永遠不會作為同一物復返的聲響。我們指的是種類的表述。無論誰說出「二次冪的餘數」這個表述，它都是同一的一個東西。這個情況也對含義的說法有效，也就是說，含義顯然不是指賦予意義的體驗。（胡塞爾／倪梁康譯，1999a：41，底線為筆者所加）

　　首先胡塞爾強調，這「意向同一之物」並不是指「賦予意義的體驗」。換言之，轉用上述概念圖表中「二行為、三客體」之架構來表示，這「意向

同一之物」，首先，並不是指「行為」，即上引文的「賦予意義的體驗」。
換言之，就不是指「賦意行為」或是「充實行為」。那麼在「二行為、三客
體」意向性結構中，除了兩種「行為」，再來就是三個客體。顯然，表述客
體已被排除，即上引文中「不是指這個在此時此地被發出的聲音構成物」，
那麼「意向同一之物」就只剩下「含義客體」及「對象客體」。胡塞爾在此
直接說明：「對含義的說法有效」，亦即「含義客體」是「意向同一之物」。
那麼接下來的問題是：「對象客體」也是嗎？如果不是，那二客體者之間的
差異何在？下文會處理這一提問。在此依上引文可以確定的是「含義客體」
乃為「種類的表述」，那麼「種類的」又代表著什麼呢？

　　倪梁康說道：「『含義』的主要特徵就在於，它是意指行為所意指的『種
類之物』，或者說，『種類的概念和命題』」（倪梁康，1999：76）。又說，
在胡塞爾文中，含義之「種類的」概念，其特色是與個體性、特殊性概念相
反的普遍性和一般性，「普遍性和一般性（Allgemeinheit），我們也可以翻譯
作『共相』或『種類』。它的對立面是『殊相』或『個體』，或者也可以隨
翻譯的不同而稱之為『個體性』、『特殊性』等等。『共相』或『一般性』、
『種類』所代表的是觀念統一。與此相反，『殊相』、『特殊』所代表的是『個
體的雜多』」（倪梁康，2009：47）。依胡塞爾的論述：「在我們看來，意指
的本質並不在於那個賦予意義的體驗，而在於這種體驗的『內容』，相對於
說者和思者的現實體驗和可能體驗的散亂雜多性而言，這個體驗內容是一種
同一的、意向性的統一」（胡塞爾／倪梁康譯，1999a：97，底線為筆者所加）。
又說，「我們在這裡所聲言的這種真正的同一性，無非就是種類的同一性。
這樣，並且只要這樣，它才能做為觀念的統一包容個體性個別性的散亂雜多
性」（胡塞爾／倪梁康譯，1999a：100）。就此而言，含義是屬於共相性的、
觀念性的，但也正是此一特色，使得表述得具有「觀念的統一」，而不致於
因閱聽眾的不同而形成個別性的體驗之散亂與雜多，導致表述交往性的失敗。

這正是胡塞爾於〈意指的行為特徵與觀念——同一的含義〉這一節中所力言的：「如果我們或某一個其他人帶著同一個意向來重複同一個定理，那麼每個人都具有他自己的現象、他自己的語句和理解因素。但與個體體驗的這種無限雜多性相對的是在這些體驗中被表述出來的東西，它始終是一個同一之物，是在最嚴格詞義上的同一個。定理含義並不隨人和行為的數量而增多，在觀念的邏輯的意義上的判斷是同一個判斷」（胡塞爾／倪梁康譯，1999a：99）。就此，表述中的同一之物是指含義客體，同時含義客體也是共相的、種類的。

　　再來，要被探討的是「含義客體」與「對象客體」之間的關係，以及兩者之間在質性上是否有差異？如有，差異為何？正如同在前文所強調，意向性的特徵是：意識都是「關於某物的意識」，亦即他們都有對象。此亦是上文「圖 4-1：表述意向性行為結構概念圖」在繪製時所依賴的基本觀念架構。那麼，含義客體與對象客體在構成性的關係上是何種狀況？胡塞爾說道：「此外很明顯，在每個表述中都包含的這兩個可以區分的方面之間還存在著相互的緊密關係；就是說，一個表述只有通過它的意指才能獲得與對象之物的關係，因此可以合理地說，表述是借助於它的含義來稱呼（指稱）它的對象，或者說，意指的行為就是意指各個對象的特定方式」（胡塞爾／倪梁康譯，1999a：97，底線為筆者所加）。在此可以確定的是：唯有借助於「含義」，「對象」才能形構而成。這正是上引文所言：含義意向「對於表述來說就是本質性的」。然而值得特別注意的是，胡塞爾第 34 節的標題：「含義在意指行為中並不對象性地被意識到」（胡塞爾／倪梁康譯，1999a：97，底線為筆者所加）。這裡指明了，「含義客體」在其性質上並不等同於「對象客體」。換言之，如果意向性最後要指向一對象之物，那麼最後要被「對象性地被意識到」的就是「對象客體」了；而「含義客體」，「在意指行為中並不對象性地被意識到」。這兩者，一者被對象性地意識到，一者則無。那麼，被對

象性地意識到的「對象客體」是什麼樣性質的客體？至少就區分於含義之共相性的、觀念性的特質而言，對象應是什麼特質的客體？上引文中，胡塞爾已初步提到，對象客體是：「說者和思者的現實體驗和可能體驗的散亂雜多性」。換言之，含義是共相性的、觀念性的；而對象是個體的、散亂雜多的。

含義與對象，兩者之間性質上的區分，胡塞爾在《邏輯研究‧第二卷（第一部分）》之第二研究中，有更進一步的舉例說明：

> 根據前一項研究的說明可以得出，含義的觀念統一是被我們在對意指行為特徵的觀看中把握到的，這種意指具有其特定的著色功能（Tinktion），它使一個已有表述的含義意識區別於一個具有不同含義的表述的含義意義。這當然不是說，這個行為特徵就是具體事物，作為種類的含義就在它的基礎上對我們構造起來。毋寧說，這個被理解的<u>表述的全部體驗才是這種具體事物</u>，行為特徵作為賦予活力（beseelend）的著色活動正是寓居於這個體驗之中。含義與意指性表述之間的關係，或者說，含義與表述的含義意向之間的關係，就是一種與例如在<u>紅的種類</u>與<u>直觀的紅的對象</u>之間的關係，或者說，就是一種在<u>紅的種類</u>與在一個<u>紅的對象上顯現出來的紅的因素</u>之間的關係。（胡塞爾／倪梁康譯，1999a：105，底線為筆者所加）

依上引文，表述的全部體驗才是具體事物，這具體事物就是對象性地被意識到之對象客體。同時，「具體」恰是相對於「共相（種類）」而言，其意味著表述全部體驗對受眾而言是個體性的、雜多性的。受眾最後所理解之紅的對象，其體驗儘管是個體性的和雜多性的，但共相的（種類的）含義作為賦予活力的著色功能寓居於這體驗中。

那麼，從種類的含義到具體的對象，這兩者彼此之間的構成關係又是如

何呢？胡塞爾在〈第六研究：現象學的認識啓蒙之要素〉中說道：

> 我們現在不去考慮在意指與直觀之間的靜止的、可以說是靜態的
> 相合，而是考慮它們之間的動態的相合；在起先只是象徵地起作
> 用的表述上又隨後附加了（或多或少）相應的直觀。一旦這種附
> 加發生，我們便體驗到一個在描述上極具特色的充實意識。純粹
> 意指的行為以一種瞄向（abzielend）意向的方式在直觀化的行為中
> 得到充實。在這個過度體驗中同時還根據其現象學的論證而清楚
> 地表露出這兩個行為的，即含義意向與或多或少完善地符合於它
> 的直觀這兩個行為的共屬性（Zusammengehörigkeit）」（胡塞爾／
> 倪梁康譯，1999b：33，底線為筆者所加）。

> 符號行為（Signifikation）與直觀行為可以發生這種特殊的關係，
> 這是一個最原始的現象學事實。而只要它們發生這種關係，只要
> 一個含義意向的行為有可能在一個直觀中得到充實，我們也就會
> 說，「直觀的對象通過它的概念而得到認識」，或者，「有關的
> 名稱在顯現的對象上得到運用」。（胡塞爾／倪梁康譯，1999b：
> 34，底線為筆者所加）

胡塞爾在此用「共屬性」來描述含義意向與充實行為兩者之間「動態統一」的那種「它們之間動態的相合」（胡塞爾／倪梁康譯，1999b：33），亦即前引文所言「我們將這些在認識統一或充實統一中，與賦予含義的行為相互融合的行為，稱之為含義充實的行為」。若就「圖 4-1：表述意向性行為結構概念圖」來說，即是在「充實行為」這一構造階段中，「含義意向」與「含義充實」兩者間相依相恃之關係特色，這是「在現象學上特殊的統一型式」（胡塞爾／倪梁康譯，1999b：34）。

胡塞爾往下說道，「這個認識統一的特徵現在會使我們明白這個動態的關係」（胡塞爾／倪梁康譯，1999b：34）；在此，「認識」與「這個動態的關係」

這兩者間的關係被標舉出來了。換言之，從動態關係這一分析出發，胡塞爾指向著對「認識行為」的分析。倪梁康說道：「真正的認識啟蒙還是在第六研究中進行的，即是說，認識如何可能的問題，是在這裡才被提出並得到一定的回答」（倪梁康，2009：102）。「這個說明在第六章研究中主要是通過『含義意向』和『含義充實』這一對概念來完成的。胡塞爾也將它們稱做『含義意向』和『充實直觀』，或簡稱為『意向』與『直觀』」（倪梁康，2009：104）。然而，就認識行為成立而言，倪梁康說道：「所謂『認識一個對象』，在胡塞爾那裡就意味著『充實一個含義意向』。……他甚至更偏好『意向含義的充實』的說法」（倪梁康，2009：102）。的確，我們可以看到胡塞爾說道：「對象的認識和含義意向的充實，這兩種說法所表述的是同一事態」（胡塞爾／倪梁康譯，1999b：34）；「關係充實的說法更具特色地表述了認識聯繫的現象學本質」（胡塞爾／倪梁康譯，1999b：34）。而對符號行為而言，即本文所著重的表述行為，上述的分析是「最原始的現象學事實」。就本文所關心的能動敘事文本而言，這種文本亦是表述，亦即可以進入上文所談表述現象學理論的分析架構中。

在此，先暫時回到本文所關心的討論標的：能動敘事文本。先就上述關於胡塞爾表述意向性理論解析架構與能動敘事文本之間的探索關係，作一個扣連的略述。對胡塞爾理論的分析之所以要到達「認識」這一面向，此乃在於，本文所關心的面向，受眾對能動敘事文本的理解也是要能達致「認識」這一目標，對內容的某種理解才算完成。換言之，受眾面對一個能動敘事文本，並非僅有「感知」即可，而是要能透過能動文本這種符號現象（媒介）以進而達到某種理解，即認識對象物之給出。而從「作者」的角度出發，我們期盼創作者所寫出來的能動文本是「能被理解」的能動敘事文本。正是基於此一目的，胡塞爾的意向性理論乃成為我們從事探索的理論資源，而對胡塞爾理論的追索也就必須到達「認識行為」這一部分。我們從表述現象出發，

依表述意向性的意指行爲而追索，最後進至「含義意向的充實就是對象的認識」這樣一個結論。

這幾個初步的重點，在下文需要詳加論述之時，還會再仔細分析說明。但在目前這個初步的結論中，還是有幾點必須率先再提出來，以避免讀者可能迷失在漫長的分析中：

(1) 表述認識的達成，依恃於對象性地意識到「對象客體」，這正是意向性理論的基本核心：「意向的特性，是以表象的方式或以某個類似的方式與一個對象之物發生關係」（胡塞爾／倪梁康譯，1999a：393-394）。

(2) 對象客體（即對象之物）的最終形成，乃是依賴於含義充實行爲：「那個在直觀中（即含義充實）顯現的、爲我們所原初朝向客體（即含義客體）才獲得了被認識之物的特徵（胡塞爾／倪梁康譯，1999b：35-36，括弧內及底線爲筆者所加）。就本文所關心的「寫作面向」而言，這一點說明了寫作能動敘事文本時，文本必須能給予讀者「含意充實」之可能性，能動文本認識對象物才能給出，理解過程才能完成。而就能動文本而言，這「含意充實」的過程／體驗／直觀，將會與「互動」這一閱讀行爲有更強烈的關係。換言之，在互動過程中所呈現的「互動文本符號現象」和對整體文本理解之間的關係，按上述理論，將更應以含義充實與文本理解的關係來加以思考。進而言之，依胡塞爾（至少是依《邏輯研究》），如果說含義充實在認識一個對象的過程中，扮演了最終臨門一腳之角色，那麼「互動媒材」對能動文本而言就扮演了同樣分量的角色。就此，「互動媒材」在能動文本的組構過程之思考中，有了一種更爲明確的文本理論之角色。

(3) 含義充實本身並不是一種獨立的行爲，它與含義意向之間是一種「共屬性」的關係。換言之，含義意向與含義充實之間是「一種相互融

合的行為」。但這種相互融合的行為，其行為特色為何？如此提問
是因為：如果含義充實是和認識有關，那麼認識如果失敗的話，充
實行為是出了什麼問題，以致於認識會失敗？胡塞爾將失敗的含義
充實稱之為「失實」：「充實相毗鄰的是失實 (Enttäuschung)，它
構成一個排斥著充實的對立」（胡塞爾／倪梁康譯，1999b：41）。
這裡是我們要往下再進行詳細分析的部分，這涉及到能動敘事文本
在創作之時，各式媒材，尤其是互動媒材，要如何來組構，才能使
得充實過程得以完成而不致於失實，進而使得認識得以完成。

(4) 認識行為是客體化地指向對象，「在較狹窄的最狹窄意義上的所有
的認識統一的起源地，都是在客體化行為的領域中」（胡塞爾／倪
梁康譯，1999b：53）。依胡塞爾所言，不同種類的對象，亦即是不
同的客體化行為，換言之「就現象學來說，意向性是極度分化的，
關聯到不同種類的事物，就有不同種類的意向」（羅伯 • 索科羅斯
基／李維羅，2004：29）。不同種類的意向性，依著不同的「原則」
來完成客體化的認識。例如，本文所關注的「符號」，其意向性行
為就不同於圖像的意向性行為。「圖像則通過相似性而與實事相聯
繫，如果缺乏相似性，那麼也就談不上圖像」（胡塞爾／倪梁康譯，
1999b：53）；又例如，感知的意向性行為原則是「實事的同一性綜合」
（胡塞爾／倪梁康譯，1999b：53）；而文本所著眼的符號／表述意
向性行為原則是「相鄰性」（胡塞爾／倪梁康譯，1999b：60）。本
文無意於對比不同的意向性行為而加以區分，本文所關心者，乃在
於表述的「敘事性」：如果表述性的能動敘事文本，其最終認識對
象的客體是「具有敘事性意義給出的對象」，那麼要能形構具敘事
性之認識對象的意向性行為原則，又應是什麼？這一追問以及對此
追問的回應論述，不但是無可迴避的，而且必須是明白、清楚的。

　　以上第 (3) 與第 (4) 點，顯然還有一段漫長的分析過程，我們留待下一章節再處理。

五

敘事性符號的意向性結構

依前文的論述，含意充實顯然是本章論述的起點。含義充實與認識
的完成有著直接的關係，充實行為並不是孤立的，而是與含義意
向有共屬性，同時，不同意向性的行為中會有不同樣態的充實直觀，亦即有
著不同的「那些可以使我們更接近認識目標的認同形式」（胡塞爾／倪梁康
譯，1999b：64，底線為筆者所加），透過不同的術語表達，即如胡塞爾所言
「各個不同屬的客體化行為」（胡塞爾／倪梁康譯，1999b：66）或「代現或
立義的方式可以是不同的」（胡塞爾／倪梁康譯，1999b：86）。

就含義充實的動態關係，胡塞爾說道：

> 在這裡首先是含義意向，而且它是自為地被給予的；爾後才附加了
> 相應的直觀。同時，現象學的統一得以產生，它現在自身宣示為一
> 種充實意識。（胡塞爾／倪梁康譯，1999b：34，底線為筆者所加）

又說：

> 在動態關係中我們第一步所具有的是作為完全未得到滿足之含
> 義意向的「單純思維」（＝單純「概念」＝單純符號行為），這
> 些含義意向在第二步中獲得或多或少相應的充實；思想可以說是
> 滿足地靜息在對被思之物的直觀中，而被思之物恰恰是借助於這
> 種統一意識才表明自己是這個思想的被思之物，是在其中被意指
> 者，是或多或少完善地被達到的思維目的。（胡塞爾／倪梁康譯，
> 1999b：35，底線為筆者所加）

依上引文，一種簡單的綜述是：面對符號表象，首先形成的是含義意向，
但這含義意向是「未滿足的」、「單純思維的」、「空乏的」，因而必須被
充實；此亦即胡塞爾所言「符號意向自身是『空乏的』且是『需要充盈的』」
（胡塞爾／倪梁康譯，1999b：73）。只有經過充實／充盈過程後，認識行為（思
維目的）的對象客體（被思之物）才有可能被意識到；同時要強調的是「在

最本真意義上給予充盈的成分之特徵是直觀的成分」（胡塞爾／倪梁康譯，1999b：73）。在此，且容我們先回到上引文「相應的充實」中，「相應的」這字詞表示，充實行為與含義意向之間的融合是有章法的。

胡塞爾為「充實體驗」舉了一個例子：

> 例如，當一段熟悉的曲調開始響起時，它會引發一定的意向，這些意向會在這個曲調逐步展開中得到充實。即使我們不熟悉這個曲調，類似的情況也會發生。在曲調中起作用的<u>合規律性</u>制約著意向，這些意向雖然缺乏完整的對象規定性，卻仍然得到或者能夠得到充實。當然，這些意向本身作為具體的體驗是完全被規定了的；在它們所意指之物方面的**「不確定性」**顯然是一種從屬於意向特徵的描述特殊性，以致於我們完全可以像以前在類似情況中所做的那樣，悖謬地、但卻是正確地說：這種「不確定性」（也可以說，這是一種特性，即：要求得到一種補充，這種補充不是完全被確定的，而只是源自一個在規律被劃定了的領域）**就是這個意向的確定性**。與這個意向相符合不僅是<u>可能充實的廣度</u>，而且還有對每個源於此廣度之現時充實而言的一個在充實特徵上的<u>共同之物</u>。（胡塞爾／倪梁康譯，1999b：39，粗體及底線為筆者所加）

在此得到說明的是：含義意向（單純意向、空乏意向）與含義充實之間有著「合規律性制約」的關係。但此一規律卻很有趣，即一開始含義意向所意指的含義客體是「不確定性」，但同時是一種「在規律被劃定了的領域」的不確定性。因為此種不確定性之特色，所以要求充實補充，但這充實補充之方向與層次被合規律性所約制，亦即「可能充實的廣度」要與「被劃定了的領域」之「這個意向」來「相符合」，但也正是要符合於這個意向，所以這個充實補充最後乃導向「共同之物」的認識對象。

　　然而，在這樣的一種關係中，胡塞爾強調兩者之間是「不等值的」：

> 充實行為具有單純意向所缺乏的優先，這個優先在於，充實行為
> 賦予單純意向以「自身」的充盈，它將後者至少是「更直接地」
> 帶到實事本身那裡。而這個「直接」和「自身」的相對性重又指
> 明，充實關係自身具有一種<u>上升關係的特徵</u>。據此，這個優先有
> 可能在一連串的這種相關關係中逐步上升；但每一個這樣的上升
> 序列都指明了一個理想的界限，或者已經在它的終極成員那裡實
> 現了這個理想界限，它為所有上升設定了一個**不可逾越的目標：**
> **<u>絕對認識的目標</u>**，認識客體的相即自身展示的目標。（胡塞爾／
> 倪梁康譯，1999b：64，粗體及底線為筆者所加）

　　上引文用一種結構性的視野來看待，可以說，恰恰是因為含義充實與（單純）含義意向兩者有著「不等值性」的內在特色，這特色為認識本身帶來自身內部運動的動力。這認識運動具有一種上升關係的特徵，在這樣一種上升特徵的認識運動過程中，最後達到「認識客體的<u>相即自身展示</u>的目標」而停止運動。在這裡，「相即性」是認識運動自身往前推動所指方向的自我規定，其運動最後的停止點在於充實含義在其內部的「充盈」到達了「一個不可逾越的目標」，那麼我們就會確定認識的目標即「對象的同一性」（胡塞爾／倪梁康譯，1999b：35）。

　　「相即性」與認識行為之間的關係至關重要，因為認識的達成或失敗，最後的判斷是以此為依據的。因之，在充實運動所自我規定的相即性上，胡塞爾有詳細的描述：

> 我們說，而且我們可以明見地說，直觀對象與在其中得到充實的
> 思想對象是同一個，而在完全相應的情況下甚至可以說，<u>對象完</u>
> <u>全是作為同一個對象而被思考</u>（或者同樣可以說，被意指）並且

被直觀。顯而易見，同一性並不是通過比較的和思想中介的反思才被提取出來，相反，它從一開始便已在此，它是體驗，是不明確的、未被理解的體驗。換言之，在現象學上，從行為方面來看被描述為充實的東西，從兩方面的客體，即被直觀到的客體這一方面和被意指的客體另一方面來看，則可以被表述為<u>同一性體驗、同一性意識、認同行為</u>；或多或少完善的同一性是與充實行為相符合並在它之中〔顯現出來〕的客體之物。我們之所以可以不僅將符號行為與直觀行為，而且也可以將<u>相即性，即充實統一</u>標識為一個行為，正因為相即性具有一個它所特有意向相關項，一個它所「指向」對象之物。（胡塞爾／倪梁康譯，1999b：39，底線為筆者所加）

「相即性」有一個它所特有意向相關項，「一個」它所指向「對象之物」。換言之，意向與充實兩者之間的運動關係結構正是「相即性」，在這一結構下，意向與充實都面對同樣所指向的「一個」對象目標而走向同一統一，最後「我們就會確定對象的同一性」（胡塞爾／倪梁康譯，1999b：35）。然而，正如同上文所提到的，認識是有失敗的。此亦即，以「相即性」為判準，含義意向與直觀（含義充實）最後走向「不一致」、「爭執」；亦即含義充實的「失實」。

關於「失實」與「爭執」，胡塞爾說道：

認識的綜合是某個「一致」的意識。但與一致相符合的是作為相關可能性的「不一致」、「爭執」。直觀並不「附和」(stimmen) 含義意向，它與含義意向「相爭執」。爭執在進行「分離」，但爭執的體驗卻在聯繫與統一之中進行設定，這是一個綜合的形式。如果以前的綜合是一種認同，那麼現在的綜合便是一種區分

（我們可惜不具備另一個積極的名稱）。……在這裡所討論的「區分」中，失實行為的對象顯現為與意向行為的對象「不是同一個」，而是「另一個」。但這些表述指明了一些比我們迄今所偏好的事例更為普遍的領域。不僅符號意向，而且直觀意向都是以認同的方式而得以充實，以爭執的方式得以失實。（胡塞爾／倪梁康譯，1999b：41，底線為筆者所加）

正如前文所言，「相即性」的「相即」，所指的是指向「同一對象」，所以才能說「直觀意向都是以認同的方式而得以充實」。這也正是失實行為的判斷標準，因為「失實行為的對象顯現為與意向行為的對象『不是同一個』，而是『另一個』」。同時在這一引文中亦明言，這一判 對符號意向亦適用。換言之，對能動敘事文本而言，這種符號表述的意向性結構之分析也是適用的，即充實直觀必須與符號性含義意向是相即的、認同的。此正是胡塞爾所言：「充實在『一致性』直觀對一個符號意向的認同適合中調整自己」（胡塞爾／倪梁康譯，1999b：80）。

至此，依前文對胡塞爾《邏輯研究》所作之分析，我們可以為能動敘事文本的意向性結構進行描述：

(1) 能動敘事文本的意向性是一種表述的意向性結構。表述的意向性結構所不同於其他類型之意向性結構，在於其是「相鄰性」的客體化行為種類；行為種類是指以意義給予的方式起作用，因之「符號行為與符號意向對於我們來說是同義的語詞」（胡塞爾／倪梁康譯，1999b：58）。

(2) 相鄰性是指，當面對符號現象時，受眾不會停留在現象本身，「表述似乎將興趣從自身引開並將它引向意義，將它指向意義」（胡塞爾／倪梁康譯，1999a：35）。這樣的意向行為特徵即是「相鄰性」。

(3) 從符號轉向意義，即含義意向之發動。含義意向依前章節之分析論述，「含義客體」是「種類的表述」，此亦即含義意向是屬於共相性的、觀念性的，「這個體驗內容（含義意向）是一種同一的、意向性的統一」（胡塞爾／倪梁康譯，1999a：97，括弧內為筆者所加）。「我們在這裡所聲言的這種真正的同一性無非就是種類的同一性。這樣，並且只要這樣，它才能做為觀念的統一性包容個體個別性的散亂雜多性」（胡塞爾／倪梁康譯，1999a：100）。含義意向「種類的觀念性是實在性和個體性的唯一對立面」（胡塞爾／倪梁康譯，1999a：101），正因為含義意向之共相性的、觀念性的本質特徵，所以含義意向又往往以「單純意向」、「空乏意向」來稱之。也因為含義意向的共相性、觀念性，它才能起著「合規律性制約著意向」如此這般的作用；而同時也正因為含義意向的共相性、觀念性，就「認識」而言，乃「缺乏完整的對象規定性」，因而「要求得到一種補充」，亦即要求含義充實的參與，最後經由「充實關係自身具有一種上升關係的特徵」達到認識的目標，亦即含義與充實之間在「對象方面」的「同一統一」，即確定「對象的同一性」（胡塞爾／倪梁康譯，1999b：35, 39）。然而，在此亦要強調，儘管認識行為是含義與充實走向同一統一，但對對象客體的感受，卻仍是散亂雜多性的、個體性的，這也就是「含義體驗中，與統一的含義相符合的是作為種類之個別情況的個體特徵」（胡塞爾／倪梁康譯，1999a：102）。換言之，「被理解的表述的全部體驗」是「這種具體事物」（胡塞爾／倪梁康譯，1999a：105）。相對於認識所達致的客體化對象之具體性、雜多性和個體性，「含義構成了在『一般對象』意義上的概念」（胡塞爾／倪梁康譯，1999a：100）。就認識而言，「它的觀念性是『在雜多中的統一』的觀念性」（胡塞爾／倪梁康譯，1999a：101）。

　　「敘事性」應當是屬於含義意向之種類，是屬於共相性的、觀念性的。
而最後對能動敘事文本的理解，亦即最後所達致的認識客體，是具體性的、
個體性的。以認識體驗來說，就會形成不同個體性的認識對象中有著敘事性
之共相性，即敘事性必須是文本認識過程「在雜多中的統一」。透過胡塞爾
的舉例說明如下：

> 那種在種類和個別之間存在著的原始關係在這裡得以顯露出來，
> 那種通過比較來統觀雜多個別的可能性得以形成，並且我們有可
> 能明證地判斷：在這些情況中，個體因素都是一個不同的因素，
> 但在「每一個」情況中實現的都是同一個種類；從種類上來看，
> 這個紅與那個紅是同一個紅，即它們是同一個顏色，而從個體上
> 看，這個紅與那個紅又不是同一個紅，即它們是不同的對象性特
> 徵。（胡塞爾／倪梁康譯，1999a：108，底線為筆者所加）

　　依此而言，不同受眾對某一能動敘事文本的理解過程，就其整體體驗
的對象物而言，將會是具體的，亦即被認識化而成的文本對象客體是雜多
的，是個體性的，但具體的理解對象卻都具有種類性相同的敘事性意義之給
出。這點，正是依胡塞爾意向性理論而來的這般論述結果，使得一位作者與
多位受眾之間，在以某種文本為中介而形成的理解關係中，就理論的推演來
說，「即被直觀到的客體這一方面和被意指的客體另一方面來看，則可以被
表述為同一性體驗、同一性意識、認同行為；或多或少完善的同一性是與充
實行為相符合並在它之中〔顯現出來〕的客體之物」（胡塞爾／倪梁康譯，
1999b：35）。換言之，這一理論上對作者與受眾二元對立的克服，對本文的
論述至關重大。

　　本文所探索的視角是從寫作這一面向出發，寫作的執行者是作者。作者
在寫作過程中把想法賦予在文本之中，受眾透過文本而理解作者的想法。依

胡塞爾所論述之符號表述意向性理論，如果符號文本的產製過程及其最後的文本現象可以滿足於符號意向性分析，亦即沒有「失實」，那麼作者的想法與受眾的認識之間，就有可能達致同一性——那種現象學意義上理解的同一性，即達致認識對象的「一致」意識、、亦即同一性體驗、同一性意識、認同行為。只有在理論上論證了作者與受眾之間理解上「同一性」之可能，討論作者的創作意圖，討論作者的寫作手法、寫作技巧，甚至討論文本組構的優與劣，才有意義可言！

(4) 表述，就「意義面」而言，含義意向是「本質性的」，但就「認識面」而言，含意充實具有「優先性」。然而含意充實的行為卻又是受含義意向所約制，換言之「可能充實的廣度」是必須與「這個意向相符合」的。正是在這樣一種行動關係下，「相即性」成為認識達成的判　，意向與充實在行為相即性的過程中，彼此走向了「同一性體驗、同一性意識、認同行為」，進而「對象完全是作為同一個對象而被思考（或者同樣可以說，被意指）並且被直觀」（胡塞爾／倪梁康譯，1999b：35）。據此，能動敘事文本的體驗有二個面向的特徵必須被提出：（A）在能動敘事文本的體驗中，最後所達成的認識對象是必須具有敘事性意義的，否則即使有最後的認識結果，此一認識仍舊是失敗的。然而若要能如此，即必須能夠達成具有敘事性意義展出的對象客體，亦即認識的對象客體中要交融著共相性的、觀念性的敘事性，那麼具有共相性的、觀念性的特徵之含義意向所扮演的角色就是「本質性」的。換言之，認識結果是否為具有敘事性意義展出的對象，是被含義意向所決定的。就此，我們所在意之處乃在於：能動文本的符號現象，從自身引開並將它引向意義，這一轉向而來的含義意向之觀念性必須帶入「敘事性」這一觀念要件。換言之，含義意向可能具有的觀念性中至少要具有「敘事性」

這種觀念性特徵。但這如何可能？（B）就認識行動的面向而言，如何確保能動敘事文本在其含意充實過程中，其「相即性」是朝向著具有「敘事觀念性」的空乏認識對象而進行充實？換言之，直觀（含義充實）不會在「敘事性」這一面向上與含義意向「相爭執」，從而充實統一地達致某種具有敘事性意義給出的對象之物。

面對前文 (4) 中之 (A)、(B) 二點，在進一步分析前，仍須率先強調：含義意向與含意充實，這兩者本身的內在性質是不同的。含義意向行為結果（空乏含義）是種類的、共相的、觀念的，而含義充實行為結果（充實含義）是個體的、具體的、雜多的。就行為的進行方式來說，「我們意指種類之物的行為，與我們意指個體之物的行為，是根本不同的」（胡塞爾／倪梁康譯，1999a：107）。再者，就符號意向性結構的運作而言，含義意向發動在先，緊接之後才有含義充實的發動。

根據此一理解背景，我們就可以來分析能動敘事文本的一般閱讀過程。首先，我們會看到一組由數位媒材所組構而成的符號表象，再接著（即這裡有著時間上的順序意義），藉由讀者的互動動作（互動參與），另一些由數位媒材所組構而成的符號表象，因之而移動、變化、顯示與隱沒。這些和互動行為有關的媒材，即是前面章節中所定義的「互動媒材」。互動媒材一名的提出，是為了和「一般媒材」有所區隔。一般媒材是指：未經互動之前而呈現於受眾感官之下的媒材現象，而互動媒材則指：「互動之後」產生文本物理性變化的媒材（參考第二章）。在文本組構構思的過程中，互動媒材是那些被設想為要與「互動功能」發生某種互動行為關係之後而生的媒材，亦即在特定互動行為之後會產生變化的媒材，不管其互動的呈現是移動、變化、顯示或隱沒。就一般能動文本的閱讀過程來說，首先我們會與一般媒材照面，有過初步理解之後，才進行與互動媒材的互動過程。換言之，互動媒材與讀者閱讀之間的關係，就時間序列而言，往往是第二位的。若依胡塞爾符號意

向性結構的理論來看，就意向行為而言，發動之時間序列僅能算是第二位的
互動媒材，只能是以含意充實的角色來發動再進而達致認識之物的形成。而
在互動動作之前為讀者所感知的那些符號表象，亦即在互動行為之前對讀者
就已先行存在並首先被理解的一般媒材，則扮演了導引含義意向產生之文本
結構的特色。能動敘事文本組構結構中的一般媒材及互動媒材，在此獲得了
文本理論上明確性的理論地位，亦即：在能動敘事文本的意向性結構上，首
先被感知存在的一般媒材必須具有導出含意意向的功能，而隨後才被啟動的
互動媒材，則扮演著含意充實的作用。

就能動文本的意向性結構而言（先不考量敘事性），互動媒材是以含意
充實的角色登場，那麼含意充實在認識行為中的諸種行為特徵，例如充實可
能會形成「失實」的結果，就寫作面向而言，即成為文本寫作組構過程中不
能被忽視的事項。據此，「要如何來構思互動媒材」這樣的追問，其回答之
內容就獲得了某種依文本理論之規定而來的確定性、規定性，也就是對互動
媒材的寫作思考有了一定的章法，而這些章法則確保了含有數位媒材為組構
內容之數位文本，在其整體認識體驗過程中，至少可以確保認識之物的達致
——即認識行為之成功。換言之，本文即是站在「寫作面」的立場為出發點
所進行的探索，在歷經漫長的分析後，終於可以信心充沛地說：要回應「如
何構思互動媒材寫作」，可以不必再用諸如「創意」之類漫無邊際的說法，
而是有著明確的規定性，這規定性的導出則是依胡塞爾符號意向性結構的理
論架構推演而來。

同樣的，能動敘事文本在互動之前，為受眾所感知的一般媒材，則獲得
了以含義意向為理論架構的文本理論說明之可能性。按胡塞爾的符號意向性
理論來說，能動敘事文本在「一般媒材」這部分的顯現表象，當受眾感知之
後，會將興趣從顯現表象轉引開來並引向含義意向；而這含義意向，就能動
敘事文本而言，必然要將「敘事性」之共相觀念包含在其中，之後含義充實

的行為才有敘事性之「相即性」的可能。就符號意向性結構而言，含義意向是「本質性的」，此亦即一般媒材在其文本組構上必定要能導引出敘事性含義意向之產生。這是能動敘事文本在「一般媒材」的寫作部分必定要遵守的寫作原則，否則敘事性文本的認識過程即無法被發動。就此，我們所要追問的是，從一般媒材之感知而導引至敘事性含義意向之發生，如何有以致之？其關鍵點又在何處？胡塞爾就此說道：「為了能夠『明確地意識到』一個表述的意義（一個概念的內容），人們必須進行相應的直觀；在這直觀中，人們把握到這個表述所『真正意指的』東西」（胡塞爾／倪梁康譯，1999a：69）。換言之，對一般媒材之「直觀」，必須要能從符號顯象中再轉引而帶出敘事性此種概念性、共相性的含義意向。然而，正如之前所舉紅紙之例，受眾對之直觀時，除了會看見具體的、個別的紅紙外，同時也會直觀地「看到」「紅的種類」，即紅的共相。這強調了對表述文本現象當下直觀時（亦即在尚未進行含意充實之前），會出現二種直觀行為的後果，一是表述文本現象的直觀感受（個別紅紙），另一是含義意向的產出（紅的種類）。這兩種直觀，後文將以「感性直觀」及「範疇直觀」的差別來加以詳細討論。

　　對表述文本現象進行直接感受，亦即含意充實尚未進行之前，胡塞爾強調會有二種行為：「就行為的進行方式而言，比較性的考察告訴我們，我們意指種類之物的行為與我們意指個體之物的行為是根本不同的」（胡塞爾／倪梁康譯，1999a：107）。個體之物指的是我們所直觀而看出的表述現象，而種類之物是指從符號轉引指向而「看到」的含義意向（意義）。這兩種行為是不同的，然而「這兩方面肯定具有某種現象學的共同性」（胡塞爾／倪梁康譯，1999a：107）。胡塞爾繼續闡釋道：

> 同一個具體之物在兩方面都顯現出來，並且由於它的顯現，同一種感性內容在同一立義方式中被給予；這就是說，現時被給予的感覺內容和想像內容的同一總體都受到同一個「立義」或「釋

義」，在這種「立義」或「釋義」中，對象的現象同那些通過這些內容而被體現出來的屬性對我們構造出自身。但是，這一個相同的現象卻承載著兩種不同的行為。這一次，這現象是一個個體意指行為的表象基礎，這個個體的意指行為是指我們在素樸的朝向中意指顯現者本身，意指這個事物或這個特徵，意指事物中的這個部分。另一次，這現象是一個種類化的立義和意指行為的表象基礎；這就是說，當這個事物，或毋寧說，當事物的這個特徵顯現時，我們所意指的並不是這個對象性的特徵，不是這個此時此地，而是它的內容，它的「觀念」；我們所意指的不是在這所房屋上的這個紅的因素，而是這個紅。（胡塞爾／倪梁康譯，1999a：107-108，底線為筆者所加）

上引文中可以看到一個新名詞：「立義」。倪梁康對此解釋道：「它基本上是一個與『賦義』、『意指』、『給予意義』等等表述相平行的術語。……它意味著意識行為將一堆雜亂的感覺材料聚合為一個統一的對象的能力」（倪梁康，1999：61）。又說：「『立義』本身在胡塞爾那裡還被分為『第一立義』（對象化的立義、客體化的立義）和『第二立義』（理解的立義）。……『理解的立義』奠基於『對象性的立義』之中」（倪梁康，1999：61）。「第一立義」即是上引文中加了底線的文字——「這一次」之意指行為，即符號表象顯現之感受；而「第二立義」即底線文字「另一次」之意指行為，即含義意向的觀念之構造。但在此必須強調說明的是：(1) 第二立義奠基於第一立義，(2) 第一立義及第二立義的形成均是依賴「直觀」。就此，胡塞爾言道：「一個新的、對紅這個觀念的直觀被給予性而言構造性的立義方式是建立在對這個個體房屋或對它的紅的『直觀』基礎之上」（胡塞爾／倪梁康譯，1999a：108）。關於此點，胡塞爾的另一表達為：「（第二立義）意指的行為，不需

要借助於任何一個充實性的說明性的直觀的出現，就可以構造起自身（亦即第二立義可純粹地奠基於感性材料，依直觀就構造起自身），這個意指的行為是在語詞表象的直觀內涵中找到其依據的，但它與朝向語詞本身的直觀意向（第一立義）有著本質性的差異」（胡塞爾／倪梁康譯，1999a：40，括號內為筆者所加）。

那麼，形構第一立義與第二立義的直觀，亦即第一立義之直觀與第二立義之直觀，其本質性的差異為何？胡塞爾談道：「這個區別也是一個範疇區別，它隸屬於可能的意識對象性本身的純粹形式」（胡塞爾／倪梁康譯，1999a：108，底線為筆者所加）。在此所引原文之後，接續了一段胡塞爾所加的括號說明：「參閱《邏輯研究》第二卷，第六研究，第六章和第七章」（胡塞爾／倪梁康譯，1999a：108）。且讓我們翻至原文的該處，其第六章標題為：「感性直觀與範疇直觀」，而此章之目的是「提供對感性感知與範疇感知或感性直觀與範疇直觀所具有本質不同構造之明察」（胡塞爾／倪梁康譯，1999b：125, 140，底線為筆者所加）。就此，可說第一意義之直觀是感性直觀，而第二立義是範疇直觀，兩者有本質上的不同。（胡塞爾對於二種直觀之所以是「本質上」的不同，在《邏輯研究》第二卷，第六研究，第六章中，有詳細論證，本文依文意的發展，在此不多加著墨，但必須強調出二者是本質上的不同直觀）。就二者不同本質之直觀的「對象性」差別來說，「他區分了兩種類型的對象：實在的（知覺的）對象和觀念的（範疇性的）對象」（丹·扎哈維／李忠偉譯，2007：32）。在此，胡塞爾更強調：「認識作為充實統一，不是在素樸行為的基礎上，而是在範疇行為的基礎上進行的，而且與此相符」（胡塞爾／倪梁康譯，1999b：161）。丹·扎哈維強調：「簡而言之，除簡單的意向之外，還有建立在這些簡單意向基礎上的複雜意向和範疇意向，⋯⋯這個從簡單意向到複雜意向的步驟，是從知覺到知性的步驟」（丹·扎哈維／李忠偉譯，2007：32）。從簡單意向到複雜意向的步驟，正是從含義意向到

含義充實，因此是從知覺到知性的步驟。換言之，就認識而言，範疇直觀是必要的，不管是在含義意向的部分還是在含義充實的部分。能動敘事文本如若要真有敘事性認識之物被給予出來，那麼在其過程含義及充實行為就都必須要有「敘事性概念」「範疇」被直觀出來。

範疇直觀，倪梁康依胡塞爾文本而來的綜合描述如下：

> 胡塞爾在《邏輯研究》中所說的「範疇」大都是指「範疇形式」，它與「感性材料」相對應。「範疇」自身「包含所有那些產生於立義形式，而非產生於立義素材之中的對象性形式」，例如「一」、「多」、「與」、「或」、「關係」、「概念」等等，它們也被稱作「範疇概念」或「形式邏輯範疇」。胡塞爾認為，「範疇」可以通過特別的直觀而被原本地把握到，這種直觀也被胡塞爾標識為「範疇直觀」(狹義的範疇直觀)，它是本質直觀(廣義的範疇直觀)的一種類型。(倪梁康，1999：261)

> 儘管範疇直觀與感性直觀共同具有「充實功能的同類性」，但它與後者的不同之處在於，它所「感知」的不是感性對象，而是那些根據範疇含義因素而在綜合的行為進行中構造出自身的「事態」。這種表象的範疇形式例如有：存在、一、這、和、或、如果、如此、所有、沒有、某物、無物、量的形式和數的規定。範疇形式在其中得到充實直觀的那些行為奠基於素樸感性直觀之中。它們是多層次的，並且提供相對奠基性感性直觀而言的「新型客體性」。(倪梁康，1999：44)

倪梁康說道：「胡塞爾現象學的特別之處並不在於對『範疇直觀』的新理解，而是在於對『範疇形式』的新型把握方式：『範疇直觀』」(倪梁康，1999：163)。就能動敘事文本的探索思路而言，這裡要問的是：「敘事性」「概

念範疇」要如何才能「被直觀」出來？換一種問法：能產生敘事性概念的範疇直觀要如何才能被發動出來？從寫作視角來追問，就是：文本要如何寫作／組構，才能使得一個文本之符號表象被感知時，敘事性之觀念可以在「第二立義」的層次上被範疇直觀出來而成為「新型客體性」對象（觀念的、範疇性的對象），亦即敘事性含義意向可以被構造出來？就能動敘事文本而言，這裡至少為一般媒材（即我們在互動之前所要看到的媒材顯現）的寫作，立下了某些必須要被滿足的寫作條件。換言之，要滿足什麼樣的寫作條件，或者說要能遵循某種寫作章法，才得以確保一般媒材能讓受眾依範疇直觀之方式「必然性地」引發出敘事性觀念（即敘事性之含義意向）。那些或這些被滿足的寫作條件是什麼？在此，首先就得追問：範疇直觀是如何運作出來的？

　　範疇直觀的運作，首先必須是「被奠基的行為」，胡塞爾說道：「我們將這些被奠基的行為看作是直觀，並且是對一種新型對象的直觀，它們能夠使這些對象顯現出來，而且<u>這些對象也只能夠在那些具有與它們各自相符合的方式和形式的奠基性行為中被給予</u>」（胡塞爾／倪梁康譯，1999b：161，黑體及底線為筆者所加）。換言之，範疇直觀的行為運作與奠基性感性材料之間具有「規律性的局限」。這一點，胡塞爾特別強調：「否則，假如任意一個材料可以被置於任意一個形式之中的話，也就是說，假如奠基性的素樸直觀可以隨意地與範疇特徵聯結在一起的話，那麼我們怎麼還能談論範疇感知與直觀」；也就是說「我們不能在隨意的<u>範疇形式</u>中直觀這個感性材料；尤其不能感知它，並且最主要是不能<u>相即地感知它</u>」（胡塞爾／倪梁康譯，1999b：183，黑體及底線為筆者所加）。就能動敘事文本而言，可以這樣說明：依範疇直觀所把握出的敘事性範疇（觀念）形式，此種觀念形式，也必須事先就存在奠基性的感性媒材中。換言之，只有在此種狀況下，即奠基性的感性媒材已將敘事觀念形式建置於其自身內，範疇直觀才能從感性媒材的材料中**<u>相即地感知</u>**「看出」敘事性此種新型的觀念性對象。

　　我們不妨將上述漫長的分析，作一簡單的描述。能動敘事文本就其本身作爲一種符號性的表象而言，當我們和這一符號表象（感性材料）照面，首先（1）會依感性直觀形成樸素的感性對象之物（第一立義）。（2）奠基於上述感性對象之物，被奠基的含義意向，會形成（第二立義）。這個含義意向是依符號性之立義形式被構成（即不同於感知立義形式、圖像立義形式）。符號性立義形式之運作，使得這個含義意向的內容（意義、觀念）具有「敘事性概念」，這一含義意向同時會規範之後的含義充實之方向。此一符號性立義形式之運作，需要範疇直觀之參與。範疇直觀的運作具有「規律性的局限」。此亦即範疇直觀若要能在對奠基性感性媒材的直觀行爲過程中「看出」敘事性，那麼媒材表象就必將「敘事性觀念的**形式**」帶入於其布局之中。

　　依本文的分析目的，對符號性表象的體驗決不會停止於此（目前所論是含義意向立義部分），而是必須要求對顯現媒材之「認識」（需加入含義充實）。「真正的認識是在意向（意義的給予）與直觀（意義在直觀中的充實）的動態統一中產生的」（倪梁康，2009：204）。「所謂認識的進步，據此也就是充實的不斷加強，亦即充盈的不斷增多，直到意向的所有部分都得到充實」（倪梁康，2009：207）。依前文，充實的特徵是直觀成分。就認識之目的而言，必須確保充實的相即進行而不轉向成爲失實，但同時充實進行的方向是受含義意向所軌範。如果最後認識對象要具有敘事性意義給出，那麼，不但含義意向之意義應具有「敘事性」，同時用來進行充實作用的充實直觀，也必須是具有「敘事性」的，如此充實過程才能以認同的方式而得以進行「充實的上升序列」，進而達致認識而不致於產生脫實。

　　那麼依上述之分析，能動敘事文本的「敘事意向性」結構運作，可以得出如下之描述。首先，將組構能動敘事文本的媒材就行爲面向區分爲二種：一是「一般媒材」，二是「互動媒材」。在與能動敘事文本照面時就得以感知的媒材，亦即在尚未對文本進行某種互動參與之前所感知的媒材，我們稱

之為「一般媒材」。而一旦與文本展開互動，於互動後才顯現或受影響的媒材，就會劃歸為「互動媒材」。受眾首先感受一般媒材之後，以對一般媒材進行感性直觀之感知對象為「奠基」，敘事性含義意向將會在對感性直觀之對象進行範疇直觀的作用下，被奠基地構造出來。但此時，含義意向所指向的是範疇直觀而來的空乏對象，範疇直觀之空乏對象將會在一般媒材及互動媒材的直觀充實過程中，因充實的上升順序，使「每一後面的充盈行為會顯得更為豐富」（胡塞爾／倪梁康譯，1999b：81），最後達致認識之物。「那麼『事物與智慧的相即』（Adaequatio rei et intellectus）也就得以產生；對象之物完全就是那個被意指的東西，它是現實『當下的』或『被給予的』；它不再包含任何一個缺乏充實的局部意向」（胡塞爾／倪梁康譯，1999b：115）。

　　就寫作面向而言，這是本文極關注的部分：寫作最基本前題是「面對受眾」，能動敘事文本要能保障「具有敘事性意義給出認識之物」的被給予。在此一前題下，具敘事性觀念之含義意向首先必須被確保住。這是因為，「具體的認識……是在含義意向和含義充實的動態統一中形成的」（倪梁康，2009：103），但含義意向對含義充實具有軌範約束的作用，亦即含義充實在作用過程必須相即於（認同於）含義意向「才獲得一個上升的順序」（胡塞爾／倪梁康譯，1999b：81）。就此，敘事性觀念之含義意向乃為最首要且務必被確立之「骨幹」。捨此骨幹，其餘免談。而能動敘事文本在經驗界的感覺材料，經由感性直觀（第一立義）的作用下，聚合為一個樸素的感性對象之物，亦即能動敘事文本的一般媒材。而在寫作技巧面向的分析上，就含義意向的被奠基性而言，敘事性含義意向之構成，乃奠基於一般媒材，而一般媒材在其寫作組構時，必須要能將「敘事性觀念形式」帶入文本結構的布局中，如此，在對一般媒材進行範疇直觀的作為下，才能依符號（第二）立義形式的意向結構，驅使範疇直觀帶出敘事性觀念之含義意向。再者，就充實作用而言，能動敘事文本的閱讀過程中，充實作用基本上是由能動媒材來擔

綱。同樣的，敘事性觀念形式依然要被帶入能動媒材的文本結構布局中，如此，互動媒材在其被直觀化以進行充實作用之過程，才能因範疇直觀所帶出之敘事觀念性，從而與含義意向有著相即性的認同關係而形成充實的上升序列，也就不至於導致脫實、失實，最後乃可達致認識之物的給予。

最後的問題是：敘事性觀念形式如何被織入一般媒材、互動媒材組構／寫作之布局中？要回答這個問題，首先就得回答：什麼是敘事性？

六

數位敘事性與多重形構寫作

敘事性，是指一種在文本中呈現意義的方式，或者也可說是文本意義被給予的方式，而這種意義被給予之方式的文本，就稱之爲敘事文本。就一般常用的理解範例，「故事」就是典型的敘事性文本。敘事性意義開展的成形是處於特定「文本結構」之下才得以成行，亦即敘事性意義的形構取決於文本的「形式」而不是內容。換言之，「故事」之所以是故事，在於這文本處於特定的文本結構形式之下，所以這個文本被感知爲「故事」。這裡之所以要先強調對「形式」的注意，乃在於胡塞爾的意向性理論，在對樸素感性之文本表象感知之後，會依符號性意向性結構，轉而形構出含義意向，這個第二立義的動作，與「內容」並無必然性關係，正如胡塞爾所言：「沒有一個與實在內容相適合的範疇形式是必然地連同這些內容一起被給予的」（胡塞爾／倪梁康譯，1999b：182），「範疇形式恰恰不奠基於材料內容之中」（胡塞爾／倪梁康譯，1999b：185）。相反的，是文本內的「形式」限定了範疇直觀在構形含義概念上的可能性面向，胡塞爾說道：「一個隨意的、無論是感知地還是想像地在先被給予的材料實際上可以獲得哪一種範疇構形，哪一些範疇行爲可以在構造著材料的感性直觀基礎上現實地進行，……前面的例子說明，在這裡不可有無限制的隨意，而且「現實的」可進行性並不具有<u>經驗現實的特徵</u>，而是具有<u>觀念可能性的特徵</u>」（胡塞爾／倪梁康譯，1999b：183，底線爲筆者所加）。「經驗現實的特徵」指的是內容表象，而「觀念可能性的特徵」指的是形式。這恰恰是呼應於前文中所引的另一說法：「假如任意一個材料可以被置於任意一個形式之中的話，也就是說，假如奠基性的素樸直觀可以隨意地與範疇特徵聯結在一起的話，那麼我們怎麼還能談論範疇感知與直觀」（胡塞爾／倪梁康譯，1999b：183）。換言之，文本形式軌範著含義意向構形之可能性，也正是在此理論基礎上，我們強調在論述敘事性時，是必須對文本「形式」另眼相看的。

　　敘事，「首先一點，它們是時間性的，而非空間性的」（Miller ／申丹譯，

2002：43）。Bal 強調在敘事中，「時間對於素材的連續性往往相當重要，因而必須使其可被描述」（Bal／譚君強譯，1995：5）。就文本的敘事表象而言，「故事（敘事）由安置在某個序列中以展示某種變化過程——一個事件向另一個事件轉化——的事件組成」（Cohan & Shires／張方譯，1997：57，括號內為筆者所加）。換言之，敘事可綜合描述為：「是對情節編排概念並連帶著對敘述時間概念的充實」（Ricoeur／王文融譯，2003：102）。就此，保羅・利科（Paul Ricoeur）特別強調：「時間性是『在敘事性中影響語言的存在結構』」（轉引自 White／董立河譯，2005：229）。

然而，「時間性」在文本中要如何布局（組構）才能展現出來呢？也就是說，在何種形式的樣態構徵下，能使得時間性被意識到，進而可能使文本得以具有敘事性意義給出之可能？亞瑟・丹圖（Arthur Coleman Danto）強調敘述句之結構，「它們最一般的特徵是，它們提及至少兩個在時間上分開的事件」（Danto／周建漳譯，2007：143）。丹圖再進一步說道：「待解釋項並不單單描述事件——所發生了的事情——而且還有變化」（Danto／周建漳譯，2007：292）。他舉例解釋：「例如，簡單地將一輛車描述成帶凹痕的已經隱含地涉及同一輛車早先尚未凹陷的狀態。對於故事，我們要求其有開頭，有中間，還有結尾。這樣，解釋就在於在變化的兩個時間端點之間填進內容」（Danto／周建漳譯，2007：292）。

就此，文本的敘事性意義給出若要能有效的被理解／認識出來，必須建立在二項根本性的文本結構形式上：（1）事件的排列結構必須具有「時間變化」的維度，亦即被選定來進行敘事描述的事件，在時間維度上一定要有時間差。海澄・懷特（Hayden White）以歷史敘事之例說道：「就編年紀事中眾事件予以進一步編排，使之成為某一『景象』或歷程之分子，並藉眾分子結構一首尾分明之過程，於是故事生焉」（White／劉世安譯，1999：7）。（2）被選定而進行敘事排列之事件，彼此之間必須要有某種可被解釋的相關性，

此即懷特所言：「賦予事件以同類『主題性』的能力，而這種主題性就隱含在他對年分序列的再現中」（White ／董立河譯，2005：20）。故，文本若要有敘事性意義給出之可能，就文本寫作之結構形式而言，在於將具有「主題性／相關性」的不同事件，安排於不同的時間端點。換言之，敘事寫作是對事件在時間序列上的組織方式，其目的是讓有主題相關的各種事件，在結構形式上具有「開始到結束」的時間差變化的布局形式。正是在這樣的時間性結構布局的規定下（亦即時間差及主題性），使得敘事作品如有優劣之分，乃取決於作者如何拿捏各種事件在時間序列上的擺置手法。換一個角度說，即是作者透過事件的安排以形構「時間性」上的創造性。敘事性文本的寫作創意，就在這裡。

文本對受眾若要能有敘事性意義之給出，在文本結構形式上就要滿足於兩項安排原則：時間差及主題性。「此種文本結構形式」，即文本布局內的敘事結構形式是「觀念式的形式」。觀念式的形式乃是指文本中某一事件與某一事件之間是否具有「時間差及主題性」這種意義上的連結關係。範疇行為可以在文本對象物上現實地進行，是奠基於具有「觀念式的形式」之特徵的文本對象物。因之，媒材組構之最後成果，能否在文本布局中織入敘事性觀念式的形式，才是敘事性含義意向是否能被激活的決定性因素。

能動敘事文本寫作時的一個基本前題：是在一個具體性可感的經驗性空間範圍內，對媒材進行處置的作為。這一點簡單來說，即寫作布局乃經驗性的行為。如何在經驗性的媒材布局中，將觀念性敘事形式織入文本最後之呈現表象中，欲達此項寫作要求之作為，我們稱之為「敘事性寫作技能」。「技能」這一描述寫作的常用字眼，在本文中具有特定含義。「技能」並非泛指作者主體在寫作過程中的一種「偶然性」的主動性作為——亦即主體對媒材任意性的安排；相反的，敘事性寫作技能應是一種「客觀性」的主動性作為。也就是說，作者對媒材之主動作為並非偶然性的、任意性的，而是指向一種

客觀性目的，亦即寫作之作為是要讓客觀的敘事性觀念形式織入文本的表象內。正是在這樣一種意義、目的上，我們才能往下探討：敘事性寫作技能的操作面向之內容為何？換言之，能動敘事文本透過遵循具體的操作性原則或手法而來的寫作作為，可以確保敘事性觀念形式被織入於文本的布局中、織入文本的顯現表象裡。因為在閱讀過程中務必要被激發的敘事性含義意向，乃是奠基於文本呈現表象；因此，要求對「敘事性寫作技能」的內容做出一種具體的說明和描述，就具有正當性、合法性。也就是說，「技能」的具體內容必須要能夠被合法的推論和說明，而不能只是一種透過「創意」塘塞的模糊性回應。對敘事性寫作技能做出具體且有內容的說明，並不是一種在本書寫作過程中忽爾天外飛來一筆的偶然連想，而是具有文本理論演繹論證過程的必然性。

在往下論述「敘事性寫作技能」之具體內容前，首先要對媒材「載體」進行一番考察。這是因為，媒材布局之施行作為必然要受「載體之物質基礎」所限制，例如同一種寫作企圖，若以「紙」為載體，其媒材布局的考量就會有異於電視以「螢幕」為載體。進而言之，若要將敘事性觀念形式織入不同載體之文本，儘管在「原理上」是相通的，但就具體文本組構之操作而言，其所要求的寫作技能卻是迥然相異。本文的研究對象是能動敘事文本，廣義而言是一種數位文本，它在組構過程中所需要的是數位媒材。同時，其載體是「螢幕」。我們必須特別強調，數位文本之載體相較於電視和電影，具有「小螢幕」的特色。再來是數位文本最重要的特色：它的互動性。簡而言之，能動敘事文本之載體的物質基礎可把握為：以小螢幕為媒介、具有互動功能，並以數位媒材進行組構的寫作物質基礎。上述的載體物質基礎，必然會影響到數位文本寫作時的構思，此種對寫作構思具有影響與限制之媒介的實質性因素，以下泛稱為「寫作物質基礎」。

寫作物質基礎對寫作思維及技能使用上的影響，可以舉幾個具體存

在的現象加以說明。例如，同樣是拍攝影片，電影和電視在拍攝手法上就會有不同的考量。就景別 (shot size) 而言，一般的攝錄影，其畫面的景別大約常被劃分爲：遠景 (long shot)、中景 (medium shot) 和近景 (close shot)。而用來描述拍攝「人物」的景別則有全身景 (full shot)、胸上 (bust shot) 以及頭部特寫 (close up)（陳清河，2003：5；丘錦榮，2008；Katz／井迎兆譯，2009：151；Thompson & Bowen, 2009: 14）。不同的螢幕大小（例如電影和電視），即相當於不同的「寫作物質基礎」，也就會影響景別的構思。Katz 論及景別使用的發展時說道：在電視開始強調特寫和大特寫的使用前，中景是整個有聲片階段，對話場面最主要的形式。電視興起後，爲了彌補電視螢幕渺小的特性，已大大增加特寫的使用；特寫可以把我們與動作的距離拉近。在特寫中，喜歡使用景別較緊的鏡頭，因爲燈光比較好打，而且很容易與其他鏡頭相連 (Katz／井迎兆譯，2009：152)。從 katz 對景別的論述，我們可以得知特寫鏡頭／景別更適合於電視小螢幕的畫面表現。然而特別適合於特定景別的使用或偏好，也必然會影響文本意義給出的構成方式——這個道理對於能動敘事文本也一體適用。Katz 說道：「一個特寫通常都需要其他的特寫、中景或全景的搭配來完成場景敘事的目的」 (Katz／井迎兆譯，2009：159)，這也意味著特寫畫面也要能容易地與其他鏡頭產生意義上的相連。相反的，Katz 強調：中景和遠景在一個場景中可以獨自交待動作，而不需要求助於其他鏡頭來完成敘事目的。尤其是全景，會把所有說話者涵蓋在畫面內，使得中景和特寫間互切的剪接模式變得不必要 (Katz／井迎兆譯，2009：159)。

螢幕大小這種「寫作物質基礎」對拍攝影片構思上的影響，也同樣影響了網路影音的拍攝構思。許多論述網路影音製作的著作一再強調，對全景的使用要非常謹慎，如非使用不可，也務必簡短 (Verdi & Hodson, 2006: 74)。這種考量與電視採用較多特寫的原因如出一轍，都是出於螢幕較小而有的考

量。例如 Verdi & Hodson 就強調，基於網路影音更小的可視範圍，對畫面主體的鏡頭要拉得更近，同時影音時間也必須簡短，最好不超過三分鐘（Verdi & Hodson, 2006: 63-76）。

然而，就本文所聚焦的能動敘事文本而言，數位文本的寫作物質基礎對拍攝網路影音所可能帶來的影響性，遠遠超過了上述電影和電視之間的差別，亦即遠遠超過只是單純螢幕大小的影響性。換言之，對構成數位文本媒材之一——影音——的攝製，所須考量者並不單純只是隨著電影、電視和網路影音的螢幕大小之別而來的拍攝景別變化，亦即只是更強調景別特寫如此而已。我們更須考量的是：和一般傳統文本相較起來，數位文本因其本身科技之特色所帶來不同於傳統文本的寫作物質基礎，也會在產製過程中為創作思考帶來不同的影響。這些因數位文本而特有的寫作物質基礎，都將會影響我們對「敘事性寫作技能之具體內容」的思索。

不妨先舉一簡單的樣例來說明。數位文本被公認的一項重要文本特質是：匯流性。但在往下談匯流性之前，也有必要先對其背景加以說明。當我們說「數位文本一項重要的文本特質是匯流」，這並不表示數位文本的組構一定要以匯流的形式來完成。事實上，我們大可只把網路媒介當作另一種「內容通路」——一種數位科技所構成的數位內容通路。在這數位內容通路中，各種傳統媒體的內容表現形式都能在數位化之後，再藉由數位通路來流通、傳播。此即是一般所謂的「鑲入式文本」，亦即所有傳統文本都可原封不動地保持其原本的呈現樣態，只不過是經由數位化而在數位螢幕上予以呈現。事實上，依我們目前的切身經驗來看，這仍是占了多數的數位文本呈現樣態。但此種鑲入式的文本樣態並非本文所關注的數位文本，其所需要具備的寫作技能，在有關傳統文本寫作的各式教材和研究中都已然齊備，不難找到。而本文所指的數位文本，所側重的是：數位文本因應數位傳播技術而來的新型媒材的呈現能力。易言之，即數位文本因其傳播科技能力及特色所能開展出

來的新型文本的顯示表象。簡言之，此一新的文本形式，即本文所力陳、標舉的能動文本。

　　以前文所舉的「匯流」為例，再進一步說明。匯流，基本的描述是：在一文本中同時使用一種以上的媒材，如文字、影像、聲音和影音等等。就此一匯流描述來說，許多傳統媒體文本其實早就是「匯流」文本，例如紙本雜誌往往是圖、文二種媒材所呈現的文本，而電影這種文本也往往動用（動態）影像、聲音和字幕（文字）。數位文本因其數位呈現科技之特色，得以使更多的媒材出現在同一文本之中。至少可以這麼說：數位文本使得「匯流」現象之可能性更為豐富、更為便利。然而，在論及數位文本與匯流現象之間的關係時，只是如上述般，在「量」上更豐富、在技術層面上更便利，如此而已嗎？或者說，在組構各類不同媒材時的思考原則，數位文本的構思有著某種可能性大大迥異於傳統文本？換言之，我們所最關心的是：數位文本是否因其數位呈現科技的特色，使得其在創作匯流文本，亦即在思索多種不同媒材彼此間的處置關係時，是否能有某種新的可能性，而這可能性是以往傳統媒體文本所無法採用或無需去措意的？一般而言，當我們強調數位文本與匯流現象之間的關係時，我們所在意的往往是指數位文本在呈現匯流時所能帶出的、不同於傳統文本匯流現象的新可能性。然而我們也不得不提醒：如果上述匯流文本的呈現確有其新的可能性，那也不外乎是奠基於數位呈現科技之寫作的物質基礎之上。

　　再就「匯流」舉例而言，傳統文本之匯流現象是以某一媒材為文意展現之「主導性媒材」，其他媒材只是輔助形式的配角。例如一般圖文雜誌，文字是文意展現之主角，基本上它已將文意講述完整了，而搭配的圖像往往只是起著補充說明的作用。這反映出文本布局構思中，媒材有主、從之間的從屬關係。相反的，在數位匯流文本中，一種新形態的匯流文本布局的可能性被提出了，其構思的新可能性在於強調媒材與媒材之間的關係是「平等互補

的」，是一種「多重形構」文本（multimodality）（Kress & Leeuwen ／桑尼譯，1999; Meinhof & Leeuwen, 2000: 61），不再是以主從關係的傳統媒材布局觀點來構思文本的呈現。藉由平等互補的媒材關係之多重形構的構思方法，呈現數位匯流文本之意義給出的特色，就此，數位匯流文本乃走出了一條迥異於傳統匯流文本的「新文本表現形式」的新路，同時，新的文本表現形式也因此而開顯另一種意義給出之新可能性，而許多論者也另以「對話式」文本特質來指陳上述多重形構的數位文本。對本文而言，「多重形構」是能動敘事文本在處理各式媒材布局的關係時，所應依循的寫作原則。[1]

那麼一旦以多重形構來構思匯流文本時，如欲拍攝網路影音，除了因應網路影音一般播放於小螢幕而不得不著重近景、特寫的使用外，同時亦必得將所欲拍攝的網路影音視為數位文本多重形構下的一種媒材。那麼，要如何以媒材彼此間是平等、互補的關係來思考寫作呢？Kress 和 Leeuwen 於《解讀影像》一書中有著較為學術性的界說和舉例。Kress 和 Leeuwen 說道：「圖片與內容的關係不是插圖的關係。圖片並未復述內容，也不是以視覺來表現文字已說明的內容。也沒有『註解』的關係，就是內容說明圖片中已提到的資料而未提供新的資料（意指未提供新的解釋或說明）。誠然內容與圖片是一種部分、整體的關係，但這並不表示它們重復彼此的資料」（Kress & Leeuwen ／桑尼譯，1999：156，括弧內為筆者所加）。因此，就圖、文兩種媒材而言，在寫作的思考安排上所留意的是：圖與文雙方至少都要能承載對方所沒有的內容，換言之，圖、文兩者之間不能只是「重覆彼此的資料」。Kress 和 Leeuwen 進一步強調：「圖不是只當作文字內容的插圖，也不只是『創意雕琢』；這些圖是『多重模式化』所構成內容的一部分，是各個模式間的符號語言交互作用，其中文字與視覺扮演了定義明確且同樣重要的角色」

---

1 關於數位文本、多重形構寫作與對話性文意展現之間的文本理論關係，請參閱作者的另一著作：《多媒體互動新聞寫作：理論與實務》（李明哲，2013a）。

(Kress & Leeuwen ／桑尼譯，1999：160)。Kress & Leeuwen 說道：「多重形構不論是在教育界、語言學理論或一般人的共識上一直被嚴重忽略。在現今這個『多媒體』的時代，頓時被再次察覺」(Kress & Leeuwen ／桑尼譯，1999：60)。Leeuwen 為強調此一概念對網路多媒體寫作的重要，在 2008 Visual Studies 期刊的一篇文章中以這是「新寫作形式」(new forms of writing) 來形容之 (Leeuwen, 2008)。

如果說數位匯流文本整體結構中已有其他媒材可以交待部分敘事內容，網路影音媒材只須承擔與其他媒材互補的那部分的內容。換言之，網路影音此時在拍攝內容上的思考重點，並不在於要求影音內容意義上的自足完整度，它不需要如同傳統影音文本一樣，將本身視為「以動態影片為主導性媒材而形塑出本身即具足完整性意義」的影音作品。相反的，多重形構下的影音所要專注的內容是某種「片斷型的內容」（相較於傳統影音的內容），這一片斷式的內容只要專心承擔其他「輕量媒材諸如圖像、照片、文字不可能或不易表達出的部分」(Barfield, 2004: 141)，而最後要能與其他媒材平等、互補式的構成意義的給出（即多重形構式的意義給出）。因之，Bryant 在談論到拍攝網路影音時表示：「想要以一段網路影音來包含數個想法往往是非常誘人的」，但作者極力強調：一段網路影音最好只表現一個簡單的概念，如果包含太多想法，最好將之拆成數個影音片段 (Bryant, 2006: 194)。

上述以網路影音為例所作的漫長分析，旨在強調說明：對於「敘事性媒材布局之寫作」這一主題的思考，「數位文本寫作的物質基礎」這部分所具有的奠基性作用，是不能不被著意而考量的。就數位寫作之物質基礎而論，對媒材處置的布局考量，使得多重形構成為能動敘事文本在寫作上被凸顯的特色。在此種寫作原則下，我們不得不再追問：什麼樣的寫作技巧，可以使得時間差及主題性構成敘事性的觀念形式，從而有效的被織入於文本被感知的顯現表象中？

七

能動文本數位寫作的
「上手性」

上一章，我們就影音這一媒材爲例，一路談及多重形構的文本組構形式。這是從各種不同的視角來論述數位文本和傳統文本可能形成的差異。以嚴格的方法論來說，觀看、思考的視角可以是無限開展的，我們亦能透過無窮的視角來討論數位文本和傳統文本之間的差異。然而，儘管我們能把林林總總眾多不同觀點下的差異累加起來，但就理論而言，這並無法構成一種「整體性」的「觀看」來檢視數位文本和傳統文本之間的差異。

「整體性的觀點」是一種什麼樣的追問情態，尤其是對數位文本此種「物」的追問，是本文所更著意者。海德格爾在《物的追問：康德關於先驗原理的學說》中，展現了總體性觀點的一種追問思路：

> 我們現在更明確地追問：諸物本身對我們表現爲什麼樣子？我們不考慮那是石頭、玫瑰花、狗、鐘表或其他什麼東西，而只是注意諸物一般之所是：一定是具有某某特性的東西，一定是有這樣那樣性能的東西，這個「某物」是特性的承載者；某個東西居於所匯集的諸特性之下；這個東西是持久不變的，我們在它上面確定特性的時候，會反復將其作爲同一個東西而返回到它上面，現在，物本身就是這樣。據此，一物是什麼呢？一個便於諸多易變的特性所環繞的內核，或者說，一個這些特性居於其上的承載者，將其他東西據爲己有的某種東西。無論我們怎樣歪曲或翻轉，物的構造本身就是這樣顯現的。（海德格爾／趙衛國譯，2016：30）

> 所以，物是什麼？答案是：物就是諸多在其上現成的並同時變化者的特性的現成的承載者。（海德格爾／趙衛國譯，2016：31）

從各種不同的視角對數位文本檢視而得的現成特色，都是源始地奠基於此種「一般之所是」。那麼，這「一般之所是」究竟是什麼？

以下二個問題是必須被回答的：

(1) 什麼樣的理由致使我們必須採用「整體性」的思路或觀點來思索數位文本？

(2)「整體性」思路的探索，其方法論為何？

就本文的整體思路來說，一定要先確立一個既簡單又絕對重要的理論界線：數位文本是否是「整體性」「本質地」有別於傳統文本？換言之，整體性視角使我們得以尋找一種理論界線，如果有，則依此界線，我們能夠判斷某種文本特色乃是屬於「數位文本」，而非傳統文本在數位媒介通路上的變形而已。第二點關於方法論的問題，我們將在下文開展。但先總括性地提示：依某種方法論而來的整體性，藉此以談「數位文本一般之所以是」，是追循著海德格爾基礎存在論式的追問模式（周民鋒，2002）。我們追問數位文本的「存在」，而不是將數位文本視為某種「存在者」來進行追問。就海德格爾而言，「與實證科學的存在者狀態上的發問相比，存在論上的發問要更加源始」（海德格爾／王慶節、陳嘉映譯，1990：16）。這一點，本文非常認同，但更關心的是，對數位文本提出「數位文本一般之所以是」這樣的追問，才能解決如下的挑戰：從某種觀點下對「數位化」文本的分析，隨之而來的文本特色是否能被歸於「數位文本」本身的特色，還是說，那種特色只是傳統文本在「數位化」呈現之後所更豐富顯現出來的傳統文本特色而已？

一旦面臨這般追問，那「數位文本的文本特色為何？」也就同時面臨了方法論上的考驗。而我們應該透過什麼樣的研究方法來思索，以回應上述的追問呢？本文從一開始立論，就強調是以現象學為方法論上的依據，此一方法論選擇的正當性，其理何在？——在此已是無可迴避而須正面回應的問題！

論述數位文本的文本特色時，一種常見的方法是實驗室法，亦即在受控的環境上對受眾閱讀數位文本的反應進行觀察與分析。這一研究方法，就方法論而言最被質疑之處在於：(1) 對數位文本之存在者進行實證式的分析，

其實無法觸及「存在」層面——即「一般之所是」的層面。也就是說，存在者和存在並不處於相同的理論層次，此即「存在問題在存在者狀態上的優先地位」（海德格爾／王慶節、陳嘉映譯，1990：16）。(2) 它無法回應文本組構形式之「歷史演變」的面向，尤其是其未來演進方向之可能性的追問。此點，更是本文所重視的，也是海德格爾所強調的「物的歷史性」（海德格爾／趙衛國譯，2016：35）。從歷史的視角來說，一種無法被否定的實事現象是：文本組構形式是一種歷史時間軸上的某種變化過程。這一變化過程如果具有關連性，那麼要如何加以說明？顯然，實驗室方式對此一追問無能為力，因為我們無法對「過去」進行實驗室式方法的操作。同樣的，對未來文本之可能的呈現形態，亦無法進行實驗室式的操作。但就數位文本而言，從我們日常生活所感知的經驗，一種同樣無法被否認的實事狀況是：數位文本目前正處於一種文本形式的變化過程。那麼，過去的歷史實事，現在主流的呈現特色以及未來可能呈現的發展方向，這三者之間，要如何被有效的進行某種關連性的說明或論述呢？採用現象學的方法，其目的正在於克服這種困境，以建立某種合法性的理論。

換言之，對現存文本感知經驗之現狀的尊重與肯定，是進行往下分析的合法下手處，由此一下手處作為指引而出發，再往下描述現存文本之所以能在「目前存在」的其他共構性條件（即文本的歷史性與未來性）——這一現象學方法之所以成為可能，不可避免的必須涉入「討論了作為『周圍世界』的世界，人在這個世界中尋視地（非主題性的看）與其他的用物逗留在一起。這個世界的世界性在那裡被規定為一個指引的意義整體。世界這個意義整體既賦予事物的存在也賦予人的存在以一種意蘊（Bedeutsamkeit），而以實體和主體為導向的傳統存在論和人類學『跳過』了這個意蘊」（維爾納・馬克思／朱松峰、張瑞臣譯，2012：92，括弧內為筆者所加）。換言之，這種方法是一種整體性追問的方法。

　　對數位文本呈現的樣態來說，匯流性（多重形構下的匯流性，後文同）與互動性，這二項文本組構特色，乃是當今「周圍世界」所常討論有關數位文本特色的普遍現象。這二項現存的數位文本之特色現象是一種指引現象，我們將引之為分析基礎，從而往下進一步分析數位文本之所以會如此存在的「始源建基性結構環結」；而「這樣的作法的根據是：既然我們採用現象學的方法，我們就不應跳過現象上最突出的此在的日常生活」（陳嘉映，1995：64）。換言之，若要對數位文本這種現象進行分析與描述，就闡述方法論而言，則數位文本中的「匯流及互動」這二項被凸出的文本組構特色現象，「它應該是存在論分析的出發點，即所謂前主題的、即在真正的主題出現之前就已出現在我們眼前的東西」（張汝倫，2012：266）。然而，我們在此似乎又步入了一種解釋的循環裡，即先標舉了匯流性與互動性，然後再對之加以進行解釋。這種循環論證現象，就基礎存在論而言，其所重視者在於：「決定性的事情不是從循環中脫身，而是依照正確的方式進入這個循環」（海德格爾／王慶節、陳嘉映譯，1990：212）。對於「循環論證」的問題，海德格爾特別回答：「存在的意義問題的提出根本不可能有什麼『循環論證』，因為就這個問題的回答來說，關鍵不在於用推導方式進行論證，而在於用展示方式顯露根據」（海德格爾／王慶節、陳嘉映譯，1990：12）。在此，「用展示方式顯露根據」這樣的方法，是我們要特別提醒讀者留意的基礎存在論的方法論。換言之，匯流性、互動性與數位文本之間如果有關聯的話，用什麼方法可以使之**顯露出來**，才是重點所在。基於此，數位文本寫作過程的<u>上手性經驗</u>乃進入了我們的分析視域，因為它是「關聯要被顯露」的經驗場。

　　「現象學描述之別於一切理論描述或經驗記錄，就在於現象學描述本身是一種『讓……顯示』方法」（黃裕生，1997：54）。然而，關於「數位文本」的現象學存在分析，亦即要「讓──匯流及互動──顯示」出來的現象學描述，其進行的方法為何呢？就此，我們將跟隨著海德格爾關於「在周圍世界

中照面的存在者的存在」這一現象學分析模式（海德格爾／王慶節、陳嘉映譯，1990：98）。「數位文本」是某種在周圍世界中照面的存在者，但此種存在者終究不是「人」，亦即不是「此在」這種特殊的存在者。數位文本這種存在者，依海德格爾的說法是「物」，「這就是人們在與煩忙打交道之際對之有所行事的那種東西。……我們把這種在煩忙活動中照面的存在者稱爲用具。在打交道之際發現是書寫用具、縫紉用具、工作用具、交通工具、測量用具」（海德格爾／王慶節、陳嘉映譯，1990：100）。數位文本，就此可以界定爲我們在書寫的這種狀態下與數位媒介打交道之際的用具。海德格爾說道：「唯有在打交道之際用具才能按本來面目在它的存在中顯現出來。……我們稱用具的這種存在方式爲上手狀態」（海德格爾／王慶節、陳嘉映譯，1990：101）。海德格爾以錘子這一用具來加以闡釋說明：「對錘子這物越少瞠目凝視，用它用得越起勁，對它的關係變得越原始，它也就越發昭然若揭地作爲它所是東西來照面，作爲用具來照面」（海德格爾／王慶節、陳嘉映譯，1990：101）。

　　一旦要用「上手狀態」來當作分析數位文本的入手處，那麼如何以「上手狀態」來進行分析呢？亦即，面對上手狀態此種現象，要以什麼樣的分析視角來切入？如依海德格爾《存在與時間》的論述模式，有二種分析視角是必要的前題。(1)「只是對物作『理論上的』觀看的那種眼光，缺乏對上手狀態的領會。使用著操作著打交道不是盲目的，它有它自己的視之方式，這種視之方式引導著操作，並使操作具有自己特殊的狀物性。同用具打交道的活動使自己從屬於那個『爲了作』的形形色色的指引。這樣一種順應於事的視乃是環顧尋視」（海德格爾／王慶節、陳嘉映譯，1990：101，底線爲筆者所加）。依此，可以有如下的說明，從上手狀態來對數位文本進行分析是以一種環顧尋視的「視之中」方式來進行的，環顧尋視指的是一種非主題化的瀏覽與觀看。在這種與數位文本打交道活動的環顧尋視之中，某種「指引」會對打交道者凸顯了出來，而這

種指引是具有結構性的（不是偶然的），此種結構性是「爲了作」這種結構。從這裡海德格爾提出第二種關於上手狀態的分析視角。(2)「用具本質上是一種『爲了作……的東西』。有用、有益、合作、方便等等都是『爲了作……之用』的方式，這各種各樣的方式就組成了用具的整體性。在這種『爲了作』的結構中有著從某種東西指向某種東西的指引。後面要對指引這一名稱所提示的現象就其存在論的根源作一番分析，從而把這一現象弄清楚」（海德格爾／王慶節、陳嘉映譯，1990：100，底線爲筆者所加）。

那麼，接下來要問的是：依上述的二種分析視角，「指引」如何從操勞的活動狀態中被凸顯出來？「上手狀態」是要被分析的現象。我們先以陳嘉映在〈世界與世內存在者〉這一章節所作的綜述，簡略地勾勒出指引、操勞活動與上手狀態這三者間的結構關係。陳嘉映寫道：

> 首先在世內照面的存在者是上手事物。海德格爾所作的第一件事情是把上手事物理解爲工具或器物 (Zeug)，例如書寫用具、縫紉用具、交通用具，等等。用具有所用 (um-zu)；任何用具都通過其有所用而指向別的用具。用具總是在由指引所勾連的用具整體中作爲它所是的東西存在。「嚴格地說，從來不是一件用具『存在』。屬於用具的存在一向總是一個用具整體。」整體不是一件件用具疊加起來得到的，而是個別用具之能存在的條件。例如，一件件家具都是從家具配置的整體、從這一居住用具的整體方面來照面的。
>
> 用具雖然互相指引，其指引通常卻是不觸目的。「不觸目……意指著上手事物守身自在 (Ansichhalten) 的性質」。用具用得愈順手，就越不觸目，就愈發消融在它的合用中，消融在何所用的指引聯絡中。只有當用具**不合用時**，用具本身才突出來，擋住使用

之途。**現成狀態**是在這種不上手狀態中觸目的。不能用的東西形成障礙，像僅僅擺在**手邊的東西**。不過，現成狀態**呈報出來**，為的卻是**得到調整和修理**。（陳嘉映，1995：65，粗體及底線為筆者所加）

　　依現象學的論述，當在上手狀態時使用用具，用具用得順手，用具反而就不觸目。只有用具使用得不上手、不合用時，操勞者才反而強烈地意識到這手上的「工具」。換言之，當用具不合用而失去「上手性」時，用具本身的「東西性」才突出來。用具此時從「上手狀態」轉變成為「現成狀態」。此一「狀態轉變」乃成為重要的關鍵點。用具從「上手用具」轉變成「現成在手的用具」，轉變成一種現成存在的存在物、一種東西。換個說法，即是從「上手狀態」轉變成「在手狀態」。當用具成為現成狀態下的物，才能使「我們可能把現成事物作為單純的物來觀察考察」（陳嘉映，1995：66），使**物**進而得到調整和修理；也只有在操勞中用具出了問題而來的調整和修理，那已轉變成現成的物之用具，才得以形成某種專題而被加以研究和探討（亦即形成某種可能的學術論述），換言之，才能「『主題地』（即將其作為一個觀察對象）抽象把握它，即理論認識它」（張汝倫，2012：295）。

　　現在回到數位文本的現象學分析。「多重形構匯流及互動」明顯地主題化而被揭示出來，恰恰是透過學術主題進行觀察研究而被彰顯出來的現成狀態。換言之，此種學術觀察研究的現成狀態——又稱觸目狀態——說明的是：「多重形構匯流性及互動性」是數位文本寫作過程中的「不上手狀態」。正是從現象學的「不上手」狀態來看數位文本所被凸顯的這二種文本特色，恰恰指明了「多重形構匯流及互動」是數位文本寫作過程中最需要被進行「調整和　理」的「文本特色」。這裡要再強調的是，多重形構匯流及互動的不上手性並不是從這兩者本身而來的自我性質，相反的，這種

不上手性代表從日常生活寫作用具整體來照面的「不合用」。從現象學上手性的思維來看待數位文本所被凸顯的多重形構匯流及互動，這二種特色恰恰是由於寫作過程中所呈現的「非上手性」而被現成事物化地凸顯出來，進而形成某種學術上的研究主題。然而，同時從現象學上手性的思考來看，不上手就意味著東西要被調整和修理，且更環顧尋視地「要求修理和替換以便它或某種另外的東西能夠再次上手」（約瑟夫 • 科克爾曼斯／陳小文、李超杰、劉宗坤譯，1996：136-137）。就此，海德格說道：「單純的在手狀態於用具身上呈報出來，但卻是爲了重新退回到被煩忙的東西的上手狀態去，也就是說，退回到有待重加修整的東西的上手狀態中去」（海德格爾／王慶節、陳嘉映譯，1990：106）。

約瑟夫 • 科克爾曼斯強調，「無論如何，用具本身的特色、它的『上手狀態』，在我們日常煩忙著與事物打交道中並不是清楚明白的。此在在它的煩忙中原初地並不占有用具本身，而是占有用具去做的一件工作」（約瑟夫 • 科克爾曼斯／陳小文、李超杰、劉宗坤譯，1996：134）。然而，「一旦使用著的工具壞了，比如錘頭掉了、刹閘失靈，這種稱手狀態就立刻以不稱手的形式將這用具作爲一個現成對象突現出來、指示出來」（張祥龍，1996：99）。換言之，「非上手性」恰恰是要凸顯、揭示出上手的「東西」，正如海德格爾所言，東西不稱手、不上手，「這種方式下的缺失是某種不上手的東西的發現，它是某種『僅僅現成在手的存在』中揭示著當下上手的東西」（海德格爾／王慶節、陳嘉映譯，1990：106）。「這種不上手的東西攪人安寧，它挑明了在其它事情之前先得煩忙處理之事的膩味之處。隨著這種膩味，上手的東西的**在手狀態**就以一種新的方式宣告出來」（海德格爾／王慶節、陳嘉映譯，1990：107，底線、粗體爲筆者所加）。

透過「非上手狀態」來揭示、宣告出「在手狀態」。這樣的一種現象學思路到底有何特色？換言之，這樣的現象學思路所要求的，到底有著何種

被理解上的特別之理論的進路，以致於只能用「非上手性」來揭示、宣告出「現成在手的東西」，這樣的理論路數才能被有效的呈現出來？換言之，就本文的研究標的——數位文本——而言，即是追問：到底是在何等情況下，我們必須從「非上手性」著眼？就方法論而言，理由何在？海德格爾有一段粗略但卻具總體性的文字說明：「上手的東西的日常存在曾是十分自明的，甚至我們對它都不曾注意一下。而上手的東西的缺乏同樣是尋視中所揭示的指引聯絡的中斷。尋視一頭撞進空無，這才看到所缺的東西曾為何上手、何以上手。周圍世界重又呈報出來」（海德格爾／王慶節、陳嘉映譯，1990：108）。我們可以看到，透過非上手性所被揭示出來的上手性東西，與周圍世界這一概念是連袂而來的，所以海德格爾以「重又」兩字強調「周圍世界**重又**呈報出來」。上手性東西和周圍世界雖然是連袂而來，但兩者間卻具有某種特定的關係姿態，海德格爾說道：「上手狀態再一次顯現出來；恰恰是這樣一來，上手東西的合世界性也顯現出來了」（海德格爾／王慶節、陳嘉映譯，1990：107，底線為筆者所加）。這正是前文所強調的：個別用具之能存在的條件，都是從這一居住用具的整體方面來照面的；而上手東西／用具的合世界性這樣的理論姿態所要揭示的是：上手性東西是「為了作某某之用」的**指引**，指向「合世界性」。

對海德格爾而言，在前文中已先行強調，「用具本質上是一種『為了作……的東西』。有用、有益、合作、方便等等都是『為了作……之用』方式，這各種各樣的方式就組成了用具的整體性。在這種『為了作』的結構中有著從某種東西指向某種東西的指引」（海德格爾／王慶節、陳嘉映譯，1990：100，底線為筆者所加）。然而，海德格爾強調，上手的東西往往不會被我們所注意，「為了在對『周圍世界』的日常煩忙之際能夠讓上手的用具在它的『自在』中來照面，尋視『融身』於其中的指引與指引整體性就得對尋視保持其為非專題的」（海德格爾／王慶節、陳嘉映譯，1990：109）。換言之，

上手的用具不會以「東西」這樣獨立的姿態、專題性地凸顯出來而被我們所掌握，而用具的指引也同樣的隱身於某種非專題性的視野之內，亦即：指引與指引整體性對尋視保持其為非專題的。但是，用具一旦處於非上手狀態，「上手的東西的缺乏同樣是尋視中所揭示的指引聯絡的中斷。尋視一頭撞進空無，這才看到所缺的東西曾為何上手，何以上手」（海德格爾／王慶節、陳嘉映譯，1990：108）。此亦即，在非上手狀態，用具以現成在手的物之姿態而專題性地被認識，雖然此時指引聯絡中斷於尋視中，但正是這一尋視「中斷」——即上引文之「尋視一頭撞進空無」——接替尋視中斷而來的專題性認識，使得用具之指引性因而同時被意識到，指引從原本非專題尋視的隱身中被迫現身。換言之，指引隱身於非專題中，一旦專題化形成，指引隱身即告失效；指引顯著地敞亮了自身。

　　從非上手性來揭示用具的「為了作某某之用」之指引，這樣的一種關於「指引性」的論述，海德格爾有一段精彩的文字：

> 上手的東西之為用具，其存在的結構是由指引來規定的。切近之「物」特有的自明的「自在」是在那種使用著它們卻不曾明確注意它們的煩忙中來照面的。這種煩忙也可能碰上不能使用的東西。一件用具不能用，這就暗含著：「為了作某某之用」(Um-zu) 指向「用於此」(Dazu) 的指引構架被擾亂了。指引本身並沒有得到考察，但在煩忙著置身於其下的時候，它們已經在「此」。在**指引的擾亂中**，即在對某某東西不合用的情況下，指引卻突出而醒目了。雖說就是現在也還不是作為存在論結構突出醒目，而是在存在者狀態上對碰上了工具損壞的尋視而言突出醒目。這樣就在尋視上喚醒了指向各個「所用」指引；隨著這種指引的被喚醒，各個所用本身也映入眼簾。而隨著各個「所用」工作的聯絡，整個「工場」，也就是煩忙總已逗留於其間的地方，也映入了眼簾。

　　　用具聯絡不是作為一個還從未看見的整體來亮相的，它是在對事

　　　先已不斷視見的整體加以尋視的活動中亮相的。而世界就隨著這

　　　一整體呈報出來。（海德格爾／王慶節、陳嘉映譯，1990：108，

　　　黑體字為原文所有）

　　海德格爾的此種思路之所以強調上手性經驗，之所以要從「上手性」現
象的分析著手，這是因為：「世界是以物的方式來到我們面前的」（喬治・
史坦尼／耿揚・結構群譯，1989：76）。「我們以這方式習常地生活在一種
關聯中。它構成了『應手性』世界。那裡有著一種意指性關聯。在活動中，
我們已習慣於啓用這種意指性聯繫，但並沒有對它有任何具體的認識。我『經
驗』這種意指，但對它沒有清晰的意識」（呂迪格爾・薩弗蘭斯基／靳希平
譯，1999：213-214）。在上手狀態下，器具指向者「為了作某某之用」的指
引性，卻隱身於我們日常生活意識而不被注意。那麼，一旦陷入於「非上手」
狀態下，「一件用具不能用，這就暗含著：『為了作某某之用』（Um-zu）指
向『用於此』（Dazu）的指引構架被擾亂了」。「在指引的擾亂中，即在對某
某東西不合用的情況下，指引卻突出而醒目了」。「這樣就在尋視上喚醒了
指向各個『所用』指引；隨著這種指引的被喚醒，各個所用本身也映入眼簾」。
換言之，透過非上手性之分析描述，這樣的理論路數最後所指向的是去確定
一件用具的「作某某之用」，即「各個所用本身也映入眼簾」。

　　對海德格爾的現象學思路來說，其強調：用具必然是有所用處的，即「具
有一種『為了…』作用」（約瑟夫・科克爾曼斯／陳小文、李超杰、劉宗坤
譯，1996：131）。正因如此，用具本身即具有指引性，亦即會指引出用具的
「為了…」之用。這正是上引文開頭海德格爾所言：「上手的東西之為用具，
其存在的結構是由指引來規定的」。透過約瑟夫・科克爾曼斯的詮釋，即「適
合於我們在日常煩忙中所與之打交道的用具的存在樣式必須通過指引加以規

定」（約瑟夫・科克爾曼斯／陳小文、李超杰、劉宗坤譯，1996：137）。從非上手性而來的有關上手性的一路分析，是在於凸顯出於日常上手使用東西中所未加以具體性認識的指引性，海德格爾說道：「通過對上手的東西（「用具」）的存在結構所作淺近的闡釋，我們就使指引現象映入了眼簾」（海德格爾／王慶節、陳嘉映譯，1990：110）。換言之，對某一用具，從非上手性來揭示出現成在手之「物性」，轉換為物性認識之現成在手之物，此時恰恰凸顯出了用具的指引性，藉由指引性的指引，我們看到了用具的「作某某之用」的「所用」。

經過上述冗長的理論論述之後，我們依理論的架構轉向於對數位文本的分析，亦即指出數位文本的「所用」。我們指認「多重形構匯流性」及「互動性」是在數位文本寫作過程中的二項「非上手性」現象。就前述所揭示之「非上手性」的論說路數，恰恰說明了「多重形構匯流性」及「互動性」是在數位寫作物質基礎的狀況下，在現成既存世界「傳統文本」的「書寫整體性習慣」照面之中，創作者於書寫過程所格格不入的、被意識到的某種寫作「不上手的數位性特色」。這裡我們必須再次強調：「多重形構匯流性」及「互動性」，是作者雖然處於「新的」數位寫作物質基礎環境下，試圖運用數位媒材及數位呈現之可能性來創作，但卻是耽溺於、沿用著「傳統的」文本書寫之上手性習慣而寫作的過程中被作者所強烈感受到的「不上手之處」；這不上手之處被凸顯出來，被專題化，成為被研究的現成在手之對象，而最後這不上手處之對象化的研究和考察成果，歸納出二項特質：多重形構匯流性與互動性。從非上手性而來的多重形構匯流性以及互動性，恰恰說明這兩者是不相容於傳統文本的（如能相容，早已得到調整和修理了）。本文也藉此指認了這一不相容為數位文本的「一般之所是」。

換言之，多重形構匯流與互動性，是以不上手的姿態而被意識到的，這「不上手」所要揭示出的是平常所習而不察的上手性，但這習而不察的上手

性是指我們所熟稔的、習以為常的那種**傳統文本的寫作之上手狀態**。這是因為，就海德格爾的生存現象學理路而言，「此在」（人）被拋至一個既存的、持存的、歷史的世界、社會，此乃無可否認的實存。在數位書寫／呈現科技出現之前，傳統文本那種習而不察的上手性的經驗值就已然存在。就社會發展的延續性而言，在新的、數位的寫作物質基礎發展過程裡，就新的、數位的寫作展現之可能性的嘗試歷史過程，如果有某種「不上手」狀態被意識到，那麼那種不上手之所以可能浮現而存在於其背景中的「合世界性上手狀態」——就社會發展的沿續性而言——至少在其初期，應該是以傳統文本的寫作之上手狀態為判斷之基準。換言之，匯流與互動，如果可以被視為是數位文本的「文本特色」，恰恰是以傳統書寫的上手經驗為背景而浮現出的「新」特色，而新之所以為新，則是由非上手性揭示出來的。

依上述的論述，我們可以看到，被凸顯出來的數位文本的文本特色，是在與傳統文本的一種關係狀態之中，以上手性這樣的現象學論述，為我們所意識到。換言之，談論數位文本，就此種方法論而言，與傳統文本的上手經驗是一種相依恃的關係；從理論論述而言，此亦即傳統文本上手經驗是必須先被肯認的既存現象，正如同約瑟夫‧科克爾曼斯對海德格爾的評述所言：「海德格爾是這樣一種信念出發的，即在事物出現於我們面前之前，它們顯然已經『存在』了。基本的問題不是是否有『實在』之事物。『實在』之事物顯然是有的，因為若不是這樣，根本就不會有什麼東西出現於我們面前。相反，基本問題是與必須被滿足的若干必要條件相聯繫的，只有滿足這些條件，事物才能如其所是地顯現於我們，我們才能提出這些事物的現象到底意味著什麼的問題」（約瑟夫‧科克爾曼斯／陳小文、李超杰、劉宗坤譯，1996：96）。而這即是海德格爾於《存在與時間》中重要的論述基礎概念：「在之中」。

海德格爾的《存在與時間》，第十二節，標題為：「依循『在之中』本

身制訂方向，從而草描出『在世界之中存在』」；他說道「但我們現在必須先天地依據我們稱爲『在世界之中』的這一存在建構來看待和領會此在的這些存在規定」（海德格爾／王慶節、陳嘉映譯，1990：110）。「在世界之中」這種分析理路，對本文之所以構成如此論述，至關重要。在前面的論述過程中，我們並未對此作出相應充足的說明，故而在此一個較爲充分的補充說明是必要的。

約瑟夫・科克爾曼斯說道：「介詞『在……之中』在這裡不是指一種空間關係，而是表示一種與……的熟悉性，以及一種與……存在」（約瑟夫・科克爾曼斯／陳小文、李超杰、劉宗坤譯，1996：119）。呂迪格爾・薩弗蘭斯基論言：「『在＿世界＿中＿存在』的意思是：人生此在不可能從世界中走出來同世界面面相對，它總是已經處於這個世界之中的。『與＿他人＿一起＿存在』意思是：人生此在總是已經和他人一起處於一個共同的處境之中。……海德格爾把握人生此在就像人們去把握海藻團一樣：不管你抓到它的什麼部位，你都必須把它整體拖出來。把握某種個體，<u>爲的是同時把與此相關的整體連帶著加以稱謂</u>」（呂迪格爾・薩弗蘭斯基／靳希平譯，1999：211，底線爲筆者所加）。海德格爾自己簡潔的說法則是：「我居位於世界，我把世界作爲如此這般熟悉之所依寓之、逗留之」（海德格爾／王慶節、陳嘉映譯，1990：79）。海德格爾舉了一個例來，對「在世界之中」概念之特色加以詳細論說：

> 當然我們的語言習慣有時也把兩個現成東西的共處表達爲：「桌子『依』著門」，「凳子『觸』著牆」。……這件事的前題是：牆能夠「爲」凳子來照面，只有當存在者本來就具有「在之中」這種存在方式，也就是說，只有當世界這樣的東西由於這種存在者的「在此」已經對它揭示開來了，這種存在者才可能接觸現成存在在世界之內東西。因爲存在者只能從世界方面才可能以接觸

方式公開出來，進而在它的現成存在中成為可通達的。如果兩個
存在者在世界之內現成存在。而且就它們本身來說是無世界的，
那麼它們永不可能「接觸」，它們沒有一個能「依」另一個而
「存」。（海德格爾／王慶節、陳嘉映譯，1990：80）

上述引文最主要的思路在於凸顯：「在世界之中」存在者與世界之間
的相依恃關係，「依」與「觸」則是具體表現的「關係行為」（張汝倫，
2012：243）。這相依恃關係之所以可能，在於：肯認世界的先行既存。換言之，
「世界不是附加到已經現成存在的萬物之上的；相反，是世界的出現使萬物
有一個世界並從而存在著才能如其本然地顯現、存在」（陳嘉映，1995：60-
61）。因之，「桌子依著門」之所以可能，在於有著門的世界必須先已既存，
桌子才能有所「依」。同樣的，「凳子觸著牆」之所以可能，也在於有著牆
的世界之既存，凳子才有所「觸」。所以，海德格爾說，假如兩個存在者
——在此即桌子和凳子——在世界之內「現成存在」，亦即兩者是獨立實存，
正如我們所慣稱的客體，那麼這種概念下客體既可獨立實存，當然也就不需
要與世界有必然性的關連屬性。海德格爾強調：「它可以在某種限度之內以
某種理由被看作僅僅現成的東西。必須完全不計或根本不看『在之中』的生
存論狀況才可能把『此在』看作某種現成的東西或某種僅只現成的東西」（海
德格爾／王慶節、陳嘉映譯，1990：80）。也就是如此，可說「就它們本身來
說是無世界的，那麼它們永不可能『接觸』」（海德格爾／王慶節、陳嘉映譯，
1990：80）。當存在者是獨立實存，亦即沒有一個先行既存的世界與之關連，
那麼，海德格爾說道：它們永不可能「接觸」，它們沒有一個能「依」另一
個而「存」。海德格爾就此點而論：

只因為此在如其所在地就在世界之中，所以它才能接受對世界的
「關係」。在世這種存在建構靠的不是在具有此在性質的存在者

之外還有另一種存在者現成存在並同具有此在性質的存在者聚會
在一起。相反，這另一種存在者之所以能夠「同」此在「聚會」，
只因為它能夠在一個世界之內從它本身方面顯現出來。（海德格
爾／王慶節、陳嘉映譯，1990：83）

　　顯而易見的，海德格所談的世界並非我們一般慣常理解的現成存在的世
界。「在世界之中」的世界是「在之中」的世界，是「已經依寓」的世界，
在海德格爾的術語中是「世界性」的世界。海德格爾說道，「這種『已經依
寓』首先不僅僅是對一個純粹現成的東西的瞠目凝視。在世作為煩忙活動乃
沉迷於它所煩忙的世界。為了使對現成東西的考察式的規定性認識成為可能，
首須『煩忙著同世界打交道』的活動**發生某種殘斷**。從一切製作、操作等等
抽手不幹之際，煩忙便置身於現在還僅剩的『在之中』的樣式中，即置身於
『還僅僅延留在某種東西處』這種情況中」（海德格爾／王慶節、陳嘉映譯，
1990：88）。在此，我們見到此種分析路數：「為了使對現成東西的考察式的
規定性認識成為可能，首須『煩忙著同世界打交道』的活動發生某種殘斷」，
是相同於前文對數位文本進行分析的上手性理論路數。我們可以再看一次海
德格爾對上手性理論的簡潔描述：「在觸目、窘迫和膩味中（即非上手性狀
態），上手的東西以某種方式失去了它的上手性。但在同上手性的東西打交
道之際，上手性就已經得到了領會，儘管是非專題的領會上手狀態並非簡單
地消逝了，而彷彿是：它在不能用的東西觸目之際揙手道別。上手狀態再一
次顯現出來；恰恰是這樣一來，上手的東西的**合世界性**也顯現出來了」（海
德格爾／王慶節、陳嘉映譯，1990：107，粗體為筆者所加）。也就是說，只
有肯認了對世界的理解是「在之中」的世界，上手性這樣的分析路數才能成
為一種「合法的」分析方法。

　　依循著上手性理論而進行分析，這同時也在另一面向指出：以一般而

言的社會科學方法來對數位文本進行分析和探索，並非本文所採用的思維脈絡。一般社會科學方法的基本前提是把要研究對象「專題化」（亦即是某種獨立持存的實體），用海德格爾的談法，這即是「如今人們習以為常仍把認識當作是『主體和客體之間的一種關係』」（海德格爾／王慶節、陳嘉映譯，1990：86）；此種概念下的世界是「自然的世界」（海德格爾／王慶節、陳嘉映譯，1990：72）。從「在之中」的世界性概念之視角出發，這種被專題化而獨立持存之「東西」，恰恰是「無世界的」。當某一存在者以獨立持存的東西之姿態而現身，不管我們以何種方法對之進行研究而得出何種成果，研究的結果和我們活在其中的既存社會、歷史，亦即「在之中」的世界，就理論上而言，並沒有什麼關係可言。所有的研究結論，都只是關於那獨立持存之東西的內容。就數位文本來說，如果是以傳統社會科學專題化的方式來研究，亦即研究對象是某種現成存在的存在者，不管結論得出何種數位文本的屬性或特色，那也只是獨立於世界之外的數位文本的屬性。換言之，在此種概念下，數位文本的屬性就只是單純的屬於數位文本自身，和我們所生存的「在之中」世界並無任何交涉上的關係。

　　現在，我們面臨一個無可迴避的追問：從本文最為關注的研究視角——寫作面向——出發，「寫作」是與什麼樣的「世界」有關係？換言之，當我們論及寫作面向時，當我們要思索寫作技能時，我們將寫作視之為是具有指引性的，是指向著某種「為了……」作用，是指向某種合世界性，此亦即我們是以「在之中的世界」來領悟、思考「寫作」呢？還是說，我們將「寫作」視為一種獨立實存之現成存在物，正如同「自然的世界」之中的石頭、水等各種現成存在者呢？

　　就我們自身的經驗呈現而言，顯然，「寫作」是具有「指引現象」的。當我們談論「寫作」，我們不是把意識專注停留在「寫作行為本身」，不是注意到寫作時手的姿態等等而指向於我們所想要表達之對所生存之世界有關

的想法、觀念和內容等。當我們說，「寫作寫得好不好？」「技巧使用得如何？」等等時，我們所意指的是我們所「藉由寫作」而表達的「內容」，這內容我們是否稱心，我們想像著這內容與世界、與受眾之間的關係要如何被評價，亦即這內容與「在之中」世界的關係。換言之，說「寫作」「寫得不好」，那是意指對作品內容的不稱心。當我們說「寫作」「寫得不錯」，我們感受到的恰恰是某種稱心的「內容」，稱心於內容與「在之中」世界的關係。相反的，說寫作寫得棒極了，**並不是指**：我們強烈的意識到**寫作的「勞動操作」本身**，同時**並不是指**：我們意識到我們是完全順從著某種「客觀獨立」存在的寫作屬性而進行勞動操作，所以我們說寫作寫得棒極了。換言之，從寫作所呈現的經驗現象出發——這是本文所採取的寫作立場，我們肯認：寫作是一種具有「指引性的現象」，那麼寫作現象可以稱之為是「標誌」，這是一種具有指引現象的標誌，這正是我們於海德格爾《存在與時間》第十七節〈指引與標誌〉中所看到的論述。

海德格爾說道：「標誌不是一種同另一物具有顯示關係的物。它是一種用具，這種用具把某種用具整體明確地收入尋視，從而上手的東西的合世界性便隨之呈報出來了」（海德格爾／王慶節、陳嘉映譯，1990：114）。對海德格爾而言，使用「標誌」這一術語，在於強調「標誌」**並不是**一種現成存在之物與另一現成存在之物之間的顯示關係，正如同一般我們所理解的「風暴報警標」這一現成存在物與「風暴」這一現成存在物之間的顯示對應關係。標誌這一術語的使用，在於強調標誌的顯示是一種具有「指引性質」的顯示，亦即標誌這種具有指引性質的顯示，並不是指向著「另一物」，而是指向「人們生活的『何所在』，煩忙持留的『何所寓』以及這些東西又有何種因緣」（海德格爾／王慶節、陳嘉映譯，1990：114）。同時，「指引性質的標誌」這樣的一種指向於「在之中」世界關係的顯示現象活動，之所以可能的方法論操作，在於「需要一種上手的可能性，即能夠讓當下的周圍世界隨時通過

某種上手的東西向尋視呈報出來」（海德格爾／王慶節、陳嘉映譯，1990：114）。就此，海德格爾總結地說道：「標誌是一種存在者狀態上上到手頭的東西，它既是一種這樣確定的用具，同時又具有著指點出上手狀態、指引整體性與世界之為世界的存在論結構的功能」（海德格爾／王慶節、陳嘉映譯，1990：117）。這樣的理解「標誌」這一術語後，那麼依上面我們對「寫作現象」的分析，本文在此即可確立：寫作是一種標誌；因為寫作不是指向寫作勞動操作本身，而是指向內容與「在之中」世界的關係，指向其寓居於世界的「何所用」，即合世界性。如果寫作是一種標誌，那麼正如同海德格爾所強調：「取為標誌的東西，唯通過它的上手性狀態，才能成為可通達的」（海德格爾／王慶節、陳嘉映譯，1990：115），換言之，就本文在方法論的抉擇而言，「上手性」此種分析方法的使用，在此獲得了理論上的地基。經過前面漫長的分析，在此我們也回答了本書一開頭允諾過不會迴避的一個提問：本文為何要採用現象學的分析方法來進行論述？走筆至此，對此一提問的回應顯然已更加清晰而肯定：數位文本寫作，仍是一種寫作，只是在數位呈現技術物質基礎上的一種寫作。寫作，就其在世界中對我們的呈現而言，無可否認的恰恰就是一種具有指引性的現象。換言之，正是我們認可寫作是一種「標誌」，依現象學理論由上手性而進行「指引性」之分析的研究方法，就具有研究方法上的合法性。

　　海德格爾強調，如果認可上述標誌與指引這樣的概念，那麼標誌與指引關係就會帶出三重面向。換言之，一旦要以標誌與指引概念來進行分析，那麼如下的三種思考架構面向也是同時必須被肯認的：

(1) 作為效用之「何所用」的可能的具體化，指示根基於一般用具結構，根基於「為了作」（指引）。

(2) 作為上手的東西的用具特性，標誌的顯示屬於用具整體，屬於指引聯絡。

(3) 標誌不僅同其他用具一道上到手頭，而且在它的上手狀態中，
　　周圍世界對於尋視來說明確地成為可通達的了。（海德格爾／
　　王慶節、陳嘉映譯，1990：117)

因此，就本文對數位文本寫作之探討而言，從寫作現象本身的指引性，那麼具有合法性的說明是：數位文本寫作亦是有著指引性的標誌。據此，本文以現象學取徑進行論述，而非採用一般社會科學式的論述。歷經前文漫長的理論架構的論述，我們現在便可就一種整體性的全貌來對數位文本寫作進行理論式的說明。以數位寫作亦是具指引性現象之肯認為基礎，那麼必然地，我們要肯定世界是作為「在之中」的世界性之世界，因此，上手性這樣一個現象，就得以成為合法的理論及分析方法。從某種非上手狀態下的操作過程之殘斷，在上手狀態下被忽略注意的指向著「做某某之用」的指引性，當此之際又被醒目地凸顯了。這指引性不只是指向著某一用具的「為了作」，同時也是一種指引聯絡，亦即指向著某某東西的「合世界性」據此可以通達。此亦即，依上手性理論路數一路分析下來，可以談出數位文本的「合世界性」，也就是數位文本在「世界之中」的「為了作」、「何所用」、「做某某之用」。確定此點，才能有著堅實的「地基」可以繼續往下探索數位文本寫作的技能、技巧或方法。因為對寫作技能、技巧或方法的思索必須圍繞著「在之中」世界的「為了作」、「何所用」，才能開展。

八

數位文本的「何所用」與
能動文本的「領會」

在數位文本寫作的物質基礎條件下，什麼樣的寫作技巧，亦即什麼樣的媒材布局的組構安排，可以使得敘事性的觀念形式有效地被織入數位能動文本被感知的顯現表象中？本文所關心的「寫作技能」，正是依於此一思考面向而展開論述的。

前文已經指稱：多重形構匯流性與互動性是數位文本的文本特色，且迥異於傳統文本的呈現性質。這二項文本特色所依賴的分析方法，是遵循現象學的上手性這一分析路數而來。此即，我們**不是**把數位文本視為某種「非世界性的」、可以有獨立實存姿態的現成存在物、現成在手的東西，從而在主、客對立的研究架構下，透過社會科學方法的分析，得出某種屬於數位文本的屬性。相反的，依上手性的路數來看，恰恰是由於對數位文本進行寫作操勞之過程所被意識到的「不上手性」，這不上手性被「現成在手化」、被「現成的東西化」，才成為某種可被主題化、專題化以進行學術研究的項目。上文已經說過，多重形構匯流與互動性在數位文本研究發展的歷程上，一直都是持續存在的主題，並且始終堅強的、頑強的、不屈的成為各種研究成果中的「常態內容」。就上手性的分析觀點言，這一現象恰恰指明了：數位寫作科技之物質基礎變化的過程中，數位文本寫作不斷地調整、修理，以期進入寫作的上手性之中，而多重形構匯流性與互動性正是不斷地被意識到而凸顯的「非上手性」寫作經驗，這二項非上手性的特色也不斷持續頑強地出現在各種數位文本的研究中，這又恰恰指明了其在數位文本寫作過程中，一直存在著某種寫作經驗上的扞格與矛盾，這在前文當中我們稱之為「與傳統文本的不相容性」。

為什麼？多重形構匯流性與互動性，始終無法銷融於數位文本寫作的上手性經驗中？要回答這個問題，必須先釐清下述追問：如果多重形構匯流性與互動性是數位文本寫作中某些常態出現的、被主題化的非上手性經驗現象，那麼此種非上手性的殘斷經驗所喚出關於數位文本的指引性，亦即數位文本

所指向的「在之中」世界的「何所用」，其「何所用」到底是指什麼呢？

前引文已強調，指引指向「何所用」，亦即指向具體化之「爲了做」。不上手狀態就是無法滿足「爲了做」，亦即用具的「不合用」。「在對不合用性質的揭示活動中，用具觸目了。觸目在某種不上手狀態中給出上手的用具」（海德格爾／王慶節、陳嘉映譯，1990：106）。「一件用具不能用，這就暗含著：『爲了作某某之用』(Um-zu) 指向「用於此」(Dazu) 的指引構架被擾亂了」（海德格爾／王慶節、陳嘉映譯，1990：107-108）。換言之，只有當我們明確地闡明「合用性」、「爲了做」是指什麼內容時，我們也才能夠據以相對應地說明不上手性可能的具體內容；也就是說，「爲了做」的內容與「不上手」的內容，彼此之間具有結構上的構連關係。

就此，依「不上手狀態」的上手性理論而言，在用具的操勞中，如果某種非上手性頑強地、長期地、不斷地被意識到，這不正指明了某些非上手性的內容恰恰是與用具「何所用」之內容有著某種本質上的對立或矛盾，以致於歷經各式的調整和修理，這些非上手性在用具的操勞中屹立不搖，不斷觸目地顯現著，也因此一直成爲學術研究中長期以來被主題化的重點。就能動敘事文本而言，如果多重形構匯流性與互動性是學術領域內某種長期存續的主題化議題，那麼這恰恰指明了匯流性與互動性是某種非上手性經驗，而此非上手性經驗之內容，乃與數位文本寫作「何所用」之具體內容，有著本質上的對立。而這是一種什麼樣的矛盾和對立呢？其有化解之可能嗎？

首先，數位文本的「何所用」是指什麼？這需要一點耐心來迂迴說明。如果世界是「在之中」之世界，那麼數位文本的何所用其實是奠基於「文本」的何所用。換言之，數位文本之於文本有著被奠基的關係。在數位文本登場之前，文本就已存在於既存世界，數位文本是數位科技問世之後才隨之產生的一種文本呈現的可能狀況。換言之，當數位科技甫於世界歷史登場之初，它嘗試著將數位科技當成寫作用具來寫作「文本」，這一寫作操勞的過程中，

數位文本「何所用」的指引性，乃與操勞過程相始相終。也就是說，我們並非完成作品（文本）之後才去理解作品何所用，相反的，我們是在作品（文本）「何所用」的指引下，來對用具進行操勞的可能處置。換言之，「何所用」先行於「寫作」。在用具操勞過程中對用具「何所用」的先行理解，即是海德格爾所說的「先行具有」（Vorhabe）、「先行見到」（Borsicht）、「先行掌握」（Borgriff），亦即為海德格爾所言之「領會」（海德格爾／王慶節、陳嘉映譯，1990：208-209）。約瑟夫‧科克爾曼斯就此說道：「人與世內事物的煩忙著的打交道暗含著對這些事物和作為在世的人本身一種原初的領會，即暗含著起先沒有被清楚地說出來的東西的領會。然而，這種領會形式可以加以進一步的解釋，以便上手的東西清楚地進入領會它的『看』中。在這種情況下，人煩忙著與事物打交道所具有的『環顧尋視』通過拆解因而解釋它們而揭示世內的事物。最後，一切準備、安排、修改和改善都是如下方式起作用的：尋視地上到手頭的東西在備用性中，也就是說在它的『為了……』中被剖析、被拆解，因而被解釋」（約瑟夫‧科克爾曼斯／陳小文、李超杰、劉宗坤譯，1996：172）。

依於對「領會」此種此在之生存論環節的肯認，我們可以有以下進一步的說明。在與用具煩忙操勞之際，對用具之何所用的可能性範圍，在領會中「被先行標畫出來」（海德格爾／王慶節、陳嘉映譯，1990：203）。正是因為人（此在）所具有的先行見到之領會的特色，所以我們才能從非上手性狀態來論說用具的何所用：「一切調整、整頓、安排、改善、補充都是以如下方式進行的：在尋視中上到手頭的東西，在它的『為了作……之用』中被剖析，從而可被視見，並且按照這種被剖析了的狀態而被煩忙」（海德格爾／王慶節、陳嘉映譯，1990：207）。那麼，如依領會之理論進行論述，可以有著如下的說明：數位書寫／呈現科技初次在歷史上登場時，對數位寫作的操勞過程所伴隨而來對「文本」的領會，此種被領會的何所用，就其實質內容而言

就只能是「傳統文本」何所用的內容。這是因為，我們生存在「在之中」世界，在數位書寫科技初登場之際，傳統文本既已存在，其何所用也是既已存在，所以，傳統文本的領會必然成為組構數位文本之「操勞─領會」結構的初始領會內容，也可以說，傳統文本之領會必然會先走在互動文本的領會之前。換言之，就歷史變遷之連續性的認知面向來說，數位文本躍登歷史舞台之初，在「操勞─領會」的結構上，寫作操勞所用之用具是「數位寫作用具」，但其何所用的領會卻只能同時是而且也必須是依於傳統文本而來的領會，因為這是既存的，同時也是唯一僅有的關於文本的上手性領會。故就數位文本演變的歷史脈絡來說，如果數位文本寫作的非上手性是一直持續被強烈意識到的狀況，那麼這也恰恰說明了以下兩種事實：（A）在多年的數位文本寫作發展過程中，對數位文本寫作操勞時所共存的文本領會，仍是以傳統文本的領會作為其依據；（B）數位文本寫作操勞的某種特質與傳統文本的領會內容，存在著某些結構性的矛盾，以致非上手性也持續存在著。那麼，傳統文本之領會內容與數位文本寫作用具之操勞之間有什麼樣的結構性矛盾，以致於能引發持續性的非上手性經驗？，

　　傳統文本的領會內容是什麼？如前文所揭：原初的領會，即暗含著起先沒有被清楚地說出來的東西的領會。那麼，領會有可能會被說清楚嗎？亦即領會可以清楚地被說出「內容」嗎？依海德格爾的思路而言，《存在與時間》之第三十二節〈領會與解釋〉，正是要處理此一提問。「解釋」是為了讓「領會」可被通達。但，這裡必須再次提醒：領會是先行具有、先行見到、先行掌握的。海德格爾強調：「解釋並非把一種『含義』拋到赤裸裸的現成東西頭上，並不是給它貼一種價值」（海德格爾／王慶節、陳嘉映譯，1990：208）。依海德格爾意義現象學的「解釋」，「這種解釋一向奠基在一種先行具有（Vorhabe）之中」，「解釋向來奠基在先行見到（Vorsicht）之中」，「解釋奠基於一種先行掌握（Vorgriff）之中」；在此種「先」的結構狀態下，「被

領會的東西保持在先有中，並且『先見地』（『謹愼地』）被瞄準了，它通過解釋上升爲概念」（海德格爾／王慶節、陳嘉映譯，1990：208-209）。在此種認知下，領會以如下的方式被進行解釋而通達：「在領會中展開的東西，即被領會的東西，總已經是按照下述方式而被通達的，那就是在它身上可以明確地提出它的『作爲什麼』。這個『作爲』（Als）造就著被領會的東西的明確性結構。『作爲』組建著解釋」（海德格爾／王慶節、陳嘉映譯，1990：207）。

在此，我們仍需不憚其煩地指出，海德格爾強調：「把某某東西作爲某某東西加以解釋，這在本質上是通過先行具有、先行見到與先行掌握來起作用的」（海德格爾／王慶節、陳嘉映譯，1990：209）。換言之，在對領會做出某種「作爲」式的內容解釋時，① 先行具有、② 先行見到、③ 先行掌握，這三者是「解釋」所必須依循的理路架構。雖然，「作爲」結構是「一種統一的現象」（海德格爾／王慶節、陳嘉映譯，1990：210），「『作爲』結構這一現象顯然不能『拆成片斷』」（海德格爾／王慶節、陳嘉映譯，1990：209），然而，就一種分解式的講解而言，「某某東西作爲某某東西得到領會」，換言之「作爲」解釋具體發生的當下，下文將說明是劃歸於「③ 先行掌握」這一面向。

張汝倫針對此一部分的解讀談到：「闡釋也以先概念（即 ③ 先行掌握）爲基礎。② 先見的功能是確定問題域，而 ③ 先概念是根據某種使作爲結構變得清晰的概念來起作用的。……例如，把汽笛聲理解爲警報首先包含 ① 先有，我們讓汽笛聲警告我們，因爲這就是它在彼此共在中的功能；其次是 ② 先見，它斟酌現在響的汽笛聲是否實際上是警報（因爲並不是所有汽笛聲都是警報）；第三是 ③ 先概念，一般意義上什麼是警報和什麼是汽笛」（張汝倫，2012：497，括號內及 ①②③ 爲筆者所加）。海德格爾自己有一段較爲晦澀的說法：「在領會著的展開活動中可以加以勾連的東西，我們稱之爲意義。

領會著的解釋加以勾連的東西中必然包含有某種東西；意義的概念就包括著
這種東西的形式架構。先行具有、先行看見及先行把握構成了籌劃的何所向。
意義就是這個籌劃的何所向，從籌劃的何所向方面**出發**，某某東西作爲某某
東西得到領會」（海德格爾／王慶節、陳嘉映譯，1990：210，底線及粗體爲
筆者所加）。就海德格第三十二節的行文理路而言，「籌劃的何所向方面」，
指的是「② 先行見到」這一面向，海德格爾言，「……在先行見到之中，……
被領會的東西保持在先有中，並且『先見地』（『謹愼地』）被瞄準了」（海
德格爾／王慶節、陳嘉映譯，1990：208-209）。從「② 先行見到」這一面向「出
發」後，緊接著自然是進入「③ 先行掌握」這一面向；就此，「某某東西作
爲某某東西得到領會」是在「③ 先行掌握」此一面向中得以發生、起作用。
換言之，解釋是在 ③ 先行掌握這一面向中具體發動。

　　那麼，在寫作操勞中一併有所被領會的傳統文本，其所領會的東西就可
依「作爲」之理路而被解釋出某種內容。在《存在與時間》第三十三節〈陳
述──解釋的衍生樣式〉中，海德格爾以「陳述」此種文本樣式爲例，進一
步說明「解釋」的此種生存論思路。換言之，陳述是派生於解釋的模式；「如
果陳述是這樣一種模式，那麼解釋的本質結構必然要在陳述中重現」（海德
格爾／王慶節、陳嘉映譯，1990：216）。因之，「我們可以藉陳述來說明對
領會和解釋具有構成作用的『作爲』結構能夠以何種方式模式化」（海德格
爾／王慶節、陳嘉映譯，1990：213）。「所以，陳述無法否認，在存在論上
它來自領會著的解釋」（海德格爾／王慶節、陳嘉映譯，1990：218）。對海
德格爾而言，陳述只是「在存在論上它來自領會著的解釋」的某種文本樣態，
其他的，諸如「關於周圍世界中的事件的陳述，上手東西的描寫，『時事報
導』，一件『事實』記錄和確定，事態的敘事，事件的講解」等等各式文本
樣態，「這些句子就像理論陳述句子本身一樣，在尋視的解釋中有其『源頭』」
（海德格爾／王慶節、陳嘉映譯，1990：218-219）。就本文而言，陳述同樣

也是一種傳統文本的呈現樣態；因之，對陳述領會的「作為」之解釋，可以成為對傳統文本之「作為」解釋的通達模式。海德格爾強調：「像一般的解釋一樣，陳述必然在先有、先見和先行把握中有其存在論基礎」（海德格爾／王慶節、陳嘉映譯，1990：217）。就此，陳述在論述中被海德格爾劃分出三種含意：一、陳述首先意味著 ❶ 展示；二、陳述也等於說是 ❷ 述謂；三、陳述意味著 ❸ 傳達（分享），意味著把陳述說出來（海德格爾／王慶節、陳嘉映譯，1990：214）。這三種含意恰恰是對應著解釋的 ① 先有、② 先見、③ 先行把握，這三種先結構狀態下的生存論環節。

　　一、陳述首先意味著 ❶ 展示：「揭示給視的東西不是『意義』，而是在其上手狀態中的存在者」（海德格爾／王慶節、陳嘉映譯，1990：214）。這正是 ① 先有狀態。二、陳述也等於說是 ❷ 述謂：「陳述的第二種含意奠基於第一種含意」，「主語由述語得到規定。……以便通過對目光的明確限制而使公開的東西在規定中明確地公開出來」（海德格爾／王慶節、陳嘉映譯，1990：214）。因之，述謂是相應於 ② 先見，正如同前文所言，先見的功能是確定問題域。三、陳述意味著 ❸ 傳達（分享），意味著把陳述說出來：「這一含義上的陳述直接同第一種含義和第二種含義上的陳述相聯繫。這一含義上的陳述是讓人共同看那個以規定方式展示出來的東西」（海德格爾／王慶節、陳嘉映譯，1990：215，底線為筆者所加）。就此，「傳達（分享）」在陳述的結構環節中，其「讓人共同看……以規定方式展示出來」的動作行使樣態，正如同 先行把握之於領會以「作為」而進行解釋的動作行使樣態。海德格爾對此部分有言：「我們這樣從存在論上來領會傳達。陳述作為這種傳達包含有道出狀態」（海德格爾／王慶節、陳嘉映譯，1990：215）。換言之，如果套用「某某東西**作為**某某東西得到領會」此種解釋結構，那麼可說：傳達**作為**道出得到陳述之領會。就此，海德格爾描述道：「他人可以自己不到伸手可得、目力所及的近處去獲得被展示、被規定的存在者，卻仍然能同說出陳述的人一道『分

有』被說出的東西，亦即被傳達分享的東西」（海德格爾／王慶節、陳嘉映譯，1990：215，底線爲筆者所加）。

如果讀者一直是跟著筆者的文章思路一路來此，那我們似乎又回到了文章的開頭點，亦即胡塞爾對「告知」的解釋說明：「只有當聽者也理解說者的意向時，這種告知才成爲可能。……相互交流的人具有息息相關的物理體驗和心理體驗，在這兩種體驗之間的相互關係是通過話語的物理方面得到中介的，首先是這種相互關係才使精神的交流成爲可能，使約束性的話語成爲話語」（胡塞爾／倪梁康譯，1999a：33）。此處，胡塞爾所謂的「相互交流」，亦正是海德格爾講的「分有」。胡塞爾針對此概念說道：「我們隨時都可以在對陳述的重複將這個陳述的含義**作爲同一的東西**喚入到我們意識之中」（胡塞爾／倪梁康譯，1999a：43）。這不也雷同於海德格爾對陳述的「分有」之說明嗎：「『**讓人共同看**』同他人分享［向他人傳達］在其規定性中展出來的存在者。共同向著展示出來的東西看的存在被『**分有**』了」（海德格爾／王慶節、陳嘉映譯，1990：215，粗體及底線爲筆者所加）；被「分有」的即是「作爲同一的東西」。

那麼，繞了一大段路又走回原點，所爲何來？繞這一段路，乃是爲解決本文論述的問題所必然面臨的一種方法論上的挑戰！

就本文的論述脈絡而言，我們已於先前談過：胡塞爾於《邏輯研究》中區分「指示性的」符號和「有含義的」符號。有含義的符號，它們會「意指」一個含義，此亦即它們是「表述」。胡塞爾以「詞語」爲表述進行意向分析時說道：「表述似乎將興趣從自身引開並將它引向意義，將它指向意義」（胡塞爾／倪梁康譯，1999a：35）。此一胡塞爾的現象學方法，就表述文本在分析操作方法上最重要的特色之一是「範疇直觀」。但範疇直觀操作方法之所以可行，有一重要的前題：即被直觀表述文本的「既成存在性」。換言之，被範疇直觀者，依海德格爾的觀點，就是那種與「在之中」之世界割裂，獨

立於「世界性」世界之因緣意蘊關係而獨立自存的客體性既存物。如只是依胡塞爾的分析方法來對數位文本進行探究，那麼數位文本的分析就必然會使數位文本在其本身的歷史發展脈絡中被割裂。本文所堅持的一種論述立場是：數位文本乃是在歷史脈絡中發展而現身的，是在世界之中的；它不是像「石頭」那般可獨立於人文歷史世界而實存，相反的，它必然是歷史性的，是無法被否認的現象。因此，雖然胡塞爾就表述而言的「作為同一的東西」與海德格爾就陳述而言的「分有」是相同的論述成果，但是海德格爾存有論的分析方式，亦即從上手性一路而來的分析，卻能使得「歷史性」進入我們分析的視野。換言之，依上手性的分析路數，「傳統文本」就必然會進入分析的視野中，這也是本文的思路發展何以要由胡塞爾走向海德格爾的原由所在。

　　上文已藉由上手性的理路，對數位文本有過論述。數位文本之所以是數位的文本的某種特質，乃是在數位文本寫作之操作勞動中，因某種非上手性狀態而被醒目地凸顯出來。不上手，亦即器物失去了上手狀態的性質，於是「它作為僅還**在手的東西**暴露出來」（海德格爾／王慶節、陳嘉映譯，1990：106，底線及粗體為筆者所加）。要消除此種不上手性，於是在手東西狀態化的數位文本被主題化、專題化而進行研究。在主題化的追問中，先是將目光放在非上手性狀態下所凸顯的指向著「做某某之用」之指引性，再進而追問到「合世界性」。合世界性是指：某器物於「在之中」世界的「何所用」，亦即指向具體化之「為了做」，此亦即某器物的「合用性」；「在它的合用性中，工件總已讓它自己的合用性的何所用也一同來照面」（海德格爾／王慶節、陳嘉映譯，1990：102）。數位文本的非上手性的持續顯目，此正是由於數位文本的操勞方式與數位文本的「何所用」、「為了做」之間，相互起了扞挌。依此上手性的思路，本文乃試著進一步分析數位文本的操勞方式與數位文本的何所用之間的扞挌之可能被解釋的內容。

　　為了這進一步的解析，本文指出這種長期性不上手寫作狀態之存在，指

向了數位文本操勞與領會之間的某種結構性矛盾。何所用如何被分析出來，何所用如何被解釋，這必須依著對領會結構之思路來進行。上文已特別指明，數位之文本操勞中與之俱存的文本領會，是指「傳統文本」的既有領會。正是在「領會」的部分，數位文本與傳統文本之間的歷史脈絡獲得了被理解的接軌，傳統文本以「生動的歷史性」融入分析視野（彼得・特拉夫尼／張振華、楊小剛譯，2012：9）。依海德格爾的思路，歷史應是被經驗的歷史，是與實際生活有著「直接生動性」；歷史事物不能僅僅「是被客體化為有待研究的對象」（彼得・特拉夫尼／張振華、楊小剛譯，2012：9）。就方法論而言，本文要從胡塞爾轉動到海德格爾，此處正是轉動的軸心。換言之，在對數位文本進行解析的過程中，依上手性理路的領會概念，傳統文本在論述中之必要的參與性在此獲得了理論上的立足之基。數位文本的操勞與何所用之間不稱心的扞挌，可以被指明為：「數位文本」之寫作操勞與「傳統文本」之領會兩者間的衝突。那麼，這兩者間的衝突何在呢？

前文已指出，藉由陳述之領會的分析，傳統文本之領會是以「傳達」作為「何所用」而被解釋出來，同時這傳達是具有「分有」、「作為同一東西之含義」如此這般的性質，換言之是現象學式的傳達，而非只是文本操勞者主觀、偶然性之心思企圖。那麼，可以反詰的是：數位文本的何所用，難道不會是「傳達」嗎？難道一般日常生活的狀態中，對數位文本寫作操勞所指向的何所用，並不是要傳達，而是具有其他目的？數位文本操勞當然可以有其他作為的解釋，但就一般日常生活而言，「作為」「傳達」的數位文本寫作，顯然是具有「世界性」的合用性。對數位文本寫作之作為的傳達，顯然是具有現象學概念下日常生活明晰性的，此種「生活實際性」是無可否認的。事實上，就方法論的理論特色來說，「對『生活實際性』的現象學——解釋學研究自發地導向『歷史』現象」（彼得・特拉夫尼／張振華、楊小剛譯，2012：13）；「這種實際生活表現為與『歷史性關聯』互相纏結」（彼得・

特拉夫尼／張振華、楊小剛譯，2012：14）。也正因如此，數位文本的操勞與傳統文本的操勞，都有一共同「文本領會」下的傳達之「何所用」，是實際生活中顯現出來的實事本身，是「生活的實際性（Faktizität）」，即其事實狀態（Tatsächlichkeit）和被給予狀態（Gegebenheit）」（彼得•特拉夫尼／張振華、楊小剛譯，2012：3）。

換言之，就本文所持之理論方法論來說，本文**不是**將數位文本視為某種獨立於「在之中」世界意蘊關聯的既有現成存在物，因而可以被對象化式地研究的獨立實存客體。蓋因此種概念下的數位文本，因其客體化的獨立性實存物，在分析理路上就必然要指向一個只屬於數位文本自身才有的「文本特色」，然而這樣的概念即有著某種單獨屬於數位文本的文本屬性特色，只是抽象化概念運作所產生的空中閣樓。而就本文的論證思路來說，數位文本之文本特色的登場，恰恰是數位文本的操勞與傳統文本的何所用之間呈現出的非上手狀態被主題化、專題化之後才應運而生的研究成果。換言之，前揭的多重形構匯流性與互動性是數位文本非上手性被主題化之後的專題研究成果，而不是某種原先只單純地附屬於獨立實存之數位文本的屬性。針對二種思維路數及其方法論的差異作出明確的區隔，並堅定地採用現象學式的理論取徑，如此大費周章，並非毫無緣由，因為這將清楚而明確地攸關到我們如何來探考、構思數位文本寫作技巧的內容。

依現象學式的思路取徑，對數位文本寫作技巧的思索，其思索的方法、方向就必然是指向如何消除上述數位文本寫作的非上手狀態。正因本文是站在現象學的理路，前文所追問之：「數位文本」之寫作操勞與「傳統文本」之領會兩者間的衝突，就成為數位文本寫作技巧思索的下手處——亦即思考著消除其非上手性。換言之，就是透過對寫作技巧的探討，來消除數位文本操勞中的非上手性；這也就指向：數位文本寫作與數位文本何所用之傳達，這兩者間在寫作操勞的過程中是稱心的。這是我們為數位文本寫作技能所立

下的研究方向及規範。

我們生活的周圍世界是「在之中」且因緣與意蘊纏繞的世界，在這種世界中，數位文本的何所用並無有迥異於傳統文本，都是以傳達作爲何所用，那麼何以數位文本登場之後，數位文本的寫作操勞會有著持續性的非上手性的經驗顯露出來呢？至少對傳統文本而言，並無此種非上手性的現象。上文已提及，何所用之所以能被解釋出來，是來自於領會的解釋。數位文本的領會與傳統文本的領會，都有同樣的領會結構：① 先有、② 先見、③ 先行掌握。一、先有，是指數位文本和傳統文本得以呈現的因緣整體性世界，「因緣整體性乃是日常的、尋視的解釋的本質基礎」（海德格爾／王慶節、陳嘉映譯，1990：208）。不管使用或閱讀的是數位文本還是傳統文本，作者及讀者所寓居的世界都是同樣的生活世界。二、如前文一再分析的，數位文本和傳統文本的何所用之解釋並無差異，均是傳達。「解釋奠基於一種先行掌握（Vorgriff）之中」（海德格爾／王慶節、陳嘉映譯，1990：209）。而在先行掌握這一領會環節，數位文本和傳統文本亦無有異。三、數位文本之非上手性所可能被引發的領會環節，在排除 ① 先有及 ③ 先行掌握之後，就直指「② 先見」這一領會環節。先見，即先行見到，就是一般常言的「先入爲主」之見，可說是某種既有的解釋模式、文本組構形態或是意識呈現模式。而本文所關心的寫作面向，即是文本組構形態的先見。

既然數位文本的非上手性是以傳統文本領會中的上手性作爲背景經驗值而浮現出來，那麼傳統文本寫作之操勞中之領會的「先見」環節就有再進一步說明的必要，因爲上文已指明，這是數位文本寫作過程中與其共在之傳統文本領會而引發之非上手性的起源性環節。所以問題就在於：傳統文本領會中的「先見」環節，亦即我們一向所習慣的、沒有特別去留意的、成爲一種先見的傳統文本之文本組構形態（寫作樣態）到底是什麼？一般而言（參見第六章），傳統文本的文本組構有如下二種特色：(1) 文本所使用之組構媒材，

往往是以某種單一媒材為主導性媒材，或是文字或是圖像，文本中如有其他媒材共在，那也只是輔助性的角色。(2) 文本就其意義給出的媒材組構而言，是一種對媒材進行線性安排的方式，並由此形成文本的意義給出。故可見到前文所言數位文本之多重形構匯流性與互動性這二項文本特色，恰恰是傳統文本組構形態的對立面——匯流性對上了單一媒材主導性、互動性對上了線性擺置。此種對立性，是一種結構性的對立態勢。正因如此，在數位文本這一方，因其非上手性而被學術研究主題化且進一步形成文本特色，才「長期而持續地」指向了多重形構匯流性與互動性。

當然，把數位媒材當作傳統媒材來寫作傳統文本，並無可議之處。事實上，被稱為「鑲入式數位文本」的早期數位文本組構現象，即是透過數位媒材來寫作傳統文本的現象。質此，有一個非得追問不可的小步必須先跨過去：人們為什麼一定要去嘗試數位媒材組構文本的新可能性？依本文所循之生存論現象學而論，讓「可能性」去存在，是此在（人）之所以是此在（人）的生存論的基本規定性：「此在不是一種附加有能夠作這事那事的能力的現成東西。此在原是可能之在。此在一向是它所能是者；此在如何是其可能性，它就如何存在」（海德格爾／王慶節、陳嘉映譯，1990：200）。「作為生存論環節的可能性卻是此在的最源始最積極的存在論規定性」（海德格爾／王慶節、陳嘉映譯，1990：201）。「只要此在存在，它就籌劃著。此在總已經、而且只要它存在著就還要從可能性來領會自身」（海德格爾／王慶節、陳嘉映譯，1990：203）。換言之，對數位文本的領會，雖然就歷史發展而言是先依寓於傳統文本之領會，但「領會於它本身就具有我們稱之為籌劃（Entwurf）的那種生存論結構」（海德格爾／王慶節、陳嘉映譯，1990：202）。若依《存在與時間》的理論，籌劃之特色使得此在得以擺脫傳統文本領會的歷史性之局限，從「被拋擲」（即生存論環節的「過去」）而來的當下中（即生存論環節的「現在」）開展出數位文本之可能性（即生存論環節的「未來」），使之

邁步而出、走向前來。換言之，對數位文本可能性之嘗試，是奠基於此在生存論結構環節中之籌劃，也就是它本身即有著生存論結構上的源始性，亦即生存論上的必然性。

針對生存論結構環節中之籌劃，海德格爾如是說道：

> 領會的籌劃性質又是說：領會本身並不把它向之籌劃的東西，即可能性，作為課題來把握。這種把握恰恰取消了所籌劃之事的可能性質，使之降低為一種已有所意指的、給定的內容；而籌劃卻在拋擲中把可能性作為可能性拋到自己面前，讓可能性作為可能性來存在。（海德格爾／王慶節、陳嘉映譯，1990：205）

就此而言，除非數位媒材與數位文本組構是完全相同於傳統文本，否則只要存在著差異，只要不是同一的，那麼此在對數位文本的籌劃中，就此在的生存論規定而言，此在就會因為被拋擲的狀況，就其「先行的決心」，而使得兩種文本的差異在其可能的面向上被開展出來。「決心」，是此在「一種本真的生存狀態上的可能性的見證」（海德格爾／王慶節、陳嘉映譯，1990：361）。決心是此在的建構性質素，此在的決心要讓可能性開展出來，「決心本真地成為它所能是的東西」（海德格爾／王慶節、陳嘉映譯，1990：407）。海德格爾就決心而論道：「決心向這種能在籌劃自身，亦即在這種能在中領會自身。所以，這種領會處在此在的一種源始可能性之中。如果決心源始地是它所傾向於去是的東西，決心便本真地處在源始的可能性中」（海德格爾／王慶節、陳嘉映譯，1990：408）。依憑決心，此在之領會作為籌劃所開展出來的兩種文本差異之可能性，其內容就是多重形構匯流性與互動性。

在此，我們把焦點拉回能動文本。能動文本，亦即有決心要讓多重形構匯流性及互動性之可能性被開展的數位文本，若要能有敘事性意義之給出，那麼多重形構匯流性與互動性此種文本組構形態特質與敘事的意義給出原則

——即事件的時間變化及事件相關性——就要能有妥適性的結合。換言之，在傳統敘事文本那裡是將單一主導性媒材布局於線性結構，從而形成事件的時間變化及事件相關性；那麼，能動敘事文本就應該是以多重形構匯流及互動之媒材組構形態來形成事件的時間變化及事件的相關性。依此而論，就化解上述數位文本敘事寫作的非上手性而言，伴隨能動敘事文本操勞寫作而一併俱存的「領會」，就應是一種與傳統文本之領會有所差異的「能動敘事文本領會」。按上文一路下來的論述，能動敘事文本之操勞寫作過程，只有與一種能與之無間配合的「能動文本領會」共在的情況下，它的操勞寫作才有可能處在一種上手性的狀況中。

為簡化理解過程，能動敘事文本領與傳統文本領會，可藉由簡表說明如下：

> 傳統文本領會：
> 先有（我們這個世界）、**先見 (單一媒材及線性)**、先行掌握（「獨白型」分享意義）
> 能動敘事文本領會：
> 先有（我們這個世界）、**先見 (匯流性及互動性)**、先行掌握（「對話型」分享意義）

我們可以看見，① 先有是相同的。③ 先行掌握在「分享意義」這一層面上是相同的；獨白型與對話型的差異是形成意義過程的不同，但就「分享意義」上是相同的；後文會再討論此點。所以，② 先見這一部分，亦即單一媒材與線性恰恰是對立於匯流及互動。換言之，寫作能動文本時必須將其領會處於「能動敘事文本領會」的情況中，那麼消除寫作的不上手性，才能是理論上的必然。

在此，「能動文本領會」這一課題，已進入本文探索過程的敞亮之處。我們是在能動文本領會的「尋視揭示」下，對數位能動文本進行寫作操勞之

可能性的安排與處置。因此，只有對能動敘事文本之領會進行解釋，說明其規定性，那麼能動敘事文本的寫作技能這一課題才能有進入討論、思索的可能性。故下一章，旨在對能動文本領會的內容及規定性，作進一步的論述與說明。

九

數位寫作技能的
存在論理論基地

在進入正題前，爲掌握必要的知識背景，乃先對領會作某些概括性的描述。領會，依《存在與時間》是「生存論結構之一，……源始地構成此之在」（海德格爾／王慶節、陳嘉映譯，1990：199）。「領會包含有此在之爲能在的存在方式」（海德格爾／王慶節、陳嘉映譯，1990：200）；「作爲生存論環節的可能性卻是此在的最源始最積極的存在論規定性」（海德格爾／王慶節、陳嘉映譯，1990：201）。「領會作爲有所開展的能在則提供了根本地『看』這種可能性的現象學基地」（海德格爾／王慶節、陳嘉映譯，1990：201）。可以說，此在──本文中界定爲作者及閱聽衆──生存狀況之基本結構條件是領會。人（包含作者及閱聽衆）對文本的操勞及對文本意義的解讀，都與這一結構條件有所干係。而領會這一「生存論結構條件」的特色是領會帶著必然的「可能性」出場，亦即領會「隨它的能在一道存在」（海德格爾／王慶節、陳嘉映譯，1990：201）。「海德格爾把拋出我們的可能性和以其爲根據的各個物的可能性活動稱爲理解（領會）」（高田珠樹／劉文柱譯，2001：170，括號內爲筆者所加）。正是此在依其領會之結構性的能在特性，對數位文本異於傳統文本的組構特色之可能性──即多重形構匯流性及互動性，終會將數位文本之可能性開展出來。再者，更重要的是，領會的此種生存論結構，同樣亦是一般而言的認識論或認識方法的基礎結構，亦即現象基地。換言之，此在（人）的認識行爲──此種現象，乃是奠基於領會。此點對於本文的論述具有結構上的重要性，蓋因本文是從胡塞爾本質直觀走到海德格爾的領會，往後再述及能動敘事文本寫作的技能時，還會再回到胡塞爾的本質直觀理論。這種理論轉移的合法性，亦即本質直觀與領會之間的理論關係，應在此予以交待。

海德格爾說道：

> 我們顯示所有的視如何首先植根於領會（煩忙活動的尋視乃是作
> 爲知性的領會），於是也就取消了純直觀的優先地位。這種純直

觀在認識論上的優先地位同現成東西在傳統存在論上的優先地位
相適應。「直觀」和「思維」是領會的兩種遠離源頭的衍生物。
連現象學的「本質直觀」也植根於生存論的領會。只有存在與存
在結構才能夠成為現象學意義上的現象，而只有當我們獲得了存
在與存在結構的鮮明概念之後，本質直觀這種看的方式才可能決
定下來。（海德格爾／王慶節、陳嘉映譯，1990：205，底線為筆
者所加）

　　胡塞爾的本質直觀是領會的變異，如果依胡塞爾本質直觀的方式來探究
數位文本，並不會與海德格爾之領會的思考進路有某種理論上的對立。本質
直觀是領會的衍生物，這說明了從領會的進路再轉而依意向性本質直觀的進
路，來探討數位文本，具有理論上的合法性。理論進路的轉移，只是「取消
了純直觀的優先地位」，並不是否定意向性分析進路的合法性，相反的，恰
恰是給予意向性本質直觀的分析進路一個生存論上的源始基地。也就是說，
意向性本質直觀之所以是合法的研析進路，乃在於其亦是源始於此在的存在
以及存在結構。換句話說，對胡塞爾而言，意向性本質直觀的合法性是來自
先驗的，那麼海德格爾所做的則是拿掉本質直觀的先驗性，從而再提出其所
從來的生存論源始基地──此即領會。「海德格爾在這裡其實表達了一個很
重要的思想，就是一般意義上的認識和知性意義上的思維實際上是以生存理
解（領會）為基礎的」（張汝倫，2012：487，括號內為筆者所加）。

　　意向性本質直觀是以生存論領會為基礎，那麼意向性的結構環節和領會
的結構環節兩者之間的關係，就可以通達。換言之，下文中對能動敘事文本
領會之結構環節分析，其領會結構的規定性，對意向性結構環節同樣是具有
奠基性的源始地基。在往下分析之前，我們仍得先描述領會的幾項重要特色，
分別是此在生存論結構中的歷史性及決心。領會結構中的歷史性，在理論中
提供了一個位置，使得數位文本和傳統文本具有論述上的結構性關連。領會

結構環節中的歷史性對本文具有基礎性的重要地位。前文已強調,本文之所以採現象學的取徑,在於肯認數位文本的發展是歷史性的延續發展,換言之,數位文本的演進和傳統文本之間有著發展上的延續關係。雖然我們往往將數位文本當作是一種和傳統文本產生對立性姿態的文本,但這種對立姿態也是在歷史中依寓於傳統文本發展而來。再者,決心,此在的決心,「決心向這種能在籌劃自身,亦即在這種能在中領會自身」(海德格爾/王慶節、陳嘉映譯,1990:408)。有著決心的此在,才能在其所身具的被拋性的歷史性遺產的世界中,亦即在已有傳統文本的被拋世界中,使得數位文本的呈現上的可能性被開展出來,「決心本真地成為它所能是的東西」(海德格爾/王慶節、陳嘉映譯,1990:407)。。

歷史性及決心是組構領會的環節,是結構模式,「領會等於說:有所籌劃地向此在向來為其故而生存一種能在存在」(海德格爾/王慶節、陳嘉映譯,1990:448)。例如領會之籌劃,「籌劃卻在拋擲中把可能性作為可能性拋到自己面前,讓可能性作為可能性來存在」(海德格爾/王慶節、陳嘉映譯,1990:203)。在《存在與時間》第七十四節〈歷史性的基本建構〉中,海德格爾談到:「在先行的決心中,此在著眼於它的能在領會自己,其方法是:它直走到死的眼睛底下以便把它自身所是的存在者在其被拋狀態中整體地承擔下來」(海德格爾/王慶節、陳嘉映譯,1990:505),「決心作為被拋的決心承受遺產;而此在藉以回到其自身的這一決心就從這一遺業中開展著本真生存活動的當下實際的種種可能性」(海德格爾/王慶節、陳嘉映譯,1990:506)。我們正是依歷史性及決心所組構而成的此在之領會結構,來看待數位文本的歷史演進。數位文本從傳統文本的土壤中,伴隨著數位科技的演進和數位寫作器物之發展所帶來之新文本呈現之可能性,朝向未來籌劃數位文本的能在。換言之,每一次數位科技的演進都是一次新的遺業的承接,此在依著所承受的歷史遺業,依其決心不斷開展數位文本呈現的新可能。

　　在此一思路下，若要談論能動敘事文本的寫作技能，則數位呈現科技的演進過程就必須進入討論的範圍。如果說，將數位科技發展的歷史面向納入思考範疇，一直是本文所強調有別於社會科學量化方法論的特色，那麼在此就為此種論述特色（即強調歷史性）給予其理論上所必要之現象學生存論的論證基礎。同時，這樣的思路——即歷史性及決心組構領會——此在依其決心，於數位呈現科技演進的歷史遺業中，不斷將「眼下」的數位文本之可能性開展出來。

　　那麼，數位文本歷史演歷的方向何在呢？換句話說，決定能動文本寫作技能是否合乎未來數位文本的歷史演進方向的判準何在？本文從現象學生存論的論理入手分析，基本上就是否認下述的看法，即：數位文本如同石頭一般，是一種獨立於社會歷史影響力而能自在存在的現成物，因此可透過量化或實驗方法，分析數位文本某種獨立的屬性，於是數位文本寫作之技能也是要配合此種獨立的數位文本屬性。此種概念下的數位文本沒有歷史性，就這種理論視角來推演，任何眼下所量化、實驗出來的數位文本特色，都只能及於其自身而無法和未來的數位文本樣貌在理論上有所關連。但這種獨立現成物概念下的數位文本，卻是和我們日常生活中所經驗到的數位文本相牴觸。數位文本在我們的日常經驗中具有其歷史演進的發展過程，這一點完全無庸置疑。那麼對能動敘事文本的寫作技能，除了必須思考其「承受數位科技發展的歷史遺業」這一點之外，我們更在乎的是：數位文本在其歷史演歷下的未來發展，將會是何等面貌？此一追問勢必會引發下列的問題：所謂數位文本呈現樣貌的未來發展，會是一種偶然性的過程，抑或是非偶然的呢？從現象學生存論的理論路數來探索，這個問題就有了「非偶然性」的理論視角。現象學生存論的理論核心在於此在的「時間性」生存開展：「一切領會都有其情緒。一切現身情態都是有所領會的。現身領會具有沈淪的性質。沈淪著而有情緒的領會就其可理解性而在言談中勾連自己。上述現象各具的時間性

建制向來都引回這樣一種時間性：這一時間性擔保領會、現身、沈淪與言談可能從結構上達到統一」（海德格爾／王慶節、陳嘉映譯，1990：447）。

本文無法在此就時間性及其開展樣式，亦即領會、現身、沈淪／言談所凸顯的未來、過去、現在的時間性「到時樣式」，以及三種時間性樣式結構上之統一性等等問題，進行理論上的闡述。要言之，在社會歷史既存狀況下而演歷的能動敘事文本，其未來的發展面貌，是有理論線索可依而爲之通達的。就本文而言，能動敘事文本是一種寫作的操勞器具，對器具的操勞是一種煩忙活動。如果時間性是「從過去演歷到未來」使之成爲可理解的理論源始地基，那麼，海德格爾就說：「我們將如何獲得著眼點來分析煩忙活動的時間性呢？我們曾把煩忙寓於『世界』的存在稱爲在周圍世界中與周圍世界打交道。作爲『寓於……的存在』的現象取樣我們選取了上手事物的使用、操作和製造」（海德格爾／王慶節、陳嘉映譯，1990：465）。依此理路，對於能動敘事文本未來演變之可能性的通達進路，仍得從數位文本之操作現象——即煩忙——來著眼才是下手處。

就此，海德格爾說道：「使用一特定用具或用一特定用具操作，這事本身就始終指向一種用具聯繫」。「煩忙以尋視方式有所揭示地寓於……而存在，這種存在是一種了卻因緣，亦即有所領會地對因緣作籌劃」（海德格爾／王慶節、陳嘉映譯，1990：466）。在這裡我們可以看到煩忙是一種了卻因緣的存在。對於非熟讀王慶節、陳嘉映所譯《存在與時間》的讀者而言，「因緣」及「了卻因緣」大概很難在此種較無上下文脈絡的引文中被充分理解。如依張汝倫《存在與時間釋義》的譯文再進一步說明，「因緣」張汝倫譯爲「應手關聯（Beweden）」，這要強調「任何用具都是與其他用具共處於一個用具意義整體關聯或應手相關性才可能，因爲它是被這個應手相關性規定的。例如，沒有釘子和要釘的東西，沒有錘子的種種材料和用具，以及其他相關的東西，單獨的錘子是不可能的」（張汝倫，2012：1096）。應手相關性，如果

從用具的角度來看，指的是「用具意義整體關係」，其「要點是：個別應手事物本身沒有確定的意義，它只有在一個用具意義關聯整體中才有它的確定意義。換言之，任何一個用具已經預設了一個用具意義關聯整體，沒有這個用具意義關聯整體，這個用具就沒有任何意義」（張汝倫，2012：1095）。「用具意義關聯整體」正是王、陳譯本中所言的「用具聯繫」或「用具整體」。

那麼，王、陳譯本中所提及：煩忙是一種了卻因緣的存在，這「了卻因緣」，張汝倫釋本中譯為「讓事物應手相關（Bewendenlassen）」。「讓事物應手相關」是指我們所使用的器具，必定要讓它們與使用者之間形成上手性，也就是使用者可以上手地操作使用的器具。前文已大量說明，就現象學生存論而言，對器具的使用是一種上手性的使用。因此可以說，「了卻因緣」就是「形成上手性」，就是讓器具對使用者之操作勞動的經驗是上手性的經驗。就此而言，說煩忙是一種了卻因緣之存在，這正是說明只有器具與使用者之間有著上手性的關係，亦即沒有非上手性經驗的干擾，使用者才能心無旁騖地煩忙於器物之操作。所以海德格爾說道：「在對一件用具的最簡單的操縱中就有了卻因緣（張汝倫譯：在最簡單的操作用具中就有讓事物應手相關）」（海德格爾／王慶節、陳嘉映譯，1990：466（張汝倫，2012：1096），括號內為筆者所加）。這一了卻因緣（讓事物應手相關）的思路，正是本文思索能動文本寫作技能的取徑。能動敘事文本的寫作，無疑是一種煩忙樣式。其寫作技能思考的指向在於：寫作者在寫作能動敘事文本時，他和數位寫作的器具之間是處於上手狀態。換言之，寫作者本身與其對能動文本寫作技能此種器具之操勞能否處於上手狀態，乃是本文對「能動敘事文本寫作技能」之「內容」是否具有理論之合法性的判 所在。

然而，為何要選以「煩忙」來當作分析的現象基地呢？從前文的分析來看，煩忙與了卻因緣（讓事物應手相關）有關，就此，從煩忙的上手性這一方向，可因此而追問「如何才能上手」，而此一提問型態，乃為思考「寫作

技能之內容」提供了「讓……出現」的理論地基。換言之,這是本文思索能動敘事文本寫作技能的存在論之源始基地,也就是其之所以能在世界中出現的存在論根據。用一種通俗的問法來質疑:憑什麼說一定要有「能動敘事文本寫作技能」這樣的東西現世呢?事實上,從本文一開頭,歷經如此漫長的論述,無非就是要解決這一最通俗而根本的提問,為能動敘事文本寫作技能之得以在世顯現,立下理論地基。對數位文本操勞是煩忙,對能動敘事文本操勞也是煩忙,只要是煩忙這一現象存在,寫作技能的視野就因煩忙的了卻因緣(讓事物應手相關)之結構而一同地被帶出場而必要存在了。正如使用錘子要上手,就必然要有其相應的在世界之中「使用方法」;換言之,要談「讓錘子使用得很上手」,「使用方法」就有依上手性之需要而有「讓…出現」的合法性理論基地。就此,談錘子的「使用方法」就不會是一種「偶然性」的現象,談及能動敘事文本的寫作方法時,亦然。

其二,煩忙這一現象本身顯示了此在「作為三相(指過去、現在、未來)時間性的基本結構」(帕特里夏 • 奧坦伯德 • 約翰遜/張祥龍、林丹、朱剛譯,2002:38,括號內為筆者所加);「煩的結構的源始統一性在於時間性」(海德格爾/王慶節、陳嘉映譯,1990:430)。煩(忙)的時間性環節,海德格爾界定為:「先行於自身的——已經在(一世界)中的——作為寓於(世內所照面的存在者)的存在」,「『先行於自身』奠基在將來中。『已經在……中』本來就表示曾在。『寓於……而存在』在當前化之際成為可能」(海德格爾/王慶節、陳嘉映譯,1990:430)。這即表示說煩是未來(將來)、過去(曾在)及現在(當前)這三種時相的統一性整體。在此,煩是時間性的「統一性整體」值得我們再強調。海德格爾說道:「我們把上面描述將來、曾在、當前等現象稱作時間性的綻出。時間性並非先是一存在者而後才從自身中走出來;而是:時間性的本質即是在諸種綻出的統一中到時」(海德格爾/王慶節、陳嘉映譯,1990:432)。換言之,「這裡必須馬上指出的是,

時間性以任何一種樣式到時，其他樣式也一道到時，決沒有獨立單一的時間樣式。時間性顯現爲任何一種時間樣式，這種時間樣式也是其他時間樣式的顯現。……因此，這種時間絕不是可以分割爲過去、現在、將來的時間。時間性的統一性保證了作爲時間性到時的任何時間都是一個整體的時間」（黃裕生，1997：100）。

　　煩忙具有整體時間性統一結構；煩忙亦是一種了卻因緣的存在，亦即要讓事物應手相關。換言之，讓事物應手相關這一現象本身之可能，亦是奠基於時間性的統一結構。使用者與器具之間的應手關係，就不是某種單純的「當下」狀態而已，而是與過去及將來這二種時間性的到時綻出樣式不可分割地整體性存在。上手性既然是能動敘事文本寫作技能之「內容」是否具有合法性的理論判　，那麼具「合法性」的能動文本寫作技能也就是要奠基於時間性結構，才能使上手性成爲可能。依上手性而探討出的能動文本寫作技能之內容，前文已有部分論述，即是依領會的結構環節來思索上手性而進行寫作技能之探索，這具有與歷史性及決心一道出場的領會——亦即領會的時間性——確保了數位文本寫作技能之分析亦是獲有生存論存在論的源始基地。換言之，依具有時間性結構的領會來探索那種可以讓寫作具有上手性的數位文本寫作技能，這樣的分析成果就具有歷史性的「過去」維度，同時亦具有決心所帶來的未來向度。在這裡，依上手性而來的能動敘事文本寫作技能，就海德格爾論述的用語，就有了「不憑偶然」的「命運」之維度：「命運……要求煩的存在建構即時間性作它之所以可能的存在論條件」（海德格爾／王慶節、陳嘉映譯，1990：507-508）。

　　談能動敘事文本寫作技能談到「命運」？這豈不駭人聽聞！所以終得有個恰當的說明才好。高田珠樹在《海德格爾存在的歷史》一書中如是言道：「或許在《存在與時間》已出版的部分中它是海德格爾思索的頂峰，然而其中欠缺具體的內容規定，有可能出現對它的不同理解。但無論如何不應該把

它放在某種狹義的宗教體驗或向永恆超越這樣的方向上來理解。莫如說，其是通過領會每次都在現實的東西的根底作爲歷史的根本原理發揮作用的潛在之力和可能性，從而向這種『可能性的世界』超越」（高田珠樹／劉文柱譯，2001：189）。而海德格爾本身的描述是：「我們用命運來標識此在在本眞決心中的源始演歷；此在在這種源始演歷中自由地面對死，而且借一種繼承下來的，然而又是選擇出來的可能性把自己承傳給自己」（海德格爾／王慶節、陳嘉映譯，1990：507）。對本文而言，基於上述概念下的「命運」，應特別指出，依上手性而思索能動文本寫作技能的某些具體內容，是具有時間性架構的思索規矩；過去歷史遺業的必然參與性，規範了這樣的思索方式並非「任意性的」、「偶然性的」，相反的，是「明確的」。海德格爾說道：「但在此在的時間性中而且只有在此在的時間性中，才有可能**明確地**從承傳下來的此在之領悟中取得此在向之籌劃自身的生存狀態上的能在」（海德格爾／王慶節、陳嘉映譯，1990：508，粗體字爲原譯文所有）。

再者，對「可能性的世界之超越」，對本文所關注者即能動敘事文本寫作技能之能在，面向這種超越／能在並不是某種一次到位而百分之百窮盡其可能性的實踐，相反的，那是一種承繼過去遺業而不斷往更佳上手性來思索的對未來之籌劃，此即前引文中海德格爾依命運之概念而論述的「重演」。「海德格爾的命運概念是一個辯證的概念，含有內在的緊張。一方面，命運表明此在的被決定性（被投性），此在定要死，對此此在毫無辦法，只能接受。另一方面，此在又能自主地自由選擇自己被給予的可能性」（張汝倫，2012：1186）。換言之「命運不是外部強加此在的東西，……命運是接受和選擇自己的存在的可能性」（張汝倫，2012：1186）。而此在之重演的可能及特色，正是奠基於此種命運概念下的辯證性及緊張性，海德格爾說道：「這種回到自身的，承傳自身的決心就變成一種流傳下來的生存可能性的**重演**了」（海德格爾／王慶節、陳嘉映譯，1990：508，粗體字爲原譯文所有）。然而

海德格爾在此爲預防對「重演」有所誤解，強調道：「重演可能的東西並不是重新帶來『過去之事』，也不是把『當前』反過來聯結於『被越過的事』。重演是從下了決心的自身籌劃發源的；這樣的重演並不聽從『過去之事』的勸誘，並不只是要讓『過去之事』作爲一度現實的東西重返。重演毋寧說是與曾在此的生存的可能性**對答**。但在決定中與可能性對答**作爲眼下的**對答同時卻就是對那在今天還在作爲『過去』起作用的東西的**反對**」（海德格爾／王慶節、陳嘉映譯，1990：509，粗體字爲原譯文所有）。就此，依此在的重演之生存特色，就本文關心的面向，可說上手性永遠不會是一次到位的實踐，上手性是一種傳承著過去遺業而又不斷依決心向著未來籌劃可能性的重演；上手性是一種指引性經驗，指引著此在對數位文本操勞過程與其最佳上手性之可能的對答。

此在的「重演」之特性，使得我們在思索能動文本寫作技能時，於歷史演歷中的文本寫作之傳承必定會進入思索的視野，同時此在於眼下狀態的思索成果又將成爲未來思索的歷史遺業。重演奠基於命運，命運奠基於歷史性，歷史性奠基於時間性，時間性組建煩之結構的整體性，煩是此在之存在；「此在之在綻露爲煩」（海德格爾／王慶節、陳嘉映譯，1990：251）。對「煩」時間性的闡釋，本文亦是在理論的架構下，將傳播學門所重視的「受眾」角色，帶入生存論存在論理論的視野中。換言之，不管是寫作者或受眾，從煩忙現象而對數位文本進行的分析，受眾／此在恰恰是分析的基地。當然，此時的受眾是在生存論存在論上得到規定的「主體性質」，是有時間性規定的主體，換言之，「我們把主體看做是此在，那就不能將它置於類（Gattung）的範疇下」（張汝倫，2012：1191）。

就此，著眼於在世界中的此在，以生存論存在論的「時間性」爲貫穿的理論軸線，從上手性到能動敘事文本寫作技能之內容的提出，我們可以勾勒出一個完整的理論說明。煩忙「這種存在是一種了卻因緣（讓事物應手

相關），亦即有所領會地對因緣作籌劃」（海德格爾／王慶節、陳嘉映譯，1990：466，括號內為筆者所加）。「煩忙基於這種揭示活動可以發現不舒服、擾亂、妨礙、危險以及這樣那樣地起阻礙作用的東西」（海德格爾／王慶節、陳嘉映譯，1990：468）。「無論這種上手的東西從存在者狀態上看是得以了卻抑或不得了卻其因緣，而上手的東西既是煩忙所及的東西，它首先和通常恰恰不得了卻其因緣（讓事物應手相關）：我們不讓被揭示的存在者如其所是地『存在』，而是要加工它、改善它、粉碎它」（海德格爾／王慶節、陳嘉映譯，1990：120）。就此可言，此在於操作煩忙中所呈現出的「不上手性」，就透過領會對之加以籌劃以消除之。「我們把領會的造就自身的活動稱為解釋。……把領會中所籌劃的可能性整理出來」（海德格爾／王慶節、陳嘉映譯，1990：206）。因此，數位文本的多重形構匯流性及互動性是數位文本寫作操勞領域中不上手性的持續持存的展露。數位文本寫作技能具體內容，其方向在於扣緊對多重形構匯流性及互動性不上手狀況的改善或粉碎。透過對上述不上手性之領會而來的解釋作為，數位文本技能的具體內容就得以被提出。而且一如前文所強調，這會是具歷史性的演歷過程，在寓於歷史遺業中以決心追求更好上手性的可能。然而，我們仍須提醒，本文所關心者是能動敘事文本而非僅僅是數位文本，換言之，能動敘事文本的寫作技能，除了要能克服因多重形構匯流性及互動性所帶來的非上手性經驗外，依其技能所完成之文本也要能同時展露敘事性意義之給出。

前文已稍有說明，依生存論存在論的理路，「上手的東西明確地映入領會著的視中」（海德格爾／王慶節、陳嘉映譯，1990：207）。而領會著的解釋，以「某某東西作為某某東西」為線索勾連起被領會者的東西，將其明確地陳述出來。再者，「把某某東西作為某某東西加以解釋，這在本質上是通過先行具有、先行見到與先行掌握來起作用的」（海德格爾／王慶節、陳嘉映譯，1990：209）；先行具有、先行見到與先行掌握是「解釋的三個前結構」（陳

榮華，2006：106），「這三個結構必須在一個適當的關係上，互相配合，才能完成解釋的工作」（陳榮華，2006：108）。就此，能動敘事文本寫作技能之內容的提出，依論述理路而言，應以領會的解釋結構模式來提出寫作技能之內容。然而，《存在與時間》一書中，解釋的模式只是一種形式架構，本文則需要一種更明確的可操作模式來說明，在此暫且回到前文依胡塞爾《邏輯研究》所提出的表述文本之意向性結構來進行說明。前文已指出，能動敘事文本乃屬於「表述」的意向性結構，「具體的認識……是含義意向和含義充實的動態統一中形成的」（倪梁康，2009：103）。那麼，站在能動敘事文本可被具體認識的立場下，依表述文本意向性模式中含義意向及含義充實的運作思路，本文將提出「空間布局」及「互動模態」二項寫作技能以相應於含義意向及含義充實之運作，最後達致認識之物的給予。換言之，依「空間布局」及「互動模態」二種數位文本寫作技能的原則來寫作，將確保能動敘事文本在含義意向及含義充實之運作中得以平順，同時也將確保能動敘事文本在操勞過程中上手性的存在，不管是在寫作操勞方面還是在閱讀操勞方面。

　　然而，面對能動敘事文本寫作技能時，我們從《存在與時間》領會之解釋的三個結構轉向至《邏輯研究》的表述意向性結構，這一結構的轉移是否具合法性？換言之，領會之解釋與表述意向性結構二者是否有著某種理論上的關係，使得這一轉換具有操作性研究上的合法性？這是我們在下文中首要談的。此點必須先被確立，我們才能往下依表述意向性結構從能動敘事文本的上手性推導出「空間布局」及「互動模態」此二種寫作技能。

十

能動敘事文本的
歷史性及溝通性

首先，擺在我們眼前的問題是：生存論存在論的領會解釋之結構與表述文本意向性結構，這二者之間是否具有理論上的關係，如果有，其關係樣態爲何？海德格爾的思維理論深受胡塞爾現象學之影響，「海德格爾本人並不否認胡塞爾哲學對他的深刻影響，他甚至一再地強調這種影響」（倪梁康，1994：162）。然而兩者間思維路數的分歧，在一般學術論述中是一大課題，但並非本文所要究明的重點。本文主要以倪梁康先生於《現象學及其效應——胡塞爾與當代德國哲學》一書之論述爲根據，特別是「胡塞爾的『直觀』、『立義』與海德格爾的『理解』、『釋義』」這一章節（倪梁康，1994）。具體地說，倪梁康對二人之間的學術分歧總述道：「海德格爾對胡塞爾先驗本質現象學的改造主要表現在兩個方向上：一是把先驗意識的現象學改造成爲『存在現象學』或『此在現象學』；二是把本質直觀的現象學改造成爲『現象學解釋學』」（倪梁康，1994：176）。其中，第二點關係到本文之論述企圖，故首應被注目。對於第二點之論述的開展，倪梁康是從「胡塞爾的『直觀』、『立義』與海德格爾的『理解』、『釋義』」切入，而這一面向恰恰扣切了本文在此所關心的題旨。不過，有一名詞翻譯上的差異必須先行說明。倪梁康行文中之「理解」及「釋義」，在本文所引據之《存在與時間》的中譯本中，譯爲「領會」與「解釋」，下文在必要處，會用括號加以補充說明。

就《存在與時間》文本資料而言，在第三十一節〈此在——作爲領會〉中，海德格爾簡略論及他所論述的「領會」與胡塞爾「本質直觀」的關係狀態：「『直觀』和『思維』是領會的兩種遠離源頭的衍生物。連現象學的『本質直觀』也植根於生存論的領會。只有存在與存在結構才能夠成爲現象學意義上的現象，而只有當我們獲得了存在與存在結構的鮮明概念之後，本質直觀這種看的方式才可能決定下來」（海德格爾／王慶節、陳嘉映譯，1990：205）。海德格爾認爲領會是本質直觀的源始基礎，換言之，本質直觀乃奠基

於領會。海德格爾並未否定本質直觀此種認識的方式，而只是「取消了純直觀的優先地位」（海德格爾／王慶節、陳嘉映譯，1990：205）。換言之，「生存理解（領會）不是知性的認識，也不是理性的直觀，而是它們的基礎」（張汝倫，2012：487，括號內為筆者所加）。倪梁康就此部分論述道：「僅就海德格爾對現象學的改造而言，那麼這裡的問題是很明顯。第一，海德格爾否認胡塞爾所把握的那個理論意向性是先驗的原初性層次或絕對的無前設性層次，因為在這個層次之前就有一個『在先』的結構在起作用。第二，海德格爾認為，具有『在先』結構的『理解』（領會）或『此在』是更原初的層次，因而這才是哲學所要探究的最根本課題」（倪梁康，1994：185-186）。若依此而切入本文所關注的寫作技能面向，可說：表述文本意向性結構是奠基於生存論存在論的領會解釋之結構，換一種說法即是：生存論存在論的領會解釋之結構，是表述文本意向性結構的源始基礎。那麼，本文在理論論證上的走向，即：從海德格爾生存論存在論而首先著眼於和領會相關的上手性，依上手性理論確定多重形構匯流性及互動性此二項數位文本寫作的非上手狀態，在「消除非上手狀態」的思維判 下，於此再轉而依胡塞爾的表述文本意向性理論架構，試圖提出能動敘事文本寫作技能之可能的具體內容。這樣一種論述路數，在理論的接續轉換上，就獲得了合法性的證明。要言之，這是同一理論思路在脈絡層次上的認知差異，而非異質性的理論路數之差異。

依上述的理論論述，即：領會解釋之結構是表述文本意向性結構的源始基礎。那麼領會解釋之結構與表述意向性結構之間，就必然存在著可解釋的相似性關係。兩者的結構如下：

領會解釋的結構：先行具有──先行見到──先行掌握。
表述文本意向性結構：表述文本──含義意向／含義充實──表述對象

我們將可看到這兩者之間結構上的相似性。(1) 從意向性結構的運作來

看，表述文本必須是既有的經驗界現象，意向性結構才能往下運作，這相似於領會解釋的「先行具有」。(2) 含義意向／含義充實是「先驗的」意識運作模式，這是類似於「先行」見到。如前所述，先行見到是指此在先入為主之闡釋的方向和入手處，先見的功能是確定問題域；而含義意向之作用亦是確定表述文本的意向範圍，使含義充實依之而相即性地充實著。(3) 最後，意向性結構的最後階段是「對象物」的產出，而領會的最後階段也就是以「某某東西作為某某東西」得到解釋。換言之，從上述分析可說，表述意向性結構是奠基於領會解釋結構，但卻又是割離於「在世界中」而抽象獨立出來的結構，如同前引海德格爾所言：「『直觀』和『思維』是領會的兩種遠離源頭的衍生物」。直觀，在表述意向性結構上是作用於「含義意向／含義充實」這一環節當中，依理論的推演這也可以說，依本質直觀運作的含義意向／含義充實是遠離於「先行見到」這生存論存在論源頭的衍生物。

如果表述意向性結構是割離出「在世界中」抽象而來的結構環節，那麼，當我們從上手性開始，並在「消除非上手狀態」這樣的思維判下，進而轉移思考脈絡，移至針對能動敘事文本此一「客觀化之既存物」進行「專題化」「抽象地思考」，從而論述寫作技能內容。這樣的思路轉換，便具有理論上的合法性，因為表述性意向結構原本就是針對專題化客觀式的現成物而來的分析模式。這樣的一種理論路數之轉移和轉變（從上手性到專題化）並非作者個人主觀之學術判斷下的作為，而是一種依於生存論存在論理論推演而來的理論之必然性，正如海德格爾所強調：「那種並非無世界的存在者，譬如說此在本身，也現成存在在世界『之中』；說得更確切一些就是：它可以在某種限度之內以某種理由被看作僅僅現成的東西。必須完全不計或根本不看『在之中』的生存論狀況才可能把『此在』看作某種現成的東西或某種僅只現成的東西」（海德格爾／王慶節、陳嘉映譯，1990：80）。換言之，若要討論數位文本／能動敘事文本的寫作技能之「具體內容」，將數位文本「去世

界化」而「專題化」，乃是無可跳脫的理論過程。存在物只有在「非在之中」才得以專題化成爲現成的東西，此種「現成存在者」，海德格爾談到：「我們把這些存在論性質稱爲**範疇**性質，它們屬於不具有此在式的存在方式的存在者」（海德格爾／王慶節、陳嘉映譯，1990：79，粗體字爲原譯文所有）。就此，存在者必須被去世界化，成爲現成的東西，才能成爲具有「範疇性質」的存在者，而具有範疇性質才能對之進行分析而取得分析之具體內容。因之，針對文本所關注的能動敘事文本之具體內容的提出，將之專題化、客觀化、現成存在化，才能使其具有「範疇性質」，也才能對之進行分析而取得具體內容。

前文以表述意向性結構爲分析理論架構而來的論述中，能動敘事文本的寫作技能原則已被說明爲：敘事性觀念形式如何被織入一般、互動媒材組構／寫作之布局中。其內容的進一步說明則是：（1）就能動敘事文本的敘事性含義意向之形構而言，媒材組構之最後成果，能否在經驗性上既存之表述文本布局中織入敘事觀念式的形式，才是敘事性含義意向能否被激活的決定性因素。（2）再進而言之，若要能於閱讀的最終具有敘事性意義之給出，則含意充實結構形式同時也必須滿足於敘事性的文本結構安排原則：時間差以及主題性。（3）前文已有先行提出的「空間布局」及「互動模態」此二種寫作技能原則，這正是針對上述（1）、（2）的要求而回應提出的寫作技能之內容綱要。下文將就此展開詳細論說。

然而此時有必要先回答一個追問：既然在理論上證明了以表述意向性結構對能動敘事文本進行分析是具有合法性及更合適性，那麼如果本文所關注的重心是在能動敘事文本寫作技能之具體內容，則對海德格爾之生存論存在論的大篇幅分析，是否顯得有點捨本逐末？事實上，對作者而言，這樣的論述姿態非但不是捨本逐末或徒充字數之舉，相反的，對生存論存在論進行詳細的論述乃是爲了釐清一種理論架構——即「歷史性」在本文論述過程中所

扮演的理論性的角色。

對本文來說，只要是談數位寫作技能，基本上就是指寫作者對數位呈現科技的使用方式。因此，「歷史性」這一概念的重要性便在於：數位科技演化歷史下的既存數位科技，在思維能動文本寫作技能的具體內容時，應扮演什麼角色？例如，html、css、flash 等等既存的數位文本呈現科技，在進行寫作技能的具體內容時，要如何處置？它們是必須被納入分析過程，抑或不需要？如果答案是否定的，那又得採用什麼數位科技呢？如果答案是肯定的，是否又有合乎正當性的理論說明呢？再者，對既存的數位呈現科技又該如何抉擇呢？難道說，只要是既存的數位科技就值得被採用，抑或在面臨如何選擇使用何種數位科技之際，在理論上是有可供依據的判斷？

以生存論存在論為理論的路數，並依之從上手性一路而來的分析，是立基於「此在」的分析進路。「此在」是被拋於「在之中」之世界而又先行向死地對著世界籌劃而活。此在能如此的活，乃立基於此在的時間性結構環節；而「歷史性」（即過去）是時間性結構的組構環節之一，此在的時間性由未來（領會）、過去（現身情態）和現在（言談）構成。數位文本／能動敘事文本的寫作，是作者（此在）對數位文本科技所進行的操煩勞作，要寫出數位文本／能動敘事文本，是一種領會之籌劃，亦即是時間性的未來環節。然而此在的時間性環節是無法單獨拆開的，「時間性擔保領會、現身、沈淪與言談可能從結構上達到統一」（海德格爾／王慶節、陳嘉映譯，1990：447）。從此在的時間性出發，面向未來的寫作，這同時也確保了過去（即既存之數位科技）以及現在（沈淪／言談／陳述／文本）在理論上必然會存在的理論地基。換言之，要進行數位文本寫作這樣一種向著未來籌劃的寫作，對既存數位呈現科技的「重演」（歷史性／過去）是理論要求上的必然。海德格爾說道：「對領會與現身的時間性闡釋不僅分別遇上對該現象起**首要**作用的綻出樣式，而且也總同時遇上**整體**的時間性。……與此相應，組建煩的

第三結構環節即**沈淪**則在**當前**中有其生存論意義」（海德格爾／王慶節、陳嘉映譯，1990：459，粗體字爲原譯文所有）。此亦即，此在的決心／籌劃（未來），依寓於歷史性既存（過去），在時間性的當前（現在）這一環節中，沈淪（即現實化）爲一種以數位文本／能動敘事文本（言談／陳述／文本）這樣的經驗界現象而被感知。在此，數位文本／能動敘事文本的存在，乃獲得了生存論存在論的源始理論地基。

　　此在於「當下」此一環節中，現實化地沈淪於日常世界而又以言談／陳述／文本此種現象來構成這世界。然而，言談除了作爲此在展開狀態這一生存論環節的「當下」外，更重要的是，「言談是對在世的可領會狀態的『飽含意義的』分解。在世包含有共在，而共在一向活動在某種煩忙共處之中。共處有所言談」（海德格爾／王慶節、陳嘉映譯，1990：222）。就此，言談「組建著此在在世的共同現身和共同領悟。在言談中，此在才共同分享了世界，也才道出自身爲此在」（孫周興，1994：55）。換言之，依《存在與時間》而論，言談／陳述／文本「從來不是把某些體驗（例如某些意見與願望）從這一主體內部輸送到那一主體內部這類事情」的「傳達活動」（海德格爾／王慶節、陳嘉映譯，1990：223），而是說：從言談／陳述／文本這現象指向著這世界爲共在的世界，「因爲言談按照含義勾連其展開狀態的那種存在者本身存在方式是指向『世界』的被拋的在世」（海德格爾／王慶節、陳嘉映譯，1990：222）。「言談共同規定著在世的展開狀態」（海德格爾／王慶節、陳嘉映譯，1990：222）。「在言談中，共在『明言地』被分享著，也就是說，共在已經存在」（海德格爾／王慶節、陳嘉映譯，1990：223）。因此，此在被拋入的這世界是共在的世界，人的存在是共存存在，「所以，他說出來的，不是一個內在的、獨我的經驗，而是一個別人可以分享的事物。即使他說的是他自己，但這個自己也不是自封於內的獨我，而是在一個與別人共存（mit, with）、與別人互相瞭解的一個存有著。於是，言談所說出來的，是在他的感

受和瞭解中所掌握的事物，而別人在聆聽時，只要他有共同的感受和共同的瞭解，則他們互相溝通了」（陳榮華，2006：115）。就此，從生存論存在論此一理論進路，「言談／陳述／文本」之可以具有「溝通」之可能性，才獲得了理論上的說明。

如同前文所論述，「文本」是言談／陳述的另一種經驗界表象方式，而「數位文本」是以數位呈現科技來操煩勞作的某種文本樣態；從生存論存在論出發而來探究數位文本／能動敘事文本，依上述理論路數而言，可以被視之為言談的某種變式，因之能動敘事文本之所以是能夠溝通的，亦即是具有溝通之可能性，也就有了理論上的證成與保證。而「能動文本之寫作是為溝通而來」，這一點也正是本文所堅持的研究立場之一。

一般而言，傳統文本理論有三項形而上式的預設：（1）文本具有溝通性；（2）人與文本之間可以溝通；（3）人與人可以藉由文本而相互溝通。對本文而言，這是理論上追問的不徹底性，是一種對文本的獨斷預設。本文所關注的「文本」探索之所以不採用實證的、量化的研究取徑，正在於此種取徑乃立基於「主客對立」的認知模式，因而必須接受上述三項的「形而上」預設，否則在主客對立的認知模式下，「溝通」便無由談起。胡塞爾所創之現象學意向性研究取徑，雖然「表述文本意向性」的研究方法就其原始意圖是為了克服上述形而上預設之理論盲點（即突破主客對立的認知模式），此即意識到的對象「並不是把它看成獨立於意識或意向性的外在的東西」（吳汝鈞，2001：76）；換言之，「對意向性的發現在某程度上排斥了長期以來占統治地位的笛卡兒的二元論影響」（二元論即主客對立認知模式）（倪梁康，1994：241）。但從生存論存在論的角度而言，胡塞爾方法的徹底性是不足的，「在胡塞爾的現象學中並不特別強調對意向性結構中意向行為（intentio）的存在本身和被意向者（intentum）的存在本身刨根問底地進行追查。胡塞爾現象學只滿足於對經歷經驗本身以及出現於其中的現象的相關關係，也包括意向行

為同被意向者這一相關關係進行描述」（靳希平，1996：238）。依海德格爾的論點，意向行為和被意向者「這種二者互相從屬的存在結構，在胡塞爾那裡完全被忽視了」（靳希平，1996：238），也因此，海德格爾乃談道：「『直觀』和『思維』是領會的兩種遠離源頭的衍生物。連現象學的『本質直觀』也植根於生存論的領會」（海德格爾／王慶節、陳嘉映譯，1990：205）。

　　至此，我們可以有一簡略的總結性概論。本文論述中從胡塞爾伊始到後來的海德格爾轉向，同時對海德格爾生存論存在論亦有長篇幅的論釋說明，乃在於依生存論存在論的理論路數而來的論述，下列的四種觀點在本文論述過程中，其出場就是理論上的必然，而非基於筆者本身個人的學術立場或偏好而來。此四種觀點乃是：以此在的時間性為源始理論地基：（1）基於領會（未來），上手性經驗則必然要進入分析的視野，這在本文則是指向多重形構匯流性及互動性的提出；（2）基於現身情態（過去），歷史性是分析過程中不可或缺的一環，就本文而言，這指向了對既存的、歷史的數位科技的探討，是分析能動敘事文本寫作技能不可迴避的論述環節；（3）基於沈淪／言談／陳述／文本（現在），作為言談在經驗界出場變式的數位文本（含能動敘事文本）就具有存在論上的必要性；（4）能動文本本身具有共在世界之中的溝通性，即可理解性。上述的四種論述面向，前三者在前文中已於論述過程中陸續出場，同時也對為何要如此出場有著理論上的說明；而第四種觀點之所以是論述過程中「必要的」出場，後文會再在理論上予以證成。

　　在達致上述的理論證成之後，我們可以「放心地」再轉往胡塞爾的意向性理論中的表述意向性理論架構，並依此意向性結構中含義意向及含義充實兩個節構環節，來討論能動文本寫作的技能綱要。在討論綱要原則之後，便可對寫作技能的具體內容進行鋪陳和描述。當然，在往下論述之際，依上述理論的推演，我們仍舊要面臨一個追問：既然歷史性是不可或缺的，亦即既有的數位呈現科技是往下討論所要求的寫作物質基礎，那麼要能夠在能動敘

事文本中達致敘事性的文本意義呈現，則選擇既有的數位呈現科技的判準又何在呢？終究，若要論述能動文本寫作技術之具體內容，所討論者正是對特定數位呈現科技的操勞使用。因此，唯有將科技選用的判斷標準談清楚，寫作技能的具體內容才能有討論的條件。

十一

能動敘事文本寫作綱要：

空間布局、互動模態

讓我們暫時先回到胡塞爾表述意向性理論的探討架構。前文已有論述：對符號性表象（能動敘事文本）的體驗最終是要求對顯現媒材之「認識」。若要對內容達致認識，依含義意向及含義充實的認識架構，「真正的認識是在意向（意義的給予）與直觀（意義在直觀中的充實）的動態統一中產生的」（倪梁康，2009：204）。「所謂認識的進步，據此也就是充實的不斷加強，亦即充盈的不斷增多，直到意向的所有部分都得到充實」（倪梁康，2009：207）。換言之，認識之所以可能，必須是含義充實的相即進行而且不轉變爲失實，但同時含義充實的進行方向是受含義意向之軌範。對能動敘事文本而言，如果最後要有敘事性意義之給出，依此理論架構，不但含義意向之意義應具有「敘事性」，同時含義充實作用的意義給出也必須具有「敘事性」。如此，「充實的上升序列」之活動才有可能達致認識，而不致於產生脫實。就此，在寫作過程，使表述文本的一般媒材在範疇直觀後的含義意向能具有敘事性，又能達成上述要求的寫作技能綱要，本文稱之爲「空間布局」；而含義充實的過程，亦即能動媒材如何能不斷充實出敘事性意義，以形成最後敘事性認識之產出，這樣的寫作技能綱要，本文則稱之爲「互動模態」。

依前章能動敘事文本的「敘事意向性」結構之運作，我們將組構能動敘事文本的媒材區分爲「一般媒材」和「互動媒材」。在面對能動敘事文本時就會被感知的媒材，稱爲「一般媒材」，而與文本互動後才顯現或是受影響的媒材，則爲「互動媒材」。當受衆首先感受到一般媒材之後，以一般媒材感知對象爲「奠基」，敘事性含義意向將依符號意向性之（第二）立義形式而被奠基地構造出來，此時含義意向所指向的空乏對象，將會在「互動媒材」的含義充實過程中，因互動而上升並順序而充實，「每一後面的充盈行爲會顯得更爲豐富」（胡塞爾／倪梁康譯，1999b：81），最後達致認識之物。「那麼『事物與智慧的相即』（Adaequatio rei et intellectus）也就得以產生；對象之

物完全就是那個被意指的東西，它是現實『當下的』或『被給予的』；它不再包含任何一個缺乏充實的局部意向」（胡塞爾／倪梁康譯，1999b：115）。

那麼，如何在能動敘事文本寫作過程確保敘事性意義之給出呢？換言之，如何確保讀者在對能動敘事文本的理解最後能達致敘事性認識對象之物的給出呢？一位作者面對此一追問，在寫作上所依循的寫作原則，即是本文所稱之「能動敘事文本寫作技能綱要」。「寫作技能綱要」，在此還可區分為「寫作綱要」和「技能」二種義理層次來談。「寫作綱要」是指某種和寫作相關的理論原則，依循著此種寫作原則，就應能達到數位文本在被認識過程的最後可達致敘事性意義之給出的目的。而「技能」則是對此種綱要的使用能力，這裡涉及到的不僅只是認識之物給出這一層面，而更關涉到美感與藝術此層面的問題。用阿多諾（Theodor Adorno）的話：「技巧不是信手可得的各種手段的過剩現象。技巧是一種積累起來的適應審美對象之要求的能力」（阿多諾／王柯平譯，1998：366）。換言之，技能所欲創造者，其所涉及的不只是認識之對象，更包含了對象之審美。就此而言，「能動敘事文本寫作技能綱要」此一術語，理應要關涉到文本的認識層面及審美層面。但本文的論述僅限制於「認識層面」，這也是本文對胡塞爾表述意向性理論之運用所能達及的層次，「審美」層次則存而不論。

就認識層面而言，本文提出：「空間布局」是對「一般媒材」的寫作技能綱要；而「互動模態」是對「互動媒材」的寫作技能綱要。那麼，此一「提出」是經過何種理論推演而達致的呢？

依上文的理論推演，就認識過程而言，一般媒材乃相應於含義意向而產生，就此，本文提出「空間敘事」的寫作技能綱要。但為何是「空間敘事」這樣的寫作原則呢？其具體內容又是什麼？我們必須回到胡塞爾對於「含義意向」是如何產生出來的分析上（參閱第四章），再度簡要地說明。

依胡塞爾的意向性認識之結構，當我們試圖認識某一符號表象，首先（1）

會依「感性直觀」而形成樸素感性對象之物（第一立義），此即受眾能形成對各種媒材存在之感知。(2) 奠基於上述感性對象之物（即媒材），被奠基之含義意向會形成（第二立義），亦即在此結構環節中「含意義向」被形成。（倪梁康，1999：61）。就此，我們首先必須先確立：媒材之感知要能率先被形成，再從對媒材的認知過程中激活出「含義意向」。因之，「從媒材激活出敘事性含義意向」是為關鍵之處。那麼，從媒材到含義意向的形成，這中間的構成過程又如何可能？

依《邏輯研究》第六章「感性直觀與範疇直觀」之論述，第一立義之直觀是感性直觀，而第二立義是範疇直觀，兩者有本質上的不同。就本文而言，能動敘事文本若要能有敘事性認識之物被給予出來，那麼就文本的一般媒材部分，在第二立義之範疇直觀就必須要有「敘事性概念」「範疇」被直觀出來。胡塞爾在《邏輯研究》中所說的「範疇」大都指「範疇形式」；胡塞爾認為，「範疇」可以通過特別的直觀而被原本地把握到（倪梁康，1999：261）。這特別的直觀是指對「形式」的直觀。針對這一點，胡塞爾特別強調：「否則，假如任意一個材料可以被置於任意一個形式之中的話，也就是說，假如奠基性的素樸直觀可以隨意地與範疇特徵聯結在一起的話，那麼我們怎麼還能談論範疇感知與直觀」；「我們不能在隨意的範疇形式中直觀這個感性材料；尤其不能感知它，並且最主要是不能相即地感知它」（胡塞爾／倪梁康譯，1999b：183）。因此，能動敘事文本，依範疇直觀所把握出的敘事性範疇（觀念）形式，此種觀念形式也必須事先就被組構而存在於奠基性的感性媒材的素材中。換言之，數位文本的一般媒材組構環節，必須已將「敘事觀念形式」建置於其自身內，範疇直觀才能從感性媒材的材料中相即地感知「看出」敘事性之此種新型的觀念性對象，具有敘事性之含義意向才能被激活。

在此，我們的問題已追問到：要將「敘事性觀念的形式」帶入數位文本的一般媒材環節之布局中，如何可能？前文已談過，構成敘事性意義給出的

文本形式結構如下：敘事文本中 (1) 某一描述事件與事件之間必須是具有「時間變化」的維度，(2) 事件彼此之間必須要有某種可被解釋的相關性。就本文而言，敘事性之觀念形式的「形式」，是指文本的媒材內容透過文本形式的安排，得以呈現出「時間差及主題性」的連結關係。我們所習慣的傳統文本，是以「線性」的文本結構來形構文本的敘事性。例如，一般以文字為主的敘事文本，讀者已很熟悉依文字的線性排列從頭閱讀到尾；而影片播放，一般所熟悉的方式基本上亦是從片頭播到片尾。線性的文本結構形式，基本上解決了敘事意義呈現形式中的第一種要求，即時間的變化維度。由頭至尾的線性運動方式，基本上一定會形成「前、後」的時間差，因此，創作者的創意在於如何將事件安排到這種線性的時間變化的文本形式中，並讓被安排的線性結構下的事件與事件之間，對讀者而言是具有可解讀的關連性。

　　然而，數位文本的文本特色，亦即數位文本因其多重形構匯流性及互動性而來的意義給出之布局，乃是非線性文本的布局。「區塊化」文本布局模式是數位文本於面對「非線性」之可能性上，在其歷史演歷中所發展出來的解決方案之一，同時也是目前被廣為接受與認同的方案，不管是就理論或實務（李明哲，2013a：111-114；Kolodzy, 2006: 194）。從線性到區塊化，就文本布局結構的抽象概念而言，是從時間性往空間性的範式轉移。就此，本文所談之能動敘事文本，其文本意義之展現，若要有決心運用多重形構匯流性及互動性而開展意義給出之可能性，同時所給出之意義又具有敘事性含義之認知對象，那麼一種空間性的文本組構布局又能產生敘事性文本之意義，此即是能動敘事文本在一般媒材布局下所要思考的寫作技能的方向，本文乃稱之為數位文本「空間敘事」的寫作技能綱要。

　　空間敘事，就此可被描述為：透過布局空間位置的手法來擺置媒材以形成敘事性文本。接下來的問題是：這如何可能？我們先透過如下簡單範例來說明。首先，有三張圖像，其內容基本被理解為文藝活動、吃飯以及逛夜市。

以下，三張圖像的二種不同的空間布局方式：

▲　布局（一）

▲　布局（二）

　　這是用「表格」的寫作技法來處理三張圖的兩種空間布局。就一般閱讀習慣而言，空間上的閱讀方向是由上而下、由左而右。就布局（一）的媒材組構而言，三張圖的整體就可被理解為「逛夜市→吃飯→文藝活動」這樣一個簡單的敘事性意義給出，亦即形成一種理解上的「敘事對象物」。這是因為布局（一）的媒材組構滿足了敘事意義給出的形式要求：(A) 時間差，(B) 主題相關性。我們可以看到由左而右的閱讀活動會產生前後的時間差。再者，逛夜市→吃飯→文藝活動這三種理解內容也具有理解性上的相關性。於是，三張經過空間布局的圖，可以形成一個如下的敘事：去逛了夜市，隨後吃了晚餐，再去參加之後的文藝活動。那麼，依上述圖像的空間布局分析，布局（二）的媒材組構就形成了另一種完全不同的敘事故事：參加了一場文藝活動後，吃了一頓晚餐，然後再去逛夜市。我們可以看到，同樣的媒材（即相同的三張圖像），運用不同的空間布局，就形成了不同的敘事內容給出。「圖像的空間位置」乃是形成不同敘事意義給出的決定性因素。這種將「空間性」

帶入能動敘事文本寫作中重要的考量位階，本文乃稱之為「空間布局」。

從範例中看到，三張經過布局後的圖像，形成了某種空間敘事的意義給出。換言之，即是藉由媒材的空間擺置來達成敘事性的媒材組構樣態。依胡塞爾表述意向性的結構來談，當敘事性意義給出被掌握後，此即是敘事性含義意向的給出；之後，敘事內容的豐富度則是再經由圖像的內容給予補充，這是屬於「含義充實」的階段。以上述範例布局（二）而言，藉由空間形式直觀而形構的敘事性含義意向，使我們掌握了一個簡單的敘事：參加了一場文藝活動後，吃了一頓晚餐，之後再去逛夜市。然而，文藝活動是什麼樣的文藝活動呢？又到底是吃了什麼樣的晚餐？而夜市又是什麼樣的夜市呢？這些因敘事含義意向而被要求進行的充實面向（亦即含義充實的部分），就由圖像的內容來提供。例如，透過圖象內容，我們可以得知夜市是傳統夜市，晚餐是日式晚餐，而文藝活動則是和傳統國畫有關的文藝活動。換言之，充實可能的豐富度是和圖像本身的內容有關。正因「含意充實」是表述意向性結構的環節之一，所以圖像是什麼內容，就會影響最後的敘事認識對象。就圖像內容的充實作用而言，如果創作者要能對認識對象之最後結果有著最大之創作上的掌握，那麼，創作者本身就應該要有能力來產製圖像的內容；也就是說，對圖像的產製能力就應是能動敘事文本的基本寫作技能。就此點而言，如果傳統文本產製流程中，文字與圖像若分屬於兩種不同的專業產製工作者，那麼就能動敘事文本的寫作技能面向來考量的話，文字與圖像就應該是創作者都必須要能同時掌握的寫作技能。這種論斷乃是來自文本理論推演的過程，而非單純透過某種職場觀察所得來的結論。

上文談到，依胡塞爾表述意向性分析架構，圖像內容的細節是在含義充實這一環節中發揮認識上的作用。換言之，圖像布局的空間形式及對圖像瀏覽方式的初步印象是作用於含義意向的給出，那麼圖像之細部內容則扮演了含義充實的角色。然而，含義充實這一表述意向性結構的環節，除了是數位

文本的一般媒材之細部內容所要扮演的之外，亦是數位文本互動媒材所要扮演的角色。依前章之推演，當能動敘事文本之一般媒材組構環節能夠因「空間敘事」之布局安排的形式直觀地帶出敘事的含義意向之後，互動媒材要往下扮演含義充實的功能以確保認識的完成，這充實功能的過程「就是充實的不斷加強，亦即充盈的不斷增多，直到意向的所有部分都得到充實」（倪梁康，2009：207）。若要能如此，能動敘事文本則必須遵循兩項含義充實的原則：(1) 含義充實的進行方向是受含義意向之軌範；(2) 含義充實必須是相即進行而不轉變爲失實。據此二條含義充實的原則，我們即可延伸說明兩條互動媒材的寫作技能綱要：(A) 互動媒材在組構內容時，若其互動後有產生空間性的版面變動，則此種因版面空間的變動而可能帶出的空間敘事之認知含義，不可與在一般媒材那裡所形成的含義意向相衝突。(B) 互動媒材所帶出的「媒材內容」，必須能夠是對一般媒材的內容形成可理解的「相關性」，亦即要與一般媒材環節內容具有相即性，如此敘事含義意向才能獲得充實而非失實。

　　我們透過布局（二）來說明。下圖是布局（二）加上互動媒材之後的呈現樣態，由左而右，三張圖分別都加上不同呈現模態的互動媒材，其模態名稱分別爲 popup，content slide 以及 tooltips。

▲ 有互動機制的布局（二）

　　第一張圖所加的一個互動模態，本文稱爲 popup 模式，本例使用 fancybox 程式模組。在圖的右上方有影音 play icon 作爲互動暗示，在 icon 上

按滑鼠左鍵（click），則會跑出如下互動呈現：

螢幕上會呈現一則影音，影音周圍則為一半透明遮罩所掩蓋。讀者按下影音播放鍵後，可直觀地觀看影音。影音內容則是左圖文藝活動細節的進一步展現。創作者可以有意識地將整場活動依構思攝製畫面，再經後製影音剪輯後，透過互動文本形式，以影音媒材的資訊呈現來展示活動的流程、特色及作品等訊息。既然影音內容是左圖文藝活動之內容的進一步補充，換言之，影音與文藝活動圖像兩者之間就應具有相即性，亦即兩者間的內容含義是具有可理解的相關性；一旦影音能夠為圖像進行充實作用，這影音就可說是整體文本充實作用不斷加強的一部分。相反的，如果創作者在互動媒材環節組構之創作上並沒有意義上的「相即性」來形成其與含義充實之間的關係，例如創作者放上了一段不具相即性的影音（也就是影音內容與左圖內容之間不具備可理解度的相關性），那麼所放上的不相即性之影音就會導致充實作用失效，最後可能產生文本理解的失敗。在此，為了在論述上達到較顯著的理解效果，我們舉例放上一段在漁港垂釣的影音，這樣的影片內容與左圖文藝活動之圖片兩者間之可理解的相關性落差過大，影片內容很難為圖像帶來充實作用，這漁港垂釣影片的置入就可能為整體文本的理解帶來「脫實」或「失實」的後果。

　　互動環節的媒材內容必須依相即性來爲一般媒材環節進行充實作用，這是上例所強調的互動媒材之寫作原則。我們可以看到，互動機制布局（二）的中圖及右圖，是具有充實作用的互動媒材，又是兩種不同的互動呈現模態。有互動機制布局（二）的中圖所呈現的互動機制樣態一般通稱爲content slider，所使用的程式模組是 BXslider。右圖所呈現的互動樣態則稱爲tooltips，所使用的程式模組爲 tooltipser。

　　範例（二）中圖以 bxSlider 程式模組，創作出 content slider 式的互動呈現模態。請看下圖 bxSlider 互動樣態：

▲ bxSlider 互動樣態

依圖例，當我們 click 在圖上的按鍵 icon（圓圈框劃處），則 bxSlider 的內容就會轉移到另一畫面。這樣的呈現樣態是本文所稱 content slider，其另一常用名稱爲 image gallery。在下方有四點黑點，代表由四張圖組構成此一content slider。圖例畫面中的二張圖，主食料理和飲料，都是和飲食內容有關，另二張未露出的畫面，則是甜點和水果。換言之，content slider 互動機制裡面的所有圖像，都與第一張圖有著高度可理解的相關性，此時，content slider對整體文本而言乃構成了有效的充實作用。同時，值得注意的是，此 content slider 的內容流動是由 click 來推動，於是這裡產生了一種前後相關的時間序列，換言之，依「時間差及主題性」之敍事理論而論，這一 content slider 本身就又形構了敍事性含義意向。就此而言，如依前後順序來安排四張圖，在

bxSlider 不同的安排順序，經由 click 之推動，就會形成不同的敘事意義變化。例如，主食→飲料→甜點→水果，這樣的圖像依續呈現排列，就敘事性意含而言，自是不同於（舉例）主食→水果→甜點→飲料這樣的畫面安排順序。

就上例來說，如果創作者是有意安排特殊的出場順序，意欲透過 content slider 此種互動機制來傳達作者的敘事意含，則創作者就必須有更不同的進階表現手法和技能。例如，作者可以在 content slider 的圖像加上「圖說」，比如在第一張出場之圖像上加上圖說「最後一道」，以圖文整合的表達方式來「抵禦」讀者已先行具有的某些解讀先見；此「解讀先見」即讀者會預設「圖像呈現順序應會是晚餐內容的出場順序」。就此點而言，以互動模態組構而成的文本區塊，其解讀的過程更大程度的依賴「既有文本解讀先見」的捲入，換言之，理解的形成，其運動樣態更像是一種「讀者的先見」與「文本互動下的可能意含」兩者間的交互磨盪過程，而不是傳統主客對立姿態下主體對客體的捕獲。就此，互動模態文本區塊的理解過程，基本上接近於加達默爾在《真理與方法》中所談的理解之「視域融合」的運動態勢，理解「是在一種不斷運動和擴張的過程中被把握」（加達默爾／洪漢鼎譯，2004：386）。同時，加達默爾認為這樣的理解運動樣態，事實上極為接近日常生活中「對話」這種動態的理解樣態（丸山高司／劉文桂等譯，2001：103）。事實上，從許多討論數位文本的資料中，將數位文本定義為對話式的文本，或將對話性當作是數位文本的重要特色，所在多有。但，什麼是「對話性」的解讀？對話性狀態下的文本理解與傳統線性（獨白式）的理解差異何在？這些又往往語焉不詳。對本文來說，從加達默爾「視域融合」的理論視角出發，數位文本與對話性之間的理論關係就能獲得一種現象學觀念下生存論存在論的基礎性的理論說明。從而，對話式的閱讀模式與能動文本之間所能形成的理解關係，或者說對能動文本的詮釋面向，於此就能有一個往下深談的理論論述的基點；而本文的理論立論方向為何是從現象學的取徑下手，這也是原因之

一。這一部分，後文將再詳論。

　　現在再來看「有互動機制的布局（二）」的右圖，如下 tooltipser 互動模態：

▲ tooltipser 互動模態

此 處 互 動 模 態 被 稱 爲 tooltips 式 的 互 動 樣 態，使 用 了 Tooltipster 程式模組。我們可以看到，圖的下方有「mouseover!」這一提示性文字，一旦把滑鼠移入到圖像中，在上方會出現小型影音的內容框，這影音內容是文藝活動參與人員對逛夜市行程的簡單心得錄影。若將滑鼠移出圖像時，則上方內容框會自動消失。此一 tooltips 的互動影音內容，若依「時間差及主題性」來審視，顯然極爲合理的能以充實作用之功能作爲圖像敘事性內容開展之含義充實。

　　上文中，互動媒材當作能動敘事文本認識過程的含義充實，我們已做了充分的說明。然而，作爲含義充實的互動媒材之寫作技能綱要，即本文所稱的「互動模態」，這一名詞的選用，「模態」顯然將「互動呈現的呈現形態」此一因素亦帶入寫作技能之思考綱要的原則之中。換言之，這強調了：對不同互動呈現形態的選用，會影響對文本敘事內容的理解。我們以「有互動機制的布局（二）」的左圖及右圖爲例來說明。這二張圖像都是以「影音」來充當含義充實，但這兩個不同的影音在互動時的呈現樣態也是有差異

的，左圖以 popup 樣態出場，而右圖則以 tooltips 樣態。請看下圖 popup v.s. tooltips：

▲ ▶ 圖：popup v.s. tooltips

　　從左圖可以看到，影音呈現在整個螢幕畫面最上層，其影音框外是以 overlay 的灰色透明圖層來遮蓋其他可視的螢幕畫面。右圖則是單純的在圖像上方跑出一個視覺上較小的影音視窗框。若來比較這兩者不同的互動呈現空間配置，左圖影音框是壓在畫面的最上方，同時框外的其他空間以 overlay 透明圖層來遮掩，左圖這樣的互動空間設置將逼迫著閱讀者的注意力集中在影音框上。雖然，讀者有選擇權決定要不要點開影音內容，但此種空間配置形態，無疑會使讀者感受到創作者對此一影音內容的企圖和重視。用傳統文字敘事文本的表現手法來類比，這影音內容將會是作者使用大量文字要加以著墨的地方。再對比於右圖的互動模態所形成的空間配置，影音框在視覺上小於圖像，同時驅動影音框出現的互動方式是較為隨意的 hover 方式，亦即滑入、滑出的方式。這使得影音內容與圖像之間的充實關係密度上，被感受到是屬於低度比重的。換言之，作者在創作意圖上對讀者顯示出右圖的影音並不需要讀者花十分的注意力去解讀與綜合。

　　藉由上述兩種不同的互動模態的對比說明，本文所提「互動模態」寫作技能在於強調：在互動媒材的安排配置上，作者除了含義充實這一原則的考量外，可以透過互動模態所展現的空間布局，來對敘事文本的內容進行重點上的安排和強調。依此例來說，此亦即表示「文藝活動內容」無疑地將會是作者更想要鋪陳的重點，而非「逛夜市」。換言之，在此本書以互動模態的「模態」兩字，來強調互動媒材的空間布局對能動敘事文本意義解讀之影響。

十二

寫作技能的技術選擇

前一章已對空間敘事及互動模態做了範例說明。前章亦有詳論，以目前數位文本的寫作情況，對某種「語法技術」的操作與熟悉是必要的過程。然而就數位文本寫作者來說，若僅僅只靠某種「網頁編輯器」，不管是專業的套裝軟體或內容網站上稿時所附設的線上編輯器，企圖將空間布局及互動模態的構思付諸實踐，恐怕會遭遇極大的困難。要解決這些寫作的困境，目前通用的作法，仍舊得回到「原始碼」的情境直接修改網頁的原始碼。因此，對數位技術的掌握及選擇，仍是難以迴避的學習過程。

然而，上述的數位寫作狀況，卻帶出理論上一個更重要的追問：能動敘事文本寫作與數位「寫作工具」（數位呈現技術）兩者之間的關係，在文本理論上可以形成何種樣態的理論思考？就傳統文本來說，這似乎不足以在理論上形成問題來探討。例如，用鉛筆、原子筆和毛筆等三種不同的寫作工具，對傳統文本的寫作是不會產生某種決定性的差異制限，以至於如何選擇這三種不同的寫作工具，並不足以對文本意義給出的可能性造成顯著的影響。然而在數位文本寫作的狀況下，同樣是能使媒材具互動性的輔助軟體，例如 flash 及 javascript 這兩種輔助軟體，寫作者究竟在選擇上該如何思考呢？是否只要是能驅使媒材互動即可，並無選擇上的問題？抑或對寫作技術的選擇，可以有基於數位文本寫作的某些選擇上的思考原則？如果有，那麼這種「選擇上的思考原則」會是什麼，又要如何被論證出來？

如欲說明能動敘事文本與寫作工具之選擇這兩者間基於文本理論上的理論關係，本文將採取一種奠基於數位科技歷史發展的既存狀況作為分析思考的取徑。這是依循本文所採取的生存論存在論現象學立場而來的思維取徑，亦即「歷史性」對於此在必然的影響性，如用迦達默爾的說法，這是「效果歷史」對科技發展的必然影響（請參閱十三章）。

網際網路這種訊息傳遞通路與數位內容這一現象，兩者間的關係得以大規模開始受到重視與思考，精確來說，應是在成熟的商用瀏覽器

Netscape Navigator（1994）及 Internet Explorer（1995）出現之後（Wikipedia,
2014.07.05）。上述瀏覽器使得網路內容產業，例如網路新聞，大量繁興了起
來。然而在這一現象中，數位內容呈現端／閱讀端這一方面在呈現上並無特
別之處，至少就早期瀏覽器所具備的呈現能力而言是如此。相反的，瀏覽器
的內容輸入端，即安排內容資訊在瀏覽器上的呈現方法和手段，即一般通俗
所謂的網路內容的排版方式，乃是以傳統平面資訊呈現的習慣和方法來加以
仿效，當成思考的樣本。換言之，早期數位文本內容的資訊安排方式，亦即
數位文本的排版方式，幾乎是沿用傳統出版業的「標記（marking up）」行為
（Wikipedia, 2014.06.03）。這從瀏覽器安排資訊內容的「語法」──HTML（the
Hypertext Markup Language）──在術語方面的遣詞用字，以及 HTML 語法最
後所呈現的樣態，皆可見其一般。

　　例如在 HTML 常看到的一個語法標籤 <p></p>，這 p 即是指英文的段落
之意：paragraph；而當資訊被包圍內其中，即 <p>xxx</p>，其在瀏覽器的呈
現樣態也是以傳統「段落」的排版樣態來展現之，亦即段落的前後會多加上一
列空白行。換言之，對瀏覽器而言，一旦資訊是位於 <p>xxx</p> 之內，即是
以傳統段落的概念來處理，亦即以傳統段落的「形式」進行資訊的版面安排。
也正因此一原故，在 HTML 的預設值上，<p>xxxx</p> 內的資訊在呈現上會
自動在前後加上一個空白列，以利讀者辨識它是一個段落。同樣的 <h1>xxx</
h1 >是「標題」的 HTML 語法標籤：heading，為了滿足不同大小標題的排版
需求還設了六個等級，從 <h1>、<h2>、……到 <h6>。不同等級的標題語法
標籤預設了不同大小的字體以及行高。同樣的，<img src="xxx"> 作為圖像
image 的 HTML 語法標籤，也就不難理解了。如果再加上一些 HTML/XML
的元素屬性（attribute），例如 align，那麼 <img src="xxx" align="xxx">
就可以形成文字靠左或靠右來繞圖的呈現樣態。因之，一開始瀏覽器的資訊
內容的呈現其實是複製傳統平面媒體安排資訊的規則與習慣，故「HTML 檔

案往往被稱之爲『網頁』」（Raggett, 2005.05.24）。換言之，一般人即是以平面概念來理解 HTML 的 markup 的。

如果要更精確的回顧 HTML 的歷史發展，最早期 HTML 的最後修正版，時間記錄在 "Last-Modified: Tue, 13 Nov 1990 15:17:00 GMT"。由於奠基於 SGML 發展而來的 HTML 是設計給非專業電子、資訊技術人員使用的，故很快在「技術圈外」也被廣爲運用開來。1996 的瀏覽器戰爭，爲了爭奪市場占有率，不同的瀏覽器往往會有獨門的 HTML 語法標記。這一混亂促使了全球性網路規範制定機構 W3C 在 1996 年正式推出 CSS level 1。一般而言，可以說 HTML 用來建置的是網頁的骨架，而 CSS 卻可以對網頁內部進行細節的修飾。往後，HTML 與 CSS 的合併使用，則是在瀏覽器內構思媒材布局進而形成網頁文本的標準技術手法。從這一網頁語法技術發展的歷史來說，要書寫／創作數位文本是注定要與 HTML & CSS 糾葛在一起的，正如同要創作／書寫中文文本，對「方塊字」的掌握是其前題條件。

HTML 以及 CSS 本身就是一段發展過程：從 HTML、HTML 2.0…到 HTML5；從 CSS level 1、到 CSS 3、CSS 4。這一發展表明了數位文本在呈現上的諸般可能性，它總是不斷地被思考、追求、實踐，而這一發展的方向也多圍繞著「多媒體」與「互動」這兩個目標。如此的發展態勢並非毫無所本，與傳統的其他媒介相較起來，「多媒體」及「互動」乃是數位呈現科技在其「物質基礎面上」得以展現出其他媒介能力所不及之處，而這也很快地在其發展之初就被辨識出來（Sims, 2000）。

如果說多媒體是指不同異質性媒材被共同使用以呈現某一文本主題，那麼這早已是傳統媒介所追尋的方向，例如平面的圖、文整合書寫，電視／電影的流動影像、聲音、文字的結合——這是傳統匯流。在此一方面，數位文本的新潛力乃在於能將所有已知的各種媒材運用在數位文本當中。換言之，數位文本多媒體（匯流）這一面向的呈現，其實是承接傳統媒介的遺緒，並

不是什麼全新的文本呈現，正因如此，多重形構匯流這個特質才會成爲有別於傳統匯流的差異所在。然而，「互動」，即「媒材之間的互動」，就既存的文本組構經驗而言，還算是一個陌生的領域，甚至可謂爲一種全新的挑戰。很自然的，在數位文本的理論探討中，「互動」往往成爲更被注意的重心。例如早期在討論「多媒體 (multimedia)」的學術專著中，Dannenberg & Blattner 強調對多媒體的標準定義並不是將「多媒材」結合在螢幕上，而是使用多種輸入機制來與螢幕互動 (interact)（Dannenberg & Blattner, 1992: xxiii）；Tannenbaum 則說「在多媒體定義中，互動是最極端 (utmost) 的重要者」(Tannenbaum, 1998: 4)。然而，在網路內容呈現樣態的發展過程中，「多媒體性」的開展遠遠早於「互動性」。這不難想像，歷史的進程是在既存經驗值上往前開展，多媒體式的文本呈現樣態則是早已被實踐的文本表現方式，例如圖文書等。

從 HTML 及 CSS 的版本修定過程中，可以見到在多媒體性方面的支援遠遠早於互動性，這其實反映了數位科技發展過程中歷史的影響。從 Netscape 推出以來，網路新聞逐漸卸脫 (shake off) 早期鑲入式的平面報紙的呈現樣貌，而將聲音、影音採納入敘事當中，以二種媒材（或二種以上媒材）的並存來呈現一則新聞敘事 (Chapman & Chapman, 2009: 13)。但在互動性方面，這一實驗性格較強之面向的推動則是來自外掛型軟體 (plugin)，例如 Javascript、flash。同時在文本與「互動」之間的結合實驗，也是從「目錄區」開始，而不是「內文」。

翻開任何一本有關網站／頁建構、設計之類的書，導覽列／導覽系統都是必要的內容 (Mohler & Duff, 2000; Jennifer, 2005)。就網站建置的實際演變而言，導覽系統等各式互動機制及形態，一直都是建置／改版網站在「互動機制」發想上的重點項目，同時也不斷採納各式 RIA (Rich Internet Application) 數位文本呈現技術，如 ActiveX、Java Applet、Flash 以及各式 AJAX (Asynchronous

Javascript And XML）技術程式。如果說一般可見的互動文本機制呈現的發展模式，是從網站的「目錄資訊空間」逐步往「內文區」上移動，那麼影響這一晚來的「跨界」過程，原因何在？依「科技物質基礎」的歷史性這一思考面向而言，本文所關心的重點在於數位文本呈現科技的進展方向，也就是：什麼樣的科技進展方向會使得大量的互動式內文的發展成為可能？

　　如果我們觀察目前普遍運用於互動式內文的數位呈現科技，大部分是以 HTML5、CSS3（例如 :hover 功能）及當紅的各種 javascript 技術框架（函式庫：諸如 Dojo、YUI、jQuery、Mootools、Prototype、script.aculo.us、ExtJS）共同組合來達成的。這種科技的特色在於：能夠使人們對 DOM 元素物件進行互動操控的行使運作變得大為便利（Pilgrim／莊惠淳譯，2011；吳超、張帥，2010；Ko／碩博文化譯，2011；成林，2013），例如目前正當紅的互動技術框架 jQuery，其互動的標的更完全是「針對 DOM 元素物件進行操作」（朱印宏，2010：[2] 27）。DOM (Document Object Model) 被通譯為「文件物件模型」，也就是能將某一網頁內文中的文本素材，例如文字、圖像、影音、聲音等等寫作材料，都視之為網頁內文文本中的各種「物件」。因之，例如使用 HTML + CSS + jQuery (javascrip 的技術框架)，網頁文本創作者就可以直接對文件中的所有文本素材（即 DOM 的文件物件），以更直覺、簡單的技術門檻，進行互動呈現的構思和創作。換言之，從程式技術的角度而論，程式可以對所有 DOM 進行控制。從文本寫作的視角而言，則是作者在此種程式技術特色下，可以對文本中的任何媒材進行互動設置。在上述取徑的科技演化下，「整體內文文本」可以進入數位作者對文本寫作的思考範圍裡面，也就是說，就理論而言，組構成某一數位文本的「每一個媒材」都可以被賦與一種關係：一種可以具有互動可能性的文本呈現關係。

　　正是在這種互動可能性的「寫作物質基礎」上，亦即 HTML+CSS+Javascript/jQuery 這一進路之數位呈現科技的演化，文本中所有媒材最後以什麼樣的形

式被組編進入文本當中，以什麼樣的形式來產生彼此的互動關係，理論上是可以完全取決於作者，而不是被限制在某種數位寫作技術的局限之內。換言之，在此一寫作物質基礎下，現在「每個」媒材彼此之間都「百分之百」有形成互動的可能性，一位數位文本創作者的寫作過程，現在是「完全地」「自律」於媒材，而不是「他律」於媒材。他律於媒材可以舉 Flash 這一科技特色來說明。以往，flash 是互動呈現需求上最常被使用的技術。但 flash 的互動呈現能力往往只能於一個特定的區塊內表現出來，亦即只能在 flash（一種特定媒材）自身內部進行互動，而不能與整個文本的其他媒材有所交涉或互動。如借用網頁呈現科技的技術性術語來說，此屬「封閉型」呈現系統。因之，flash 互動特色在一般使用上，往往是在網頁的特定區域上發揮，例如網頁的標題空間、歡迎空間、導覽列、特定的內文區塊，或是一般最常見的橫幅網頁廣告。此種本身有著強大「封閉性」的單一特種媒材，對創作者／作者而言恰恰是有著強烈「排他性」的媒材。也正因如此，「封閉性」但具有強大互動表現能力的 flsah 技術並沒有成為「內文式能動文本」快速興起的科技推手。

正是 HTML+CSS+javascript（JQuery）這一科技發展演變的趨勢，使得作者與一篇數位文本（而不是一個網站）之間的創作關係，可以有更多可能性來探索「文本自身」因透過互動媒材之布局而來的呈現樣貌及意義給出樣態。換言之，如果「從文本內部出發」的文本理論發展來著眼，重要的基礎理論是：文字、顏料等媒材彼此間的關係應是「任意性」的，那麼，當互動設置與所有媒材之間的關係已取得「任意性」的狀態下，互動文本才具備了可以「從文本內部出發」來探索的可能性。HTML+CSS+jQuery 的出現，這種「開放型」的網頁呈現技能，使得內文文本中的每一個媒材，都有形成互動關係以成就文本意義表現上的可能。在這種技術的推波助瀾之下，我們看到近一、二年的互動呈現，從一般的「目錄空間」區大量往「內文文本」區移動，而 flash 則退守到廣告橫幅這一區塊，因廣告橫幅可以不必與內文之間有意義上

的交涉或交集。這也意味著互動寫作技能的行使者，將從「網頁設計者」進而擴展到「網路記者」（Bhatnagar, 2002；李明哲，2013b）。

　　換言之，如果「互動」在新技術下可以是文本的一種「媒材」，而對這種媒材的思考和布局會有文本意義呈現上的不同展現，那麼對一位數位文本作者而言，其所選擇的數位寫作技術，基本上就必須要能對全文中所有媒材的互動設置具備運用的能力。這是來自文本理論上的要求。數位寫作科技在歷史中的發展軌跡，基本上是沿著此一文本理論的要求而反映在其被運用的興衰歷程上，正如同前文所舉例的 flash 與 javascript 之興替。按上述的討論，如果對某種寫作技術的選擇是探討能動敘事文本寫作技能中必要的探討過程，那麼由於空間敘事與互動模態的文本組構終究必須是以某種寫作技術來執行之，所以被選擇的技術，也必須是要能夠具備對全文中的任一媒材，都足以是在空間變化及互動關係上進行設置的技術。在如此的寫作技術之要求原則下，一旦要從能動敘事文本寫作技能綱要的基礎上，再進一步深化爲對能動敘事文本寫作技能之具體內容的探討，那麼本文可以宣示：HTML+CSS+jQuery 這樣的寫作技術組合，乃是合乎能動敘事文本文本寫作理論要求的技術選擇。這樣的技術組合，不論是在能動敘事文本的含義意向／一般媒材，或是含義充實／互動媒材的寫作組構上，都能夠對全文中的任一媒材進行空間位置及互動關係的設置。就此，在能動敘事文本寫作技術上的限制已不復存在，剩下的問題只在於作者的技術行使能力及其對文本意義表現的構思能力。

　　HTML+CSS+jQuery 是在目前既有數位寫作技術下，依文本理論之要求而來的能動敘事文本寫作技術的組合。但就數位技術的發展來說，並不會就此停下腳步，可以想見的是，未來還會有更多數位寫作技術推陳出新。那麼就能動敘事文本的「寫作技術類別」的「選擇」來講，如何加以選擇就有了理論上依據：即所選擇的數位寫作技術必須具有對全文中任何媒材進行空間位置及互動

關係設置的能力。換言之，對本文而言，談清楚如何選擇寫作技術之理論原則，在未來面對各種時新的數位寫作技術，就有了足供依據思考的理論基礎。那麼，下面將在 HTML+CSS+jQuery 這樣的寫作技術組合之下，討論在教學的需求上，如何組構具體的教學內容，同時可以就理論上來析論：何以這些教學內容之學習，足以讓學生充分的實踐空間敘事及互動模態的寫作要求。

依前文之論述，能動敘事文本最後若要能給出認識之對象物，亦即對讀者是有所理解的，那麼從寫作的角度，其所需要的寫作技能可被區分為三個面向：(1) 數位媒材在螢幕上的呈現，(2) 媒材空間之布局，(3) 互動模態之運用。這樣的劃分相應於胡塞爾表述意向完整形構的三個環節：（一）對現成物的感知，（二）含義意向，（三）含義充實。本文依此三項劃分，提出個人教學內容的建議。然而，在此亦須先聲明與提醒，以下所提之教學具體內容僅僅是作者個人的建議，任何身為課堂教授者，皆可依上述區分之三面向技能而自行設計，或依實際教授狀況以自行增減或提出。以下是作者個人依上述三原則，配合本身教學狀況所設計出來的教學方案。此教案內容，其思考過程是有理論為之根據的，並非個人單純的教學經驗值的展現。再者，三原則下的內容，皆可因各各教學狀況或條件的差異，例如軟、硬體設備的不同，隨時加以調整。

（原則一） 數位媒材在 螢幕的呈現	（一）立即體驗：會寫 html （二）Html 基本結構及語法概念 （三）使用 Html 來變化文字 （四）Html 基本排版語法 （五）使用 Html 語法把圖片嵌到網頁 （六）網頁嵌入 PDF、影音、聲音、Flash、youtube 影音的 Html 語法運用 （七）Html 的表格應用語法 （八）讓我們來互動吧：Html 基礎互動語法 （九）我也會 CSS

（原則二） 媒材空間 之布局	第一項：表格 方法一：表格基礎操作 方法二：快速排版寫作：表格堆積木法 方法三：表格使用基本功：影像排排站呈現規律美 第二項：DIV 方法一：DIV 基礎動作：把編輯元素用 DIV 包起來 方法二：輕鬆使喚 DIV：邊框、背景色、padding、margin！ 方法三：輕鬆控制 DIV：靠左、置中、靠右、上移、下移！ 方法四：慢工出細活：搞定 DIV 的調校 方法五：簡單、快速：3 秒調出 DIV 漂亮文字布局 第三項：背景圖 方法一：背景圖的使用 方法二：運用半透明背景圖 方法三：影音貼到背景圖上面去 方法四：置入二張以上的背景圖 第四項：移動與位移 方法一：掌握 DIV 的位置：移動、位移及重疊 方法二：上下移動版面空間的方法 方法三：超快速任意移動物件：position: relative 方法四：在 div 內任意移動編輯物件： position: absolute
（原則三） 互動模態 之使用	第一項：tooltips 方法一：滑鼠移到文字或圖片上，跑出說明文字 方法二：超快速、好用的補充說明互動法：Hint.css Tooltips 方法三：快速補充資訊的 tooltips（一）：通用格式 方法四：快速補充資訊的 tooltips（二）：圖文格式 方法五：快速補充資訊的 tooltips（三）：跳出小型影音 第二項：click to hide / display 方法一：分層文本互動寫作技法 方法二：按【文字】就會更新圖像或影音內容 方法三：click 即可【打開／隱藏】較長的內文 方法四：排隊 • 請編輯元素一個接著一個出場

	第三項：popup style 跳出式小視窗
	方法一：學生超愛用的影音跳出法：fancyBox
	方法二：移動滑鼠就跳出放大照片
	方法三：漂亮展出互動影音小視窗
	方法四：一進入文章就自動跳出影音
	第四項：互動式清單列表 interactive list
	方法一：把紛雜的訊息收納起來, Accordion
	方法二：Tabs 式的文本互動形式
	方法三：清單式互動展開內容文本模組，按一下就有
	方法四：小資料量快速互動 list：使用 ol / li：easy jQuery
	第五項：image hover
（原則三）	方法一：圖文的互動：會滑動的互動圖說
互動模態	方法二：滑鼠移入，照片就會滑動
之使用	方法三：快速好用的 image hover；共 24 種：純 CSS
	方法四：壓在圖上的文字，互動式
	第六項：content slider
	方法一：有導覽小圖的 image gallery: Fotorama
	方法二：正流行的 Content slider，bxSlider
	方法三：超有氣質的圖文互動 slider
	方法四：讓人癢眼的 jQuery Image Gallery，zAccordion
	第七項：各種特色型互動模態
	方法一：互動的照片效果：時間前後的比較
	方法二：可以隨意拖拉的 div，讓讀者更具主動性
	方法三：按一下讓圖片爆炸，換圖
	方法四：讓圖片有更豐富的想像力

　　（原則一）數位媒材在螢幕上的呈現：本書列出了九點具體的學習內容，都是針對匯流媒材及基礎互動如何呈現於螢幕上這樣的思考而設計的。媒材能呈現於螢幕上，對能動文本的理解過程才能發動。

　　（原則二）媒材空間之布局：列出了四項具體學習內容，每一項內還有更細分的內容。這些學習項目，基本上是針對著媒材如何有效進行空間布局

而設想的，像是 table、div、背景圖及位移（css:position）等，都是最能有效完成媒材空間展列的語法技能項目。

（原則三）互動模態之使用：就互動模態的不同形式，整理出七個項目，每一項目內包含不同的套裝模組或程式書寫。這些表現形態各異的互動模組，因其互動展現媒材的方式不同，基本上對於媒材的意義也會產生不同的理解。換言之，作者必須去思考，在表達何種意義上使用何種互動媒材組構才可能是最適宜的。

就本書的整體論述來說，這裡更重要的核心點乃在於為此三面向的技能學習區分，尋求理論基礎之建立，同時這樣的文本理論亦必須能將數位寫作科技發展的歷史，納入其論述內容之必然的部分；同時，這樣的文本理論亦要能為「讀者互動參與及文本理解」這樣的數位文本閱讀現象，提供可以深化討論的理論指導方向。不過，眼尖的讀者可能已經注意到，「讀者互動參與及文本理解」這一面向的論述，在本書中仍舊缺乏細緻的分析。然這方面全面而完整性的分析與論述，實非本書設定的主要論述軌道，宜應於未來的另一著作中予以完成。自從現象學經典著作《邏輯研究》在 20 世紀初發表之後，睽諸現象學的發展軌跡，從胡塞爾、海德格爾、迦達默爾、梅洛龐蒂、利科等現象學大家的理論脈絡，在參與、互動與文本理解之間，已然逐漸形成明顯的理論軌跡。例如一般最為大眾所熟悉的迦達默爾，他在《真理與方法》一書中對遊戲概念的分析：「遊戲的主體不是遊戲者，而遊戲只是通過遊戲者才得以表現」（加達默爾／洪漢鼎譯，2004：109）。藉此一洞見來看待數位文本／能動敘事文本，現象學在理解及意義方面的理論發展，無疑的已為讀者的互動參與及能動文本意義之給出這兩者的論述，指出了一條理論上的道路。此種遊戲理論與傳統「理解作者」的文本理論，其最大的差異乃在於：「遊戲相對於遊戲者之意識的優先性基本上得到了承認」（加達默爾／洪漢鼎譯，2004：135）。我們將其轉換成數位文本，即是文本的「主體性」

獲得了承認。這是因為互動與參與乃為能動文本開展其自身的必然過程，互動、參與是為文本而存在，不是為閱讀者，也不是為作者，但是的確只有作者的創作，同時也只有通過閱讀者的互動參與，數位互動文本才得以表現出其文本的主體性。這種意義給出的模態，正如同遊戲的意義給出模態，兩者如出一轍。與此同時，我們亦明白，在互動參與關係與文本意義給出的面向上，傳統主、客對立式的實證研究方法在此已然有所不逮，無能為力。

接下來我們要探討以迦達默爾《真理與方法》為依據的「文本主體性」的文本理論。往下的論述將說明：唯有從「文本主體論」的思維取徑來思考，閱聽眾之理解的這個層面上，「為何要透過數位互動文本的形式來寫作？」這一提問才能獲得一種理論性的合法證明。從傳統的「作者主體性」之文本理論——亦即「理解文本是為了理解作者」——這樣的思維取徑出發，數位互動文本／能動敘事文本與傳統文本在「理解面」上，其實並無文本本質上的差異，因為兩者最終都是指向對作者的理解，只不過是解讀過程或有不同罷了。在以作者為主體的理論視野下，能動敘事文本的創作並無法逃脫「癢眼」、「炫技」之類的嘲諷與批判 (Craig, 2005: 174-176)。從文本的「文本主體性」下手，一旦文本的本身具有主體性，那麼數位互動文本（包含能動敘事文本）就有其豎立自我特色的文本主體，此種文本主體有其獨特的意義給出，或者說有其獨特的理解意義，而這也是其他文本形態的文本所難以企及的。然而，此種文本主體性的文本理論卻也帶來一個論證上的最大難度與挑戰：文本終究是物而不是人，那要如何來理解文本的主體性？文本的主體性與作者及閱聽者的主體性，其間的關係又如何呢？

十三

能動敘事文本之
哲學詮釋學的對話性維度

「**遊**戲」這種現象是迦達默爾用來說明文本具有「主體性」的說明範例，「伽達默爾試圖向我們表明，遊戲具有一種獨特的存在方式，它獨立於參加遊戲的人的意識，雖然遊戲要通過遊戲者得到表現，正如存在要通過存在者得到表現的一樣，但遊戲的真正主體不是參與它活動的人，而是遊戲本身」（何衛平，2001：286）。然而回到《真理與方法》的結構來考察，「遊戲概念」作為獨立概念而提出，是位於《真理與方法》第一部分第二章中，第二章名為「藝術作品的本體論及其詮釋學的意義」，第二章下的第一節名為「作為本體論闡釋入門的遊戲」。換言之，遊戲者與遊戲之間的理解關係，或理解模式，將會是閱聽眾與藝術品之間的理解模式，之後，《真理與方法》也說明了閱聽眾與任何文本之間如果有著「理解關係」需要被發展，那麼其理解模式亦是如此。如果對遊戲的現象學描述所欲凸顯者是「遊戲主體」，亦即「遊戲的主體不是主體性（人），而是遊戲自身」（陳榮華，1998：44），那麼在對藝術品及文本的理解過程中，就同樣必須承認藝術品及文本本身的「主體性」，如此對其理解才有可能。就此，「為了理解這種從遊戲到藝術的轉化過程，伽達默爾使用了兩個概念：一是構成物（Gebilde），一是轉化（Verwandlung）」（洪漢鼎，2001：91）。在第一部分第二小節「b) 向構成物的轉化與徹底的中介」這部分的論證中，加達默爾說道：「這樣，遊戲具有了作品（Werk）特質，功能（Ergon）的特質，而不僅僅是能量（Energeia）的特質」（加達默爾／洪漢鼎譯，2004：144）。換言之，理解作品應如同理解遊戲。

相對於一般所被認知的傳統文本理解，從遊戲概念而來的文本理解特性，亦即對具有「主體性」之文本的理解，乃是最重要的理解特色。傳統文本觀的文本，受眾是要透過文本介面去捕獲作者的意識。相反的，對加達默爾而言，此種文本主體性理解特色的作品理解，才是「理解的真理」（洪漢鼎，2001）。從遊戲如何談到作品的主體性？加達默爾有一段重要的陳述：「遊戲

的主體不是遊戲者，而遊戲只是通過遊戲者才得以表現」（加達默爾／洪漢鼎譯，2004：133）。首先，「遊戲只是通過遊戲者才得以表現」，這點是在於我們經驗值內。然而，如何說：「遊戲的主體不是遊戲者」？以一種現象學的描述，加達默爾說道：「對於遊戲的本質如何反映在遊戲著的行為中，就給出了一個一般的特徵：一切遊戲活動都是一種被遊戲過程（alles Spielen ist ein Gespieltwerden）。遊戲的魅力，遊戲所表現的迷惑力，正在於遊戲超越遊戲者而成為主宰」（加達默爾／洪漢鼎譯，2004：138）。「這樣，遊戲在從事遊戲活動的遊戲者面前的優先性，也將被遊戲者自身以一種獨特的方式感受到」（加達默爾／洪漢鼎譯，2004：137）。「正是在這一點上遊戲的存在方式顯得非常重要。因為遊戲具有一種獨特的本質，它獨立於那些從事遊戲活動的人的意識」（加達默爾／洪漢鼎譯，2004：133）。就此，遊戲之於遊戲者的「超越性」、「主宰性」、「優先性」、「獨立性」的這種存在方式，使得遊戲「被感受到」為具有「主體性」之本質，正如加達默爾所言：「遊戲者是把遊戲作為一種超過他的實在性來感受」（加達默爾／洪漢鼎譯，2004：142）。正是這種「主體性」的承認，使得加達默爾得以透過另一種說法來表述：「遊戲顯然表現了一種秩序（Ordnung），正是在這種秩序裡，遊戲活動的往返重復像出自自身一樣展現出來」（加達默爾／洪漢鼎譯，2004：135）。

　　遊戲的主體，這種主體並不同於一般經驗中對某種實體所指涉的對象性主體，而是一種「關係性」「主體」，但這種關係性有一種秩序性的「往返重復」，以致於「像出自自身一樣展現出來」，因而被視之為具有「主體性」的遊戲主體；同時，遊戲主體對於遊戲者又具有「超越性」、「主宰性」、「優先性」、「獨立性」之特色。這是遊戲主體的存在方式。對加達默爾而言，說明遊戲主體的存在方式，在於指明藝術作品主體及文本主體的存在方式；從遊戲參與者的遊戲經驗這一面向來談，這也在於指明閱聽眾對藝術作品及

文本的理解經驗。換言之，如果遊戲經驗中必有遊戲主體在場，那麼在對藝術作品及文本的理解經驗中，藝術作品主體及文本主體也必然在場。透過遊戲指明的作品主體在場之理解經驗，除了「有力地指出了試圖從作者或解釋者的主觀出發，去把握理解活動的不當」（何衛平，2002：172），另一特色則在於「不斷的自我更新」（加達默爾／洪漢鼎譯，2004：136）。這樣的作品主體在場之理解經驗模式，在《眞理與方法》中進一步論述「文本」之「詮釋學經驗理論的基本特徵」時，則改採用「對話」經驗來加以說明。

　　加達默爾強調：「任何一種對話的進行方式都可以用遊戲概念作出描述」（加達默爾／夏鎭平、宋建平譯，2004：67）。雖然「在他眼裡，遊戲與對話是異質同構的。高達瑪（加達默爾）所推崇的對話從本質方面著眼可以用『遊戲』來加以表象」（何衛平，2002：171，括號內爲筆者所加）。然而從遊戲到對話，這一具有指示作用之經驗現象的選擇之轉換，說明了對文本的理解經驗，並不是遊戲經驗所能充分說明的。以遊戲者參與遊戲的遊戲經驗來對照，「對話」形式的理解過程所相同者爲：(1)「對話主體」的產生；(2) 對話的不斷自我更新。然而，在對話的理解過程中的確有某些面向，是在遊戲經驗中所無法清晰彰顯，而這些理解過程面向對於文本的理解而言，是非常具關鍵性的：(1) 理解過程中所需要的「效果歷史」；(2) 理解所得知識的辯證性格。就此，依哲學詮釋學的思維面向而言，「對話」要能成功發動並完成理解的使命，必須具有下列四個過程條件：(1) 效果歷史（前知識）；(2) 對話主體；(3) 自我更新；(4) 辯證理解。依加達默爾的理路，對文本的理解過程，亦如是，此點下文會再詳論。就本文而言，如果上述的四個過程條件是屬於詮釋學的普遍要求性，那麼對能動敘事文本，亦應如是。就此，如欲回應前文的追問：爲什麼要使用能動敘事文本？那麼本文就應該要能論證出：數位能動文本就其文本組構之結構特色而言，應比傳統線性文本更有利於上述四個過程條件的充分實踐，亦即更有利於哲學詮釋學「理解」的完成。

　　從遊戲來看對話，在遊戲中，決定遊戲的不是遊戲者的個人意識，而是遊戲本身。「人們進入對話時，情形也類同，支配對話的不是對話者的自我意志，而是話題本身的規律（logos）」（何衛平，2002：173）。加達默爾就此點談道：「這種邏各斯（對話）既不是我的又不是你的，它是這樣遠遠地超出談話伙伴的主觀意見，以致談話的引導者自身也經常是無知的」（加達默爾／洪漢鼎譯，2004：478，括號內為筆者所加）；而「進行談話，就是說，服從談話伙伴所指向的<u>論題的指導</u>」（加達默爾／洪漢鼎譯，2004：477，底線為筆者所加）。換言之，「葛達瑪（加達默爾）認為，在真正的對話中，不是對話者主導整個對話，而是對話者讓討論的課題返過來主導他們。人不是主體，課題才是主體」（陳榮華，1998：165，括號內為筆者所加）。「進行談話的，是這種共同的主題，而不是對話者」（洪漢鼎，2001：269）。就此，「加達默爾的這些思想無非要表明遊戲同使語言成為現實的對話有著結構的相似性」（何衛平，2001：288）。換言之，在對話過程中，「對話主體」是必然會在場的，正如同在遊戲中，遊戲主體也必然在場；同時，如果遊戲活動呈現出往返重復之現象，那麼對話活動亦呈現出「必然具有問和答的結構」（加達默爾／洪漢鼎譯，2004：476），而這種結構是「論題在談話中得以向前進展的內在邏輯必然性」（加達默爾／洪漢鼎譯，2004：477）。在對話主體這種思維取徑下，「對話者」顯現為對話活動得以發動和結束的條件設定者。對話一旦被發動，對話進行的主體即轉入為「對話主體」，由對話主體來主導對話的「問與答」之進行，對話者就進入了視域融合式的理解過程，直到對話者彼此「與他的對話伙伴關於某物取得相互理解」（加達默爾／洪漢鼎譯，2004：491）。這樣的對話理解模式，加爾默達亦將之引之為對文本的理解模式。換言之，就加達默爾來說，閱聽眾對文本的理解模式，正是一種與文本的對話理解模式，他說道：「所以我們首先將考察真正談話的結構，以便揭示那種表現文本理解的另一種談話的特殊性」（加達默爾／洪漢鼎譯，2004：491）。

　　對本文而言，一、迦達默爾如此之對話理解模式，所要特別被重視者在於「遊戲主體／對話主體／文本主體」之概念的肯認（後文將以文本主體來代稱之）。這一概念，首先驅散了傳統中將參與者／對話者／閱聽者視之爲理解過程之「主導者」的概念（後文將以參與者稱之），「理解甚至不能被認爲是一種（參與者）主體性的行爲」（加達默爾／洪漢鼎譯，2004：375，括號內爲筆者所加）。二、再者，只有肯認理解過程中「文本主體」的在場，就文本理論的推演而言，參與者將轉而成爲對話理解過程（文本主體）的發動和結束之條件設定者。就此，一位參與者發動對話所要設定的條件是什麼，就進入了討論的視野。對加達默爾而言，這一設定條件即是由「效果歷史」而來的問題意識。三，理解過程由文本主體來主導，那麼理解就不是任何一方參與者「可以任意支配的財產」（加達默爾／洪漢鼎譯，2004：491），換言之，理解「不是某種單純的自我表現 (Sichausspielen) 和自己觀點的貫徹執行」（加達默爾／洪漢鼎譯，2004：491），而是相互理解，也就是「在理解中所發生的視域交融」（加達默爾／洪漢鼎譯，2004：490）。而視域交融所形成的理解，就其特色而言，又是屬於「辨證式」的理解，加達默爾說道：「因爲我們所論證的問和答的辯證法使得理解關係表現爲一種類似於某種談話的相互關係」（加達默爾／洪漢鼎譯，2004：490）。

　　「效果歷史」這個術語，基本上可以寬泛地稱之爲「前見」，這表示任何理解都是要有前見參與的。對加達默爾而言，「啓蒙主義的『克服一切成見』這一目標只能留停於幻想的階段了」（丸山高司／劉文桂等譯，2001：97），相反的，前見是「作爲理解條件的前見」，這是理解的「出發點」（加達默爾／洪漢鼎譯，2004：357）。人只要生存著，就必然帶著前見，而這前見必然和其生存的歷史經驗有關，「歷史和傳統始終先於我們和我們的反思」（何衛平，2002：135）。正因爲不同的個體有其不同的前見，因之，對話理解參與者的兩造，才能因其不同的前見而形成「問題意識」，而「揭示某

種事情的談話需要通過問題來開啓該事情」（加達默爾／洪漢鼎譯，2004：471），這即是「問題在詮釋學裡的優先性」（加達默爾／洪漢鼎譯，2004：470）。加達默爾強調：「問題必須被提出（gestellt）」，「被問的東西必須被帶到懸而未決的狀態，……每一個問題必須途經使它成爲開放的問題的懸而未決通道才完成其意義」（加達默爾／洪漢鼎譯，2004：472）。就此，依前文的追問，對參與者兩造而言的懸而未決之問題，是對話之所以可能被發動的設定條件。此一設定條件，若轉而思考閱聽眾與文本之間的對話式理解過程，那麼作爲對話伙伴的文本就必須要能對閱聽眾提出懸而未決的問題。當然，文本並不是此在（人），因之，用一種合理的描述可以是：閱聽眾要能從文本中讀出某種懸而未決的問題來。或者換另一種經典的現象學描述：文本要能對閱聽眾給出其本身的問題意識。正如加達默爾所言：「雖然一個文本並不像一個『你』那樣對我的講話。我們這些尋求理解的人必須通過我們自己使它講話」（加達默爾／洪漢鼎譯，2004：470）。

就此，從文本處讀出問題意識，這是文本對話式理解之所以能被發動的前提，亦即是文本要被設定的條件，換成寫作面的說法，一位文本創作者，對文本的創作，應該是要能夠有效地讓閱聽眾從其文本中讀出問題意識。就本文而言，以下所要論述的是：能動文本就其文本結構本身而言，亦即就其寫作面運用數位寫作科技所能達成之文本呈現的可能性而言，此相較於傳統文本，更容易達成這一被要求的文本設定條件。

正如前文所揭示，能動文本的文本呈現特色——相異於傳統文本呈現結構的特色——是多重形構匯流性及互動性。如果一位作者願意在數位文本中充分的運用多重形構匯流性及互動性，那麼匯流性及互動性對於文本理解的參與者，何以更能對文本產生問題意識？如上所言，對文本產生懸而未決的問題意識是與文本對話理解可以啓動的設定條件，而「效果歷史／前見」在於理解過程的先行存在，又是問題意識之所以可能產生的前題。「個別的視

域，哪怕它是流動的，仍然是有限理解的前提」（Linge／夏鎮平、宋建平譯，2004：編者導言頁9）。換言之，參與者個人的當前視域／前見／效果歷史，並不是理解的障礙，而是理解可能的前提；理解的過程，就是對話主題的帶領之下，參與者雙方當前視域／前見彼此的修正和相互涵攝的融合。這一過程，「既不假定事物的『中立性』，又不假定自我消解，而是包含對我們自己的前見解和前見的<u>有意識同化</u>」（加達默爾／洪漢鼎譯，2004：348，底線為筆者所加）。「這正是一種綜合視域的形成，在這種綜合的視域中，文本的有限視域和解釋者的有限視域融合成關於主題（即意義）的共同觀點，這種主題或意義正是文本和解釋者共同關係的對象」（Linge／夏鎮平、宋建平譯，2004：編者導言頁9）。

就「一切理解都必然包含某種前見」這一理論取徑而言（加達默爾／洪漢鼎譯，2004：349），當數位文本（含能動文本／能動敘事文本）中因其多重形構匯流性而可以更廣納不同的媒材時，其理解時所需要調動的前見，無疑是更多、更廣的。例如文字和圖像的理解所需調動的前見是不同的，而圖像相較於文字，因其視覺化媒材歧義性之特色，必須調動更多的前見。數位文本的多重形構匯流性，從理論上要讓多重形構的文本呈現方式對閱聽眾是可理解的（請參閱第六章），那麼，更多匯流媒材所帶來更豐富的前見性，再加上隨互動媒材而來的充實過程所要達致的「相即性」（讀者要判斷是否為相即性，請參閱第十一章），此相較於傳統文本而言，這個要被理解的互動文本更容易被帶入懸而未決的狀態。文本一旦進入懸而未決的問題意識狀態，閱聽眾與文本之間的對話性理解之運作才有被開啟之可能。數位文本的寫作也可能因為文本組構的不恰當，導致文本陷入無法形成認識對象物的狀態。對話的形成，首要強調文本問題意識的優先性，而文本問題意識是一種對「文本認識對象物」之意義的懸而未決式的理解，而非文本認識對象物的消解。換言之，文本認識對象物的給出是為前提條件。

　　文本的認識對象物，在《眞理與方法》的論述中被描述爲「被提問東西」、「意指東西」。「被提問東西必須是懸而未決的才能有一種確定的和決定性的答復。以這種方式顯露被提問東西的有問題性，構成了提問的意義」（加達默爾／洪漢鼎譯，2004：471-472）。「誰想理解，誰就可能如此強地對於所意指東西的眞理猶豫不決」（加達默爾／洪漢鼎譯，2004：486）。正因如此，本文所重視的能動敘事文本，在文本理論層次上對寫作技能進行探討，乃有其文本理論上的必要性。而前文所探討的能動敘事文本寫作技能的具體原則，若如法施爲，據其原則寫作，則文本的認識對象物之給出將獲得理論上的保障。

　　當然，此一給出之認識對象物對於閱聽衆，在「理解」的詮釋學層面上是一種什麼樣的理解／意義，此則又是另一問題。換言之，認識對象物是一種具有否定性的懸而未決式的意義，還是一種肯定性的獨白，乃取決於效果歷史／前見所帶出的作用，「通過不適合前見解的東西所給了我們的刺激，……問題壓向我們」（加達默爾／洪漢鼎譯，2004：476），從而決定了是否進入對話式的詮釋理解過程。那麼，在對文本理解過程中可以調動更多效果歷史／前見的能動敘事文本，較之於單一媒材及線性主導的傳統文本，在形成「問題意識」這一面向上，實更具理論上的優勢。

　　哲學詮釋學的對話式理解過程，被強調的另一重點在於詮釋學辯證法重視一種無終點式的對話循環，這是一種「詮釋學處境」（加達默爾／洪漢鼎譯，2004：396）。「它不是爲了形成對某一問題的固定理解，……它不希求對問題有一圓滿、終極性的回答，不是封閉問題，相反是要開啓新的問題」（何衛平，2001：317-318）。然而這種特色描述，是一種理論上的姿態，其目的在於與黑格爾形而上學辯證法產生理論上的區隔。在黑格爾辯證法中，矛盾對立的雙方最終是走入絕對精神的同一性中，哲學詮釋學則強調其對話本身的「絕對開放性」（加達默爾／洪漢鼎譯，2004：612）。對話的開放性

原則，使得哲學詮釋學在理論的姿態上易於陷入某種後現代式的能指／所指的循環，似乎哲學詮釋的開放性也是導致：「能指不斷變成所指，所指又不斷變成能指，而你永遠不會達到一個本身不是能指的終極所指」（雷特・伊格爾頓／伍曉明譯，2007：126）。對哲學詮釋學滑入後現代文本觀之可能性來進行對抗，一直是加達默爾的思考重點，「我從一開始就作爲『惡』的無限性的辯護人而著稱」（加達默爾／洪漢鼎譯，2004：645）。

　　對這一疑慮的解決理論論述在於，以遊戲經驗爲模式來強調：在對話主題主體性帶領下的對話理解模式，「談話是相互了解並取得一致意見的過程」（加達默爾／洪漢鼎譯，2004：498），「理解就是這樣一種對所說的東西進行同化的過程」（加達默爾／洪漢鼎譯，2004：515），「在理解過程中產生了一種眞正的視域融合」（加達默爾／洪漢鼎譯，2004：397）。換言之，不同於後現代文本理論中能指、所指之間無止盡的「循環、流動、打漩、匯集、跳躍」（阿爾布萊希特・維爾默／欽文譯，2003：74），哲學詮釋學對話式的問、答往返，在於達致「談話中的相互理解」（加達默爾／洪漢鼎譯，2004：490）。加達默爾說道：「談話中的相互理解不是某種單純的自我表現和自己觀點的貫徹執行，而是一種使我們進入那種使我們自身也有所改變的公共性中的轉換」（加達默爾／洪漢鼎譯，2004：491，底線爲筆者所加）。在此，特別注意上引文中「自身也有所改變」的意含，它所指的是對話過程所達致的「相互了解」、「同化」、「融合」、「公共性中」這種狀態，是「自身也有改變」而帶來的，而達致相互理解的「自身也有所改變」是指自身往一種更高層次的改變，「通過談話被理解的對象就從意義指向的不確定提升到一種新的確定性」（加達默爾／洪漢鼎譯，2004：659，底線爲筆者所加），這裡有著意義層次上的提升，也因此，才能是一種辯證式的理解。

　　此種對話式相互理解，加達默爾強調必須要能「把自己置身於某個他人的處境中」，一種更爲詳實清晰的描述如下：「這樣一種自身置入，既不是

一個個性移入另一個個性中，也不是使另一個人受制於我們自己的標準，而
總是意味著向一個更高的普遍性的提升，這種普遍性不僅克服了我們自己的
個別性，而且也克服了那個他人的個別性」（加達默爾／洪漢鼎譯，2004：
394，底線爲筆者所加）。如此般之辯證式理解的觀點，也適用於對「視域融
合」及「效果歷史」的理解：「『視域』這一概念本身就表示了這一點，因
爲它表達了進行理解的人必須要有的卓越的寬廣視界。獲得一個視域，這總
是意味著，我們學會了超出近在咫尺的東西去觀看，但這不是爲了避而不見
這種東西，而是爲了在一個更大的整體中按照一個更正確的尺度去更好地觀
看這種東西」（加達默爾／洪漢鼎譯，2004：394）。「在理解過程中產生一
種眞正的視域融合，這種視域融合隨著歷史視域的籌劃而同時消除了這個視
域。我們把這種融合的被控制的過程稱之爲效果歷史意識的任務」（加達默
爾／洪漢鼎譯，2004：397）。

　　顯然，這樣的一種效果歷史之下視域融合的相互理解特色，是接近於黑
格爾的辯證式思想，「正是黑格爾看到，知識是一個辯證的過程，在認識過
程中進行理解的意識和它的對象都得到了改變」（Linge／夏鎮平、宋建平譯，
2004：編者導言頁 33）。雖然「知識的這種動態性和自我超越性在加達默爾
把理解作爲視域的具體融合的概念中處於中心地位。……但是對加達默爾來
說，這種『更高的普遍性』仍然是有限的，可超越的，因而不能把它比作黑
格爾所達到的概念的絕對知識」（Linge／夏鎮平、宋建平譯，2004：編者導
言頁 33-34）。我們可以看到，在既要肯認理解的辯證性，但又同時要保持理
解的開放性，「加達默爾在跟隨黑格同時也就自然轉向了柏拉圖的開放辯證
法，並逐步使以對話爲基礎的辯證法成爲自己的解釋理論的核心」（何衛平，
2001：105）。「就加達默爾而言，理解作爲一種對話的形式，總是在一敞開
的結構中走向一致，但所走向的一致是開放的一致，而非黑格爾那樣的封閉
的一致。這樣從黑格爾的辯證法，經海德格爾對形而上學的解構，加達默爾

走向了柏拉圖的對話」（何衛平，2001：106）。

　　以對話的概念來論述理解，進而以對話的概念來論述閱聽眾與文本之間的理解過程，其重點在於：受眾與文本之間的意義理解應具備下述二項具有對話性質的理解特色：(1) 理解，是自我改變下卻又向一個更高的普遍性提升的理解；(2) 對話問答形式是開放性的結構，是開放的「螺旋」，而不是黑格爾式的「圓圈」（何衛平，2001：217）。換言之，兩個對話者「在相互取得一致意見時，這決不是使區別消失於同性之中」（加達默爾／洪漢鼎譯，2004：655）。我們可以看到，從對話模型而來的詮釋學理解模式，就其呈現意義這一層面而言，是既要力拒後現代的意義「海市蜃樓」觀（阿爾布萊希特 • 維爾默，2003：74），強調意義的相互理解性；同時，對話模式所代表的理解，也是一種有限性但又開放性的辯證式理解，這裡是要抗拒理解走入黑格爾式的無限式封閉型的同一性。加達默爾所力陳的對話式理解是「詮釋學辯證法」（加達默爾／洪漢鼎譯，2004：604），這是為要與黑格爾辯證法最後走向的「偉大獨白」相對比，「黑格爾的辯證法就是這樣的一種思想獨白，它想先行地完成那種在每一次真正談話中逐漸成熟的東西」（加達默爾／洪漢鼎譯，2004：479）。

　　上述的文本意義理解的二種理解特色，是本文所肯認的，也是一件「成功」的能動文本所要達到的理解效果。換言之，談論能動敘事文本所具有的多重形構匯流性、互動性的文本特色，論述著能動敘事文本是對話式的文本，正在於能動敘事文本所能給出的文本意義是詮釋辯證式的敘事性意義。換言之，數位文本就其文本結構的本身來說，更能使閱聽眾面對文本而理解其意義時，更易於以詮釋學辯證式的意義而給出。

　　的確，就詮釋學的意義理解理論而言，任何文本如果能被理解意義，理論上就應是詮釋學辯證式的理解。這是因為奠基於海德格爾生存論存在論的哲學詮釋學，如果有任何人想要進行理解，就必然不可避免地要帶上前見／

視域。這樣的先決條件，理論上將會使傳統主客對立式要去完整掌握作者理解觀的這種企圖，失去了合法性。再者，理解的參與者是否能帶出問題意識，以走入理解的對話式循環？前文已說明，如依於合理的寫作原則來組構文本，能動文本的認識對象物之給出將獲得擔保，奠基於認識對象物而來的問題意識將獲得其形成的源始性基礎。然而，在此階段下進入對話式循環，是否就保證最後一定能夠有哲學詮釋學辯證式之理解的給出？其實未必！

事實上，傳統文本理論——即追求對作者意識的完整認識——不斷受到哲學詮釋學挑戰，這就點出了：在一般「在…之中」的日常生活世界中，依於文本而追求對作者意識的唯一理解，才是主流的理解概念；用文學理論的術語來說，「獨白式」的文本才是主流文本。對加達默爾而言，追求「意義只能有一個」的文本理解，就是「獨白」式文本，而科學文本的理解正是獨白式文本的典範：「正如科學實驗可以在相同條件下精確地重複任何次數、數學問題只能有一個解釋一樣，作者的意向也構成一種事實、一種『自在的意義』，它只能由正確的解釋重現出來」（Linge／夏鎮平、宋建平譯，2004：編者導言頁15）。我們可以在《真理與方法》中看到加達默爾對追求文本完整意義式的獨白式文本（尤其是科學性的文本）做出理論上的批判：「科學意識的獨白結構永遠不可能使哲學思想達到它的目的」（加達默爾／洪漢鼎譯，2004：651-652）。然而，為何閱聽眾總會想去追求此種獨白式的文本呢？加達默爾並沒有為此種現象作出解釋。就本文而言，一種可以被理解的說法是：如果哲學詮釋學的奠基性理論是來自於海德格爾的生存學存在論，亦即此在從本真狀態陷入於非本真狀態有其始源性之基礎，那麼即使「前見」是理解的必然要件，對理解最後是往獨白式方向而去的理解，理論上而言，仍是源自於此種存在的始源性基礎。不過此一問題已超出本書探討的範圍，在此無意深究。相反的，要提出一個追問：文本的形式對於文本的理解走向獨白的趨勢，是否是一種重要的因素？

　　對加達默爾而言，文本形式與意義獨白之間的關係，並未進入討論的視野。但我們可以從巴赫金的對話理論中看到有關此一面向的探討。巴赫金強調：「對完整表述的理解，總是對話性質的」（巴赫金／曉河譯，2009a：330）；就此一理論視角而言，這是相同於加達默爾的理論視域；巴赫金強調對話是一種可以完整理解表述的方法，是一種真理揭示的方法，而此種理解的方式恰恰是對立於「獨白式」文本的理解方法（李明哲，2013a：45）。獨白式文本「它進入我們的話語意識，是緊密而不可分割的整體，對它只能完全肯定或完全否定」（巴赫金／白春仁譯，2009：127）；相反的，對話「表述要求表達，讓他人理解，得到應答」（錢中文，1999：145）。同樣的，對話式的理解，巴赫金同樣強調是一種辯證式的理解。對巴赫金而言，真正對話的意義呈現是應答式的展現，是參與性思維，是辨證式的，是「積極的理解」，能從支持或反對的過程中「豐富話語」（巴赫金／白春仁譯，2009：59）。「它的意義結構是開放而沒有完成的；在每一種能促其對話化的新語境中，它總能展示出新的表意潛力」（巴赫金／白春仁譯，2009：130）。反之，獨白式話語、文本，是話語、文本的消極理解，「這樣的理解，無非是複制而已，最高的目標只是完全復現那話語中已有的東西。這樣的理解，不超過話語的語境，不會給話語充實任何新內容」（巴赫金／白春仁譯，2009：59）。

　　然而對巴赫金而言，文本對於理解者，最後究竟會是對話的理解，抑或是獨白式理解，其可能性乃是深受文本寫作形式／風格的影響。對巴赫金來說，獨白型文本就本質而言是「權威表述」，「權威話語是典型的獨白型原則論」，「任何時代、任何一個社會集團中，家庭、朋友、親戚的任何一個小天地裡都『存在著權威的、定調子表述』」（北岡誠司／魏炫譯，2001：177）。而能夠撐起權威型話語的文本構形，巴赫金分析道：

> 權威的話語能夠在自己周圍組織起一些其他的話語（以解釋、誇讚權威的話語，或這樣那樣運用權威的話語，如此等等），卻不

會同它們融合（如通過逐漸的交往），總是鮮明也不同一般，死守一隅，陳陳相因。不妨說，這個話語不只要求加上引號，還要求更加隆重的突出之法，如採用特殊的字體。要想借助鑲嵌這種話語的上下文，給它帶來意義上的變化，是極其困難的；它的語義結構穩定而呆滯，因為它是完整結束了的話語，是沒有歧解的話語」。（巴赫金／白春仁譯，2009：127）

他繼續說道：

專制的話語要求我們無條件地接受，絕不可隨意地掌握，不可把它與自己的話語同化。因此它不能允許鑲嵌它的上下文同它搞什麼把戲，不允許侵擾它的邊界，不允許任何漸進的搖擺的交錯，不允許任意創造地模擬。它進入我們的話語意識，是緊密而不可分割的整體，對方只能完全肯定或完全否定（巴赫金／白春仁譯，2009：127）。

巴赫金對獨白型文本結構的描述，顯然是指向傳統線性文本寫作形式。就此，很自然的，我們會把能動文本和傳統線性文本與之做出對比，從文本組構形式的差異，可以很快地指出：能動文本的互動性所形成的文本空間之變動，恰恰可以打破傳統文本在空間上「不允許侵擾它的邊界」的特色。換言之，至少能動文本就文本結構的本身是不利於獨白式文本之形成的。然而，上述分析並未能碰觸到對話式文本所要凸顯的意義和展現的特色：辯證式意義給出。巴赫金非常強調，文本並不是有著對話式的形式就算是對話式文本，否則「狹義的理解將對話與獨白視為言語布局修辭形式」（巴赫金／曉河譯，2009b：321）。因之，巴赫金的角度，並不是將傳統線性文本中充滿對話引錄的，就將它定義為對話文本而不是獨白型文本；他強調「狹義的理解把對話性視為爭論、辨證、諷刺性摹擬。這是對話性的外在的最醒目也是最簡陋的

形式」（巴赫金／曉河譯，2009a：325）。例如「在屠格涅夫的小說《父與子》裡面的巴札羅夫和基爾薩諾夫兄弟之間。他們之間的對話完全被小說作者本人**終結性的聲音**所『取代』」（孔金、孔金娜／張杰、萬海松譯，2000：317，粗體爲筆者所加）。對巴赫金而言，讀者理解文本時對文本的「終結」與「非終結」意識，才是「非對話」與「對話」的分野，才是「獨白」與「複調」的區隔所在。這正是巴赫金爲何高舉杜斯妥也夫斯基的小說爲「對話式小說」的研究典範；他談道：「在陀思妥耶夫斯基的小說創作中，我們確實看到一種特別的矛盾，即主人公和對話內在的未完成性，與每部小說外表的完整性（多數情況下是情節結構的完整性）相互發生衝突。……可也正因如此，從一般的亦即獨白型的觀點看來，這部小說沒有寫完」（巴赫金／白春仁、顧亞鈴譯，2009：54）。

　　巴赫金將杜氏的小說譽之爲偉大的藝術成就，以彰顯其小說之寫作布局所帶來的對話性意義之給出；巴赫金道：「甚至不妨這麼說，陀思妥耶夫斯基簡直是創造出了世界的一種新的藝術模式；在這個模式中，舊藝術形式中的許多基本因素都得到了根本的改造」（巴赫金／白春仁、顧亞鈴譯，2009：1）。對杜氏藝術才華的肯認，這恰恰也凸顯出，就非藝術家的一般作者而言，在傳統線性文本組構下而寫出的文本，要能使閱讀者真正有效地走入「對話式模式」而對文本進行理解，是件不容易的事。那麼，就能動文本／能動敘事文本來說，文本本身組構上的特色足以使能動文本更易於讓閱聽眾的理解過程，更易於進入「對話式理解」的模式。換言之，站在對話式理解的立場，這將是一種隨數位寫作科技而來的文本解放。

　　當然，這在此絕不是「科技決定論」，也就是說，這「絕不是運用數位寫作科技來組構數位文本就一定會有對話式的文本理解」，正如同上文已有的論述：「並不是在小說中有對話引錄的形式就算是對話式小說」。然而就本文的思索視角，我們必須要能論證：數位寫作科技所組構而成的能動文本，

就其文本組構的獨特構成性——即互動性[1]——來說，是具有一種主體性層次的效果作用，這一主體性層次的作用乃超出於作者的個人意識。換言之，一如「遊戲具有一種獨特的本質，它獨立於行使那些從事遊戲活動的人的意識」（加達默爾／洪漢鼎譯，2004：133），能動文本所內含的「互動性主體」也相同於「遊戲主體」，亦是獨立於理解者的個人意識。正如加達默爾所強調的，「遊戲的主體不是遊戲者，而遊戲只是通過遊戲者才得以表現」（加達默爾／洪漢鼎譯，2004：133），同樣的，能動文本的主體不是閱聽眾，然而能動文本之主體只有通過閱聽眾才得以表現。遊戲是「一種主動性過程」（加達默爾／洪漢鼎譯，2004：142），遊戲者一旦進入遊戲，遊戲主體將會主導遊戲者進入對遊戲的理解；同樣的，閱聽眾一旦進入互動狀態，能動文本具含的「互動性主體」將帶領著閱聽眾進入對話式理解模式以理解文本。換言之，正是因為能動文本具含的「互動性主體」超越於閱聽眾的這種特色，互動性主體遂得以將閱聽眾捲入對文本進行互動式的理解過程。這一點，使得能動文本相對於非能動文本，在達致文本的對話式辯證理解之可能性的企圖上，具有「解放性」的能力。解放性是指在此理論維度下，一位作者並不需要有著如同杜斯妥也夫斯基一般的藝術才華，才能讓文本易於進入對話式的理解過程，相反的，一位能動文本作者，在掌握了合理的能動敘事文本寫作組構原則後，確保了能動敘事文本之認識對象物得以被給出，那麼在能動敘事文本中所必然含蘊的「互動性主體」將會把閱聽眾（依胡塞爾理論脈絡）的認識對象物再次捲入對話模式的理解過程中。換言之，能動敘事文本依仗著互動模態組件的「互動性主體」之獨立性而有的主導性吸力，會吸引著閱聽眾進入對話式的理解過程。

---

1 前文常提，數位文本的二種文本特色為多重形構匯流性以及互動性。然而，我們亦有論述，匯流性是傳統文本早已有的文本形態，即使多重形構匯流文本也是早就存在於傳統文本中，例如漫畫、兒童圖文書等（李明哲，2013a：56）。但，傳統文本中的多重形構匯流性文本一向不被視為主流文本。因此，若要認真地論起數位文本獨特的文本特色，那將會是互動性。

　　就此，我們面臨了一個追問：互動模態文本組件，就文本理論而言，何以會產生文本中的「互動性主體」？事實上，此種互動主體性應和遊戲主體性一樣，對參與者而言，能以「一種獨特的方式感受到」，同時對參與者具有「優先性」（加達默爾／洪漢鼎譯，2004：137）。此種「獨特的方式」在於「遊戲就是這種往返重復運動的進行」（加達默爾／洪漢鼎譯，2004：134）。加達默爾說道：「遊戲的活動決沒有一個使它中止的目的，而只是在不斷的重復中更新自身。往返重復運動對於遊戲的本質規定來說是如此明顯和根本，以致誰或什麼東西進行這種運動倒是無關緊要的」（加達默爾／洪漢鼎譯，2004：134）。「遊戲顯然表現了一種秩序，正是在這種秩序裡，遊戲活動的往返重復像出自自身一樣展現出來」（加達默爾／洪漢鼎譯，2004：135）。換言之，「往返重復運動「是遊戲的本質規定，而這一本質使得遊戲活動，「它好像是從自身出發而進行的」（加達默爾／洪漢鼎譯，2004：135），此亦即遊戲的主體性於「往返重復運動」此處彰顯。

　　在加達默爾對遊戲的分析模式中，正是「往返重復」這樣的形式化抽象本質所構建的關係主體性，使得遊戲主體性的構建模式，同樣能有效地被運用於藝術品、歷史文本及一般的文本。因此，在《真理與方法》一書中，遊戲主體、藝術主體以及文本主體，均是同一思路下而有的主體本體論建構。「文本或藝術作品具有各種不同的表現或解釋，並非僅僅是局限於主觀性中的意義的主觀變化，而是屬於作品的本體論的可能性」（Linge／夏鎮平、宋建平譯，2004：編者導言頁 17）。就此，同樣具備往返重復之文本結構特性的互動模態之文本組件，在此思路下被視為具有「互動性主體」應無理論上之疑義。換言之，我們可以依哲學詮釋學之思路，將能動敘事文本視為具有互動性主體特色的文本作品。

　　一旦能動敘事文本被視為是具有互動性主體特色的文本作品，那麼最後的追問是：憑藉於文本主體中所蘊含的互動性主體，這互動性主體如何保

證下述狀況：相較於其他文本的文本主體性，閱聽眾在互動性文本主體的主導下，是更易於進入對話式的理解模式？欲回答此一追問，勢必要讓文本的意義展現性格是對話式的開放性、未完成性、辯證性。換言之，就理解結構的角度來說，要能讓閱聽眾進入對話的循環，其關鍵性步驟在何處？就此點，加達默爾強調哲學詮釋學是「作為一種自我意識的對立面而顯露出來，這就是說，在理解時不是去揚棄他者的他者性，而是保持這種他在性」（加達默爾／洪漢鼎譯，2004：641）。換言之，「不可支配的他者，即外在於我們的東西是這種自我理解不可去除的本質」（加達默爾／洪漢鼎譯，2004：705）。正因對於他者性的意識保持，談話才能「必然具有問和答的結構」（加達默爾／洪漢鼎譯，2004：476），因為「談話藝術的第一個條件是確保談話伙伴與談話人有同樣的發言權」（加達默爾／洪漢鼎譯，2004：476）。對理解過程中的他者性之產生，加達默爾則說道：「如果我們把自己置身於某個他人的處境中，那麼我們就會理解他，這也就是說，通過我們把自己置入他的處境中，他人的質性、亦即他人的不可消解的個性才被意識到」（加達默爾／洪漢鼎譯，2004：394）。

那麼在能動文本互動機制程式慣例化的文本呈現樣態下[2]，閱讀眾在參與互動機制的閱讀過程裡，會因為處於行使特定程式慣例化的互動閱讀行為中（例如滑、按、拉、拖等等），閱聽眾在操作互動機制下的閱讀過程往往要暫時的從其所陷入的文本意義之狀態下抽身出來，「回視」到「自己本身」這一主體，然後再次地返迴到文本來操作那程式慣例化的互動動作或文本的其他部分。換言之，「回視自己的動作」是互動機制閱讀過程中閱聽眾必經

---

2 此處所談互動機制程式慣例化，是指某種模態的互動機制只能以如此的方式不斷地自我重覆呈現，此即是程式慣例化。例如前文所談 popup、content slider、tooltips 等不同互動模態，就是某種程式慣例化的呈現。更細緻的分析，請參閱筆者論文〈「能動文本」的「互動機制與批判意義」：與布萊希特「間離法」的理論對話〉（李明哲，2016b，出版中）。

的歷程，因爲唯有如此，一種互動機制下的閱讀行爲才能開展下去。由此來說，除非閱聽衆不想參與此一互動機制的互動，否則一旦展開互動機制的互動過程，閱聽衆必然要進入某種「滑、按、拉、拖等等」行爲所共構成的這一「程式慣例化」的閱讀情境中，必然要在每一次行使「滑、按、拉、拖等等」操作過程前，先「回視自己」，亦即回到主體來進行操作行使。然而，這「回視自己」是被奠基性的，回視自己的可實踐性是奠基於互動模態文本組件的他者存在性。換言之，只要對互動模態組件行使互動，這一動作本身既是回視自己，同時也即是肯認對立於自己之文本的那種「他者性」。如果說，「回視自己」算是某種反思意識的呈現，那麼此種反思的概念是涉入利科所主張的「反思詮釋學」之中介性反思概念。換言之，此處的反思，重點不在於笛卡兒式的自我意識之彰顯，而在於透過「中介性」自我反思之必要性來成就詮釋學理解的可能性（莫偉民，2008）。當然，就本文而言，此處所言的中介性自我反思是以能動文本模態組件爲中介的反思，這種中介反思而來的理解是「經由理解他者的迂迴而對自身進行理解」（保羅・利科／莫偉民譯，2008：18）。換言之，互動文本所成就的自我反思理解，是經由互動操作之中介而形成的文本他者性，再迂迴反向而對自己進行反思的理解。

他者性的保持，是對話問與答結構的必要前題。同樣類似他者性的概念也在巴赫金的論述中被顯示出來。巴赫金強調，對話者之間對「他人」的「認知意識特質」是極其重要的：「他人意識不能作爲客體、作爲物來進行觀察、分析、確定。同它們只能進行對話的交際。……否則的話，它們立即會以客體的一面轉向我們：它們會沈默不語、閉鎖起來、變成凝固的完成了的客體形象」（巴赫金／白春仁、顧亞鈴譯，2009：88-89）。對加達默爾而言，對話中他者性的保持，不只是確保對話得以進行的條件，同時也唯有將文本的歷史視域（前見）也視爲非客體形象的「他人」之他者性，如此才能「不會使自己凝固成爲某種過去意識自我異化，而是被自己現在理解視域所取代」

（加達默爾／洪漢鼎譯，2004：397）。如此，辯證性理解才有可能形成。能動敘事文本，因其文本本身所具有的互動模態組件（或者說互動媒材），憑藉著此一文本結構的特色，亦即操作過程中因「回視自己」而來的文本他者性的維持，乃使得能動敘事文本的閱聽眾有能力依托文本互動主體性而肯認他者性，從而進入於一個理解的對話事件。能動敘事文本之互動主體性的文本特色，使得敘事性意義給出與辯證性意義展現這二種意義呈現樣態，在寫作的面向上獲得了一種從高端藝術領域走入凡間世俗之解放的可能性。

參考書目

一、中文部分

Bal, M. ／譚君強譯（1995）。《敘述學：敘事理論導論》。北京：中國社會科學出版社。

Cohan, S. & Shires, L. M. ／張方譯（1997）。《講故事：對敘事虛構作品的理論分析》。新北市：駱駝出版社。

Danto, A. C. ／周建漳譯（2007）。《敘述與認識》。上海：上海譯文出版社。

H • 波特 • 阿博特（2007）。〈敘事的所有未來之未來〉，J. Phelan & P. J. Rabinowitz（主編），《當代敘事理論指南》（陳永國譯），頁 615-629。北京：北京大學出版社。

Katz, S. D. ／井迎兆譯（2009）。《電景分鏡概論：從意念到影像》。台北：五南。

Ko, K. ／博碩文化譯（2011）。《HTML5 + CSS3 網頁設計實作應用》。新北市：碩博文化。

Kress, G., & Leeuwen, T. V ／桑尼譯（1999）。《解讀影像：視覺傳達設計的基本原理》。台北：亞太圖書。

Linge, D. E. ／夏鎮平、宋建平譯（2004）。〈編者導言〉，David E. Linge（編）《哲學詮釋學》。上海：上海譯文出版社。

Miller, J. H. ／申丹譯（2002）。《解讀敘事》。北京：北京大學出版社。

Pilgrim, M. ／莊惠淳譯（2011）。《HTML5 建置與執行》。台北：碁 資訊。

Ricoeur, P. ／王文融譯（2003）。《虛構敘事中時間的塑形》。北京：三聯書店。

Sokolowski, R. ／李維倫譯（2004）。《現象學十四講》。台北市：心靈工坊文化。

White, H. ／劉世安譯（1999）。《史元（上）》（劉世安譯）。台北：麥田文化。

White, H. ／陳新譯（2004）。《元史學：十九世紀歐洲的歷史想像》。南京：譯林出版社。

White, H. ／董立河譯（2005）。《形式的內容：敘事話語與歷史再現》。北京：文津。

丁揚忠等譯（1992）。《布萊布特論戲劇》。北京：中國戲劇出版社。

丸山高司／劉文桂等譯（2001）。《伽達默爾：視野融合》。石家 ：河北教育出版社。

孔金、孔金娜／張杰、萬海松譯（2000）。《巴赫金傳》。上海：東方出版中心。

丹 • 扎哈維／李忠偉譯（2007）。《胡塞爾現象學》。上海：上海譯文出版社。

巴赫金／白春仁譯 (2009)。〈長篇小說的話語〉，《巴赫金全集：第三卷》，頁 36-210。石家庄：河北教育出版社。

巴赫金／白春仁、顧亞鈴譯 (2009)。〈陀思妥耶夫斯基詩學問題〉，錢中文（主編），《巴赫金全集：第五卷》，頁 1-357。石家庄：河北教育出版社。

巴赫金／曉河譯 (2009a)。〈1961 年筆記〉，錢中文（主編），《巴赫金全集：第四卷》，頁 322-365。石家庄：河北教育出版社。

巴赫金／曉河譯 (2009b)。〈夾在一號筆記本中的內容提綱〉，錢中文（主編），《巴赫金全集：第四卷》，頁 320-321。石家庄：河北教育出版社。

丘錦榮 (2008)。《DV 拍攝完全探索》。台北：旗標。

北岡誠司／魏炫譯 (2001)。《巴赫金：對話與狂歡》。石家庄：河北教育出版社。

加達默爾／洪漢鼎譯 (2004)。《真理與方法》（上卷）。上海：上海譯文出版社。

加達默爾／夏鎮平、宋建平譯 (2004)。《哲學解釋學》。上海：上海譯文出版社。

朱印宏 (2010)。《jQuery 核心詳解與實踐應用》。台北：上奇資訊。

成林 (2013)。《CSS3 實作指南》。台北：上奇資訊。

艾柯／王宇根譯 (1997)。〈詮釋與歷史〉，斯蒂芬 • 柯里尼（主編），《詮釋與過度詮釋》，頁 27-52。北京：三聯書局。

艾柯／劉儒庭譯 (2005)。《開放的作品》。北京：新星出版社。

李明哲 (2010)。〈「新聞感」與網 新聞寫作之探討：從「倒三角型」的延續與創新出發〉，《傳播與社會學刊》(TSSCI)，14：161-186。

李明哲 (2013a)，《多媒體互動新聞寫作：理論與實務》，台北：五南

李明哲 (2013b)。〈從「超媒體新聞」文本理論談多媒體技能教學理論定位及實踐〉，《傳播與社會學刊》(TSSCI)，第 25 期：頁 173-206。

李明哲 (2016a)。〈網路新聞與互動式敘事書寫：從教學立場出發〉，《傳播與社會學刊》(TSSCI)，第 36 期：頁 105-131。

李明哲 (2016b)。〈「能動文本」的「互動機制與批判意義」：與布萊希特「間離法」的理論對話〉。《傳播研究與實踐》(TSSCI)，出版中。

呂迪格爾 • 薩弗蘭斯基／靳希平譯 (1999)。《海德格爾傳》。北京：商務印書館。

何衛平 (2001)。《通向解釋學辯證法之途——伽達默爾哲學思想研究》。上海：上

海三聯書店。

何衛平 (2002)。《高達瑪》。台北市：生智。

周民鋒 (2002)。《走向大智慧：與海德格爾對話》。成都：四川人民出版社。

吳汝鈞 (2001)。《胡塞爾現象學》。台北市：臺灣商務印書館。

吳超、張帥 (2010)。《巧用 jQuery》。台北：松崗。

阿多諾 (1998)。《美學理論》。成都：四川人民出版社。

約瑟夫 • 科克爾曼斯／陳小文、李超杰、劉宗坤譯 (1996)。《海德格爾的《存在與時間》》。北京：商務印書館。

彼得 • 特拉夫尼／張振華、楊小剛譯 (2012)。《海德格爾導論》。上海：同濟大學出版社。

帕特里夏 • 奧坦伯德 • 約翰遜／張祥龍、林丹、朱剛譯 (2002)。《海德格爾》。北京：中華書局。

阿爾布萊希特 • 維爾默／欽文譯 (2003)。《論現代和後現代的辯證法：遵循阿多諾的理性批判》。北京：商務印書館。

胡自信 (2002)。《黑格爾與海德格爾》。北京：中華書局。

彭芸 (2008)。《21 世紀新聞學與新聞學研究》。台北：雙葉。

孫周興 (1994)。《說不可說之神秘》。上海：三聯書店。

倪梁康 (1994)。《現象學及其效應》。北京：三聯書店。

倪梁康 (1999)。《胡塞爾現象學概念通釋》。北京：新知三聯。

倪梁康 (2007)。《意識的向度》。北京：北京大學出版社。

倪梁康 (2009)。《現象學的基始：胡塞爾《邏輯學研究》釋要（內外篇）》。北京：中國人民大學出版社。

洪漢鼎 (2001)。《理解的真理》。濟南：山東人民出版社。

保羅 • 利科／莫偉民譯 (2008)。《解釋的衝突》。北京：商務印書館。

胡塞爾／倪梁康譯 (1999a)。《邏輯研究》（第二卷 • 第一部分）。台北市：時報文化。

胡塞爾／倪梁康譯 (1999b)。《邏輯研究》（第二卷 • 第二部分）。台北市：時報文化。

胡塞爾／鄧曉芒、張廷國譯 (1999)。《經驗與判斷》。北京：三聯書店。

海德格（爾）／王慶節、陳嘉映譯 (1990)。《存在與時間》。台北市：久大、桂冠。

海德格（爾）／孫周興譯（1994）。《林中路》。台北市：時報文化。

海德格爾／趙衛國譯（2016）。《物的追問》。上海：上海譯文出版社。

高田珠樹／劉文柱譯（2001）。《海德格爾：存在的歷史》。石家庄：河北教育出版社。

黃裕生（1997）。《時間與永恆》。北京：社會科文獻出版社。

陳清河（2003）。《電視攝錄影實務》。台北：合記。

陳嘉映（1995）。《海德格爾哲學概論》。北京：新知三聯書店。

陳榮華（1998）。《葛達瑪詮釋學與中國哲學的詮釋》。台北市：明文書局。

陳榮華（2006）。《海德格存有與時間闡釋》。台北市：台大出版中心。

張汝倫（2008）。《二十世紀德國哲學》。北京：人民出版社。

張汝倫（2012）。《《存在與時間》釋義》（全四卷）。上海：上海人民出版社。

喬治・史坦尼／耿揚・結構群譯（1989）。《海德格》。台北市：結構群。

張祥龍（1996）。《海德格爾思想與中國天道》。北京：三聯書店。

張祥龍（2010）。《現象學導論七講》。北京：中國人民大學出版社。

彭芸（2008）。《21 世紀新聞學與新聞學研究》。台北：雙葉。

靳希平（1996）。《海德格爾早期思想研究》。上海：上海人民出版社。

雷特・伊格爾頓／伍曉明譯（2007）。《二十世紀西方文學理論（第二版）》。北京：北京大學出版社。

維爾納・馬克思／朱松峰、張瑞臣譯（2012）。《海德格爾與傳統：存在之基本規定的一個問題史式導論》。上海：上海人民出版社。

魯多夫、貝爾奈特、依索・肯恩、艾杜德・馬爾巴赫／李幼蒸譯（2010）。《胡塞爾思想概論》。北京：中國人民大學出版社。

錢中文（1999）。《文學理論：走向交往對話的時代》。北京：北京大學出版社。

篠原資明／徐明岳、俞宜國譯（2001）。《埃柯：符號的空間》。石家 ：河北教育出版社。

羅伯・索科羅斯基／李維羅（2004）。《現象學十四講》。台北市：心靈工坊文化。

二、外文部分

Barfield, L. (2004). Design for new media. London: Pearson.

Bennett, J. G. (2005). Design fundamentals for new media. New York: Thomson.

Bhatnagar, G. (2002). Cognitive user interfaces. In G. Bhatnager, S. Mehta, & S. Mitra (Eds.), Introduction to multimedia systems (pp. 171-179). New York: Academic Press.

Blattner, M. & Dannenberg, R. (1992). Multimedia interface design. New York: ACM Press.

Bradshaw, P. & Rohumaa, H. (2011). The online journalism handbook. Harlow ; New York : Longman.

Brighton, P., & Foy, D. (2007). News values. London: Sage.

Bruns, A. (2005). Gatewatching: Collaborative online news production. New York: Peter Lang.

Chapman, N., & Chapman, J. (2009). Digital multimedia. New York: John Wiley & Sons.

Craig, R. (2005). Online journalism: Reporting, writing and editing for new media. Belmont: Thomson Wadsworth.

Dannenberg, R., & Blattner, M. (1992). Introduction: The trend toward multimedia interfaces. In M. M. Blattner & R. B. Dannenberg (Eds.), Multimedia interface design (pp. xvii-xxv). New York, N.Y. : ACM Press.

Hicks, W. (2008). Writing for journalists. London and New York: Routledge.

Jennifer, G. (2005). Art theory for web design. El Granada, Calif. : Scott/Jones.

Jones, J. (2010). Changing auntie: A case study in managing and regulating user-generated news content at the BBC. In S. Tunney & G. Monaghan (Eds.), Web journalism://a new form of citizenship? (pp. 152-167). Brighton: Sussex Academic Press.

Kolodzy, J. (2006). Convergence journalism: Writing and reporting across the news media. New York: Rowman & Littlefield.

Leeuwen, T. V. (2008). New forms of writing, new visual competence. Visual studies, 23(2), 130-135.

Manovich, L. (2001). The Language of New Media. Cambridge, Mass.: The MIT Press.

Meinhof, U. H., & Leeuwen, T. V. (2000). Viewers' worlds: image, music, text and the

Rock 'n' Roll Years. In U. H. Meinhof & J. Smith (Eds.), Intertextuality and the media: from genre to everyday life (pp. 61-75). Manchester, Manchester University Press.

Miller, C. H. (2008). Digital storytelling. Amsterdam: Focal Press.

Mohler, J. L., & Duff, J. M. (2000). Designing interactive web sites. Albany, NY : Delmar/ Thomson Learning.

Raggett, D. (2005). Introduction to the World Wide Web. Retrieved July 25 2014, from http://www.w3.org/People/Raggett/book4/ch02.html.

Savage, T. M., & Vogel, K. E. (2009). An introduction to digital multimedia. Sudbury, Mass. : Jones and Bartlett Publishers.

Schade, A. (2015.02.01). The fold manifesto: Why the page fold still matters. Retrieved November 30, 2015, from https://www.nngroup.com/articles/page-fold-manifesto/.

Sims, R. (2000). An interactive conundrum: Constructs of interactivity and learning theory. Australian journal of educational technology, 16(1): 45-57.

Tannenbaum, R. S. (1998). Theoretical foundations of multimedia. New York : Computer Science Press.

Thompson, R., & Bowen, C. J. (2009). Grammar of the edit. London: Focal Press.

Vaughan, T. (2008). Multimedia: Making it work. New York: Mc Graw Hill.

Verdi, M., & Hodson, R. (2006). Secrets of videoblogging. Berkeley, CA: Peachpit Press.

Wildbur, P. and Burke, M. (1998). Information Graphics, Innovate Solutions in Contemporary Design. London: Thames & Hudson.

Wikipedia. (2014.06.03). Markup language. Retrieved July 25, 2014, from http://en.wikipedia.org/wiki/Markup_language.

Wikipedia. (2014.07.05). Digital journalism. Retrieved July 25, 2014, from http://en.wikipedia.org/wiki/Digital_journalism.

國家圖書館出版品預行編目資料

能動敘事文本寫作的現象學分析：空間布局、
能動模態與詮釋維度 / 李明哲 著.
-- 初版. -- 臺北市：五南, 2017.02
面； 公分
ISBN 978-957-11-9053-2 (平裝)

1.敘事文學 2.文本分析

810.1   106001090

4ZA1

能動敘事文本寫作的現象學分析

空間布局、能動模態與詮釋維度

作　　者 ─ 李明哲(85.8)

發 行 人 ─ 楊榮川

總 編 輯 ─ 王翠華

主　　編 ─ 陳念祖

特約編輯 ─ 鄭天凱

責任編輯 ─ 李敏華

封面設計 ─ 周睿智

出 版 者 ─ 五南圖書出版股份有限公司

地　　址：106台北市大安區和平東路二段339號4樓

電　　話：(02)2705-5066　傳　真：(02)2706-6100

網　　址：http://www.wunan.com.tw

電子郵件：wunan@wunan.com.tw

劃撥帳號：01068953

戶　　名：五南圖書出版股份有限公司

法律顧問　林勝安律師事務所　林勝安律師

出版日期　2017年2月初版一刷

定　　價　新臺幣360元